ANDREA SCHACHT
Pantoufle

Buch

Die junge Bretonin Janed verliert bei einer Sturmflut ihre Familie. Auch die Fischfabrik, in der sie gearbeitet hat, ist zerstört. In ihrer Verzweiflung macht sie sich auf den Weg nach Brest, um dort neue Arbeit zu finden. Unterwegs trifft sie auf drei befreundete Matrosen, die ihr von einer geplanten Überfahrt in die Neue Welt erzählen. Wo, wenn nicht dort, wäre es für sie möglich, ein neues Leben zu beginnen? Sie schließt sich ihnen an und wird – mitsamt ihrem kleinen Kater Pantoufle, dem einzigen Wesen, das ihr von ihrem alten Leben geblieben ist – auf einem Ozeandampfer eingeschmuggelt.
An Bord beginnt Pantoufle herumzustromern. Er trifft auf die edle Siamesin Lili, die Katze von Madame Robichon. Und er deckt einen Sabotageakt auf, der den Lebenstraum eines ganz besonderen Menschen zu zerschlagen droht ...

Autorin

Andrea Schacht war lange Jahre als Wirtschaftsingenieurin und Unternehmensberaterin tätig, hat dann jedoch ihren seit Jugendtagen gehegten Traum verwirklicht, Schriftstellerin zu werden. Nicht nur ihre historischen Romane um die aufmüpfige Kölner Begine Almut Bossart, sondern auch ihre Katzenkrimis erobern Buch um Buch die Herzen von Lesern und Buchhändlern. Andrea Schacht lebt mit ihrem Mann und zwei anspruchsvollen Katzen, Mira und MouMou, in der Nähe von Bonn.

Bei Blanvalet lieferbar

Die Lauscherin im Beichtstuhl. Eine Klosterkatze ermittelt (36263) MacTiger – Ein Highlander auf Samtpfoten (36810) · Kreuzblume (37145) · Göttertrank (geb. Ausgabe, 0273) · Goldbrokat (geb. Ausgabe, 0297) · Rheines Gold (36262)

Die Beginen-Romane: Der dunkle Spiegel (36774) · Das Werk der Teufelin (36466) · Die Sünde aber gebiert den Tod (36628) · Die elfte Jungfrau (36780) · Das brennende Gewand (37029)

Der Start der Alyss-Serie: Gebiete sanfte Herrin mir (37123)

Die Ring-Trilogie: Der Siegelring (35990) · Der Bernsteinring (36033) · Der Lilienring (36034)

Andrea Schacht

Pantoufle –
Ein Kater zur See

Roman

blanvalet

FSC
Mix
Produktgruppe aus vorbildlich
bewirtschafteten Wäldern und
anderen kontrollierten Herkünften
Zert.-Nr. SGS-COC-001940
www.fsc.org
© 1996 Forest Stewardship Council

Verlagsgruppe Random House FSC-DEU-0100
Das für dieses Buch verwendete FSC-zertifizierte Papier
Holmen Book Cream liefert Holmen Paper, Hallstavik, Schweden.

3. Auflage
Originalausgabe September 2009 bei Blanvalet,
einem Unternehmen der Verlagsgruppe Random House
GmbH, München.
© 2009 by Blanvalet Verlag, München,
in der Verlagsgruppe Random House GmbH
Redaktion: Dr. Rainer Schöttle
Umschlaggestaltung: Hilden Design, München, unter
Verwendung von Motiven von © The Bridgeman Art
Library, © akg images und © shutterstock
lf · Herstellung: rf
Satz: Buch-Werkstatt GmbH, Bad Aibling
Druck und Einband: GGP Media GmbH, Pößneck
Printed in Germany
ISBN: 978-3-442-37054-2

www.blanvalet.de

Personen

Janed Kernevé – eine junge Bretonin, die vor einem Jahr Vater und Bruder auf See verloren hat und nun auch noch in einer Sturmflut ihr Haus und ihre Arbeit in einer Fisch-Delikatessenfabrik verliert.

Pantoufle – ein zu klein geratener Pantoffelheld, der sich ängstlich an seine Ziehmutter Janed krallt und lernen muss loszulassen. Er hat eine Heidenangst vor Möwen.

Ron Cado – Erster Offizier auf der *Boston Lady*, dem die Verantwortung für VIP-Passagiere aufgebürdet wird.

Adèle Robichon – vornehme Schwester des Reeders, die einen berühmten Tenor anhimmelt, von ihm jedoch verschmäht wird.

Lili – ihre ebenso vornehm aussehende Siamesin mit Hang zum Derben.

Maha Rishmi – »der machtvolle Lichtstrahl« – eine sterbende alte Löwin.

Pippin – ein alter Clown, der nun zu seiner Tochter nach Amerika zieht. Mit Maha-Rashmi verbindet ihn ein halbes Leben.

Les trois Matelots – ein bretonisches Komikertrio: Telo, Malo und Brieg.

Enrico Granvoce – Tenor, der es eilig hat, zu seiner Premiere an der Metropolitan zu kommen.

Jock – Erster Maschinist, der schmierige Hände hat.

Der Kapitän – ehrgeiziger Mann, der seinem Reeder gefällig sein will.

Corsair – ein pensionierter Schiffskater in der Hafenkneipe.

Sturmflut

Ich hatte es in den Schnurrhaaren! Ganz deutlich spürte ich es in den Schnurrhaaren.

Schnurrhaare sind äußerst sensibel. Und meine ganz besonders.

Ein Unglück dräute!

Ein gewaltiges Unglück.

So gewaltig, dass ich mich zitternd und zagend am liebsten in einem Loch im Sand vergraben hätte.

Aber das durfte ich nicht. Denn da war ja noch Janed. Und Janed musste gewarnt werden. Also gab ich mein schützendes Fleckchen unter den Hortensien auf und streckte meine Nase in den Wind.

Wind – na ja, das war schon etwas mehr als nur ein Wind.

Die aufgewühlte Luft zerrte an meinen Ohren, fuhr mir von hinten durch den Pelz, was überhaupt kein schönes Gefühl war. Sandkörnchen fegten durch die Luft und verfingen sich in dem weichen Unterfell, Staub wirbelte mir in die Augen, und – pfui – ein schaumiger Fetzen salziger, weißer Gischt klatschte mir mitten ins Gesicht.

Möwenkacke!

Das mochte ich gar nicht.

Auch dieses Geräusch mochte ich nicht. Dieses Donnern und unterirdische Grummeln, wenn die Wellen gegen die Felsen unter mir krachten. Dieses Gestöhne, mit dem der Sturm um die Klippen fegte. Das Knarren der Pinienstämme, die ihre Kronen bis fast auf den Boden beugten. Noch weniger liebte ich die ekstatischen Schreie der Möwen, dieser blöden Vögel, die den Sturm auch noch genossen und wie wild gewordene Papierfetzen über die Klippen tänzelten.

Möwen waren meine geschworenen Feinde.

Sie lachten immer so höhnisch.

Über mich. Über wen sonst?

Ich hasse Möwen.

Trotzdem, ich musste zum Haus, zu Janed.

Dunkelgraue Wolken fetzten über den Himmel, der Horizont hatte sich widerlich gelb verfärbt, das Meer draußen brodelte wie sonst nur die Suppe in Janeds Kessel. Tief geduckt, um dem heulenden Wind nicht zu viel Angriffsfläche zu bieten, schlich ich mich über den steinigen Pfad zwischen dem kratzigen Heidekraut. Nur dann und wann hielt ich inne, um den Kopf zu heben. Ich musste mich auf meine Augen verlassen, die Nase tat es bei derartig durcheinandergewirbelten Luftmassen nicht mehr.

Eine besonders gemeine Böe hätte mich beinahe erfasst und gegen einen spitzen Stein geschleudert. Mit den Krallen konnte ich mich gerade noch in dem niedrigen Gestrüpp festhalten. Schon platschten Regentropfen auf den Boden, Wasser kroch mir in das linke Ohr, und ich musste meinen Kopf heftig schütteln.

Ich hasse Wasser. Es ist so nass!

Aber trotzdem, ich musste zum Haus, zu Janed.

Noch ein paar Schritte zwischen den Felsbrocken hindurch, dann konnte ich den breiten Weg erkennen, der vom Dorf zu unserem Haus auf den Klippen führte.

Da! Dahinten kam sie. Mit einer Hand hielt sie ihr Kopftuch fest, in der anderen trug sie die Korbtasche und versuchte, mit ihr den flatternden Rock zu bändigen.

Arme Janed. Auch sie hatte gegen den gemeinen Wind zu kämpfen. Und sie hatte noch nicht einmal Krallen an den Füßen, mit denen sie sich festhalten konnte. Gebeugt stemmte sie sich gegen die Böen und kam nur Schritt für Schritt voran.

Ich wollte ihr entgegenlaufen, aber das war ausgesprochen mühsam.

Also kroch ich geduckt weiter.

Am Mäuerchen vor dem Haus trafen wir endlich zusammen.

»Ei, Pantoufle, gut, dass du es geschafft hast. Schnell hinein ins Trockene, mein Kleiner. Das wird ein schlimmes Unwetter!«

Man brauchte also nicht einmal Schnurrhaare, um das zu erkennen.

Erleichtert betrat ich mit ihr das schützende Haus.

Man muss es den Menschen lassen, sie haben es raus, sich gemütliche Unterschlupfe zu schaffen. Dieser hier bestand aus Feldsteinen und hatte ein festes Dach, sodass es nicht hineinregnen konnte. Und eine Tür und Fensterläden, blaue, die man zumachen konnte, damit der Wind nicht hindurchfegte. Und eine Feuerstelle. Eigentlich ist mir Feuer ja unheimlich, aber Janed hat es gut im Griff. Sie stellte die Tasche ab und kümmerte sich um den Kamin. Das war ihre Aufgabe. Meine war es, den Inhalt der Tasche zu prüfen.

Sardinenpaste, ein paar Stücke rohen Fisch, irgendein unnützes Gemüsezeug, Milch in einem Krug. Das war gut.

Weniger gut war es, dass der Rauch in den Raum gedrückt wurde, weil der Sturm im Schornstein jammerte. Janed stieß ein paar unwirsche Worte hervor und machte das Feuer wieder aus.

»Es wird eben etwas ungemütlich heute Abend, Pantoufle«, sagte sie zu mir, und ich beschloss, mich dicht bei ihr zu halten, um ihr das Leben ein wenig angenehmer zu machen. Beispielsweise auf ihren Schoß zu springen, um sie anzuschnurren. Das mögen Menschen.

Aber erst bat ich um eine kleine Stärkung.

Ich mag Fisch.

Und ich bekam reichlich. Denn Janed verbrachte ihre Tage in einer Konservenfabrik, wo sie köstliche Dinge aus Fischen herstellte. Das Zeug wurde dann in Dosen gesteckt und an Menschen verfüttert. Ob mit oder ohne Dose – das entzog sich allerdings meiner Kenntnis.

Ich bekam es, bevor es in die Dose gelangte.

Für eine Weile vergaß ich über meinem Teller fast das Toben der Elemente. Hier im Haus zog es zwar da und dort ein wenig durch die Ritzen an den Fenstern, rüttelte es an den Läden, und das tiefe Donnern der aufgebrachten See brachte die Kupferpfannen über dem Herd zum Scheppern, aber es war trocken, und nichts zauste an Pelz und Röcken.

Und dennoch, ich hatte es in den Schnurrhaaren!

Kaum war der Fisch verputzt und ich geputzt, zuckten sie schon wieder in höchster Aufregung.

Janed hatte eine Lampe angezündet, so finster war es an diesem Nachmittag, und in ihrem flackernden Schein stopfte sie ein paar Strümpfe. Sie schien sich keine Sorgen zu machen. Ich strich ihr leise maunzend um die Beine, um ihr mein Missbehagen mitzuteilen.

»Pantoufle, was ist denn? Ängstigt dich der Wind?«

Natürlich. Da half auch das Kraulen im Nacken nichts.

»Der geht vorbei, Katerchen. Das ist nur einer der wilden Frühjahrsstürme. Die kommen um diese Jahreszeit über den Atlantik gezogen, und unsere Klippen sind das erste Hindernis, das sich ihnen in den Weg stellt. Das tun sie aber schon seit langer, langer Zeit, und bisher haben sie immer standgehalten.«

Was war schon lange Zeit? Ich hatte erst einen Frühling so richtig miterlebt; der erste zählte nicht, da war ich gerade zur Welt gekommen. Aber Janed war viel älter als ich. Eine richtig betagte Katze aus der Nachbarschaft hatte mir mal erzählt, dass Menschen mehr als dreimal so lange leben können wie wir.

Also sollte ich ihr wohl vertrauen, wenn sie behauptete, dass keine Gefahr drohte.

Aber meine Schnurrhaare sagten etwas anderes!

Und der Sturm heulte lauter.

Und das Meer donnerte stärker.

Und der Boden unter meinen Pfoten erzitterte.

Meine Schnurrhaare befanden sich in Aufruhr.

Es krachte!

Ein Stück grauschwarzer Himmel wurde über uns sichtbar. Wind fauchte durch das Loch im Dach.

Janed sprang auf, und die Socken fielen auf den Boden.

Es krachte noch einmal.

Sie schrie, als mehr von dem Dach davonflog.

Ich drückte mich in eine Ecke.

Janed raffte ihr Umschlagtuch um sich und zog die Schuhe an.

Es knirschte.

In der Mauer knirschte es.

Es donnerte, rumpelte, toste.

Ein Riss tat sich in der Wand neben mir auf.

»Raus, Pantoufle!«

Nein. Doch nicht nach draußen ...

Schon öffnete sie die Tür, stemmte sich gegen den Wind.

»Raus, Pantoufle!«, schrie sie mich an, aber ich war wie gelähmt vor Angst.

Sie kam zurück, packte mich, klemmte mich unter den Arm wie einen Brotlaib und kämpfte sich nach draußen.

Gischt nässte uns. Graugrüne Wellen schossen die Felsen empor. Janed rannte.

Es gab einen gewaltigen Schlag, und mit einem schrecklichen Laut brach ein Stück von der Klippe ab.

Unser Haus verschwand in den brodelnden Fluten.

Janed warf sich auf den Boden. Wasser spülte über uns. Sie ließ mich los, krallte sich in das magere Strandgras. Ich mich auch.

Regen, Gischt, Salzwasser stürzten auf uns nieder, der

Sturm riss Janeds Tuch fort. Es flatterte wie eine Fledermaus über die Heide. Sie kroch auf dem Bauch weiter.

Ich auch.

Wassermassen erfassten mich von hinten. Ich wurde umhergewirbelt, verlor erst die Orientierung und dann das Bewusstsein.

Traurige Erinnerungen

Benommen erwachte ich in einem Bündel nasser Algen. Jeder Knochen tat mir einzeln weh. Salz und Sand verkrusteten mein Fell, an einigen Stellen auch Blut.

Aber ich lebte.

Zumindest noch ein bisschen.

Der Sturm war zu einem stetigen Wind abgeflaut, die Wellen rauschten zwar noch immer aufgeregt über den Strand, bauten sich aber nicht mehr zu diesen hohen Wasserwänden auf.

Das war beruhigend.

Aber leider auch das Einzige, was beruhigend war.

Mühsam bewegte ich eine Pfote. Aha, das ging. Auch die anderen folgten, wenn auch zögerlich, meinem Willen. Der Schwanz zuckte auch noch. Wie üblich nicht nach meinem Willen; dennoch war ich ganz froh, dass er noch dran war.

Ein weißer Blitz schoss von oben auf mich nieder, und sogleich legten die Pfoten alles Zögern ab.

Ich sprang auf und entwischte gerade noch dem harten, gelben Schnabel.

»Höhöhö!«, höhnte die Möwe.

Mistvieh!

Sie schwang sich auf und setzte zur nächsten Attacke an.

Ich rettete meine protestierenden Knochen unter einen kleinen Felsvorsprung. Dummerweise lagen hier Muschelschalen, und ein schmerzhafter Schnitt verletzte meinen Ballen an der Hinterpfote.

Möwenschiss!

Immerhin gab der verfluchte Vogel sein Ansinnen auf, mir den Pelz zu zerpflücken, und ich konnte erneut zusammenbrechen.

Ein zaghafter Sonnenstrahl weckte mich das nächste Mal und brachte mir erneut und weit deutlicher als zuvor meine missliche Lage zu Bewusstsein.

Ich war alleine. An einem Strand, den ich nicht kannte. Gebeutelt und ramponiert. Hungrig und durstig. Den Möwen und Sandflöhen hilflos ausgesetzt.

Noch einmal überprüfte ich meine Glieder. Es war noch immer alles dran, sogar der komplette Satz Schnurrhaare. Nass war auch alles, und als ich vorsichtig über eine leicht erreichbare Stelle leckte, hatte ich den scheußlichen Salzgeschmack auf der Zunge.

Entmutigt wollte ich einfach nur wieder die Augen schließen und die Welt vergessen.

Aber selbst das war mir nicht vergönnt.

Wasser platschte von oben auf meinen Kopf. Genau zwischen die Ohren.

Ich hasse Wasser.

Vor allem in den Ohren!

Mühsam schleppte ich mich aus dem stetigen Rinnsal und blickte mich suchend nach einem anderen Versteck um. Ein weiterer Tropfen lief mir die Nase hinunter. Ich streckte unwillkürlich die Zunge heraus und leckte ihn ab. Kein Salzwasser.

Köstlich.

Was da den Felsen herunterlief, musste aus einer Pfütze Regenwasser stammen. Ich liebe Pfützen. Das Wasser darin half gegen den Durst.

Danach fiel mir auch das Putzen leichter. Und einen einigermaßen geschützten Platz fand ich auch dort, wo sich im Fels eine kleine Höhle gebildet hatte.

Sie sollte mein Heim für die nächste Zeit werden. Was blieb mir auch anderes übrig? Denn um den beschwerlichen Weg die Klippen hinauf zu wagen, fühlte ich mich bei Weitem zu schlapp.

Immerhin fand ich schon am nächsten Tag etwas zu futtern. Ein Fisch war mir sozusagen vor die Pfoten gespült worden. Allerdings hatte ich panische Angst, als ich aus meiner Höhle kroch, um ihn mir zu holen. Diese Möwengeschwader warteten nämlich schon darauf, ihn mir abspenstig zu machen.

Also vorgesprintet, Fisch geschnappt und zurück.

»Höhöhö«, kreischte die Möwe empört.

Widerliches Federvieh.

Ich sandte ihr einen giftigen Blick, und sie setzte sich vor meiner Höhle in den Sand und watschelte arrogant auf und ab. Möwen können gar nicht anders als sich unelegant bewegen.

Ich fauchte sie an, aber das störte sie überhaupt nicht.

Ich brummte eine weitere Warnung, sie flatterte mit den Flügeln und hopste ein winziges Stück weiter.

Wenigstens ein kleiner Erfolg.

Mit wachsamen Augen schlang ich den Fisch runter. War nicht mehr ganz frisch, aber der Hunger trieb's rein.

Endlich flog auch die Möwe fort. Sie hatte wohl eingesehen, dass ich nicht zum Teilen bereit war.

Nachdem mein Magen gefüllt war, drehte ich mich so, dass meine Knochen von der Aprilsonne gewärmt wurden und dabei so langsam heilen konnten. Doch während dieser Mußezeit setzte dann allerdings eine ganz andere Form von Elend ein.

Janed. Meine Menschenfreundin Janed. Was war mit ihr geschehen?

Unser Haus war perdu, von der Klippe gerutscht, von der brüllenden See verschlungen. Kein kuscheliges Bett mehr, kein knisterndes Kaminfeuer, kein Tellerchen mit Milch, keine Decke, sich darin eine Kuhle zu treteln.

Keine Schmusestunde mehr, kein Kraulen und Bürsten, kein Summen und Plaudern.

Das Letzte, das ich von Janed gesehen hatte, war ihr verzweifelter Versuch gewesen, sich am Boden festzuhalten. Hatte auch sie die Welle erfasst? War auch sie die Klippen hinuntergespült worden? War sie zerschlagen und blutig irgendwo angeschwemmt worden?

Unsägliche Trauer wollte mich übermannen. Ich liebte meine Janed doch so sehr. War sie mir nicht Mutter,

Spielgefährtin, Beschützerin gewesen fast vom ersten Tag meines Lebens an?

Unglücklich legte ich die Schnauze auf meine weißen Pfoten, denen ich meinen Namen verdankte.

»Pantoufle«, hatte sie mir ins Ohr geschnurrt, just als ich gelandet war. »Pantoufle, dich schickt der Himmel!« Ja, das hatte sie gesagt.

Und ich hatte mich augenblicklich wie im Himmel gefühlt.

Auch wenn ich damals meine Maman und die drei Geschwister vermisst hatte. Eine kleine Weile.

Es war nämlich so, dass Maman uns in einem Garten zur Welt gebracht hatte. Wo, daran kann ich mich nicht mehr erinnern. Ich hatte gerade mal die Augen geöffnet und konnte mit ihnen voller Staunen den rotgoldenen Bauch mit den prallen Zitzen betrachten, als diese verdammte Raubmöwe niederstieß, mich am Kragen packte und entführte.

Eine Zeit lang hing ich in der Luft, hilflos und starr vor Entsetzen, dann ließ sie mich plötzlich fallen. Ich stürzte und stürzte und schlug in etwas Weichem auf.

Später erfuhr ich, dass es sich um Janeds Schürze gehandelt hatte, die sie geistesgegenwärtig ausbreitete, als sie mich fallen sah. Danach kümmerte sie sich um mich, wofür ich ihr auf immer und ewig dankbar sein werde. Sie trug mich unter ihrem Umschlagtuch, damit mir warm blieb, sie fütterte mich mit einem in Milch getauchten Stoffzipfel, sie brachte mir ganz klein gehackten Fisch oder Muschelfleisch. Sie bearbeitete mein Fell mit einer weichen Bürste, ließ mich nach einem Wollknäuel haschen und zeigte mir Haus und Garten. Aber nach draußen ging ich nicht gerne. Die Möwen machten mir Angst. Darum nannte Janed mich auch manchmal ihre kleine Schisserkatze.

Das gefiel mir nicht, obwohl sie eigentlich recht hatte. Lieber hörte ich auf Pantoufle. Warum sie mich so nannte, wurde mir klar, als ich lernte, meinen Pelz selbst zu pflegen. Er war heller als der von Maman, einfach nur sandfarben, aber an allen vier Pfoten trug ich strahlend weiße Pantoffeln. Mein Bauch war auch weiß, und es war mir ein Anliegen, ihn immer fleckenlos sauber zu halten. Einen kleinen weißen Fleck unter dem Kinn besaß ich auch. Den konnte ich aber nur sehen, wenn ich in eine spiegelnde Fläche blickte. Die hatte mir Janed mal vorgehalten und gesagt, der hübsche kleine Kater darin sei ich.

Und das glaubte ich ihr wirklich!

Aber was nützte mir das Hübschsein jetzt?

Außer dass mein Fell im Sand eine recht gute Tarnung darstellt.

Aber die Möwen sahen mich trotzdem, diese widerlichen Pelzrupfer.

Das Meer kam und ging, der Himmel wölbte sich des Tags blau und wolkenlos über mir. Nachts glitzerten die Sterne, und der Mond ließ die Wellenkämme silbern leuchten.

Die kleine Bucht, in der ich gestrandet war, bot einigermaßen Schutz vor dem Wind, hatte trockene, sonnige Flecken, aber auch schattige Winkel. Wie ein Torbogen ragte ein Felsen an einer Seite in das Wasser, und bei Ebbe konnte ich trockener Pfote durch ihn hindurchgehen. Das half mir aber nicht weiter, denn dahinter befand sich nur wieder eine noch kleinere Bucht innerhalb von noch steileren Felsen. Bei Flut tobte die Brandung darin, weshalb ich es bei einem kurzen Besuch beließ.

Drei weitere Tage sann und sann ich darüber nach, wie ich wohl die Felsen hinaufkommen könnte. Im Klettern war ich eigentlich ganz geschickt; die Holzpfosten, die Janeds Wäscheleinen hielten, hatte ich schon sehr früh zu erklimmen gelernt, aber in Holz konnte man seine Krallen schlagen. Auch in den Klippen am Haus hatte ich einen moosbewachsenen Weg gefunden, aber hier war es viel schroffer, und überall lag Geröll an ihrem Fuß. Schon ein paar Stellen hatte ich ausprobiert, war aber immer abgeglitten. Und da mir die Gräten noch immer wehtaten, traute ich mich einfach nicht, die steile Wand zu erklettern. Wenn ich von größerer Höhe abstürzte, würde ich vermutlich Tage brauchen, um wieder laufen zu können.

Ach Janed! Wie sehr fehlte sie mir. Wie oft hatte sie mich aus dummen Situationen befreit, wenn ich irgendwo hineingeraten war, wo ich nicht wieder hinausfand. Ich musste nur jämmerlich maunzen, sie hörte mich immer. Sogar als dieser dumme Kessel umgefallen war und ich darunter gefangen saß. Fast den ganzen Tag. Oder als der Holzstapel vor dem Haus ins Rutschen gekommen war und mich unter sich begraben hatte. Oder ich im Butterfass feststeckte ...

Ach Janed.

Ohne sie fühlte ich mich so hilflos.

Sie verscheuchte auch immer die Möwen, wenn ich mit ihr in dem kleinen Garten arbeitete. Sie grub ganz gerne in der Erde – ich auch, wenn auch aus anderen Gründen. Sie pflanzte Blumen und Kräuter an, rupfte anderes Zeug aus, und oft lud sie mich ein, nach ein paar langen Grashalmen zu haschen. Eine dieser Pflanzen liebte ich besonders, das war so ein wundervoll duftendes Kraut, das sie Baldrian nannte. Hach, was konnte ich mich darin wälzen. Richtig wollüstig, jawohl. Sie pflückte es für mich und stopfte es in einen kleinen Leinenbeutel, mit dem wir dann auch im Haus spielen konnten. Und sie legte die getrockneten Blättchen manchmal im Winter in meinen Korb. Dann rochen sie zwar nicht mehr so stark, aber sie schenkten mir wundervolle Träume.

Ach Janed!

Sie war eine lustige Freundin. Sie schwatzte immer mit mir, und an kühlen Abenden zündete sie oft die Lampe an und las mir aus einem dicken Buch etwas vor. Über fremde Länder und Städte. Dann erzählte sie mir auch, dass sie die gerne alle mal sehen würde. Ich allerdings war zufrieden mit meinem Revier, und das zeigte ich ihr auch immer wieder. Sie verstand mich und lachte oft mit mir. Gut, sicher, gelegentlich auch mal über mich. Als Jungkater war ich ziemlich tollpatschig, und wenn ich vor den Möwen floh, stolperte ich auch schon mal etwas kopflos in Sicherheit. Aber sie lachte nie höhnisch, wie diese blöden Strandhühner. Nur manchmal, abends, bevor wir ins Bett gingen, da war sie still und in sich gekehrt, und es tropfte aus ihren Augen. Dann sprang ich immer auf ihren Schoß und schnurrte sie an. Sie murmelte dann etwas davon, dass ich ein guter Kater und ihr Trost und Hilfe sei. Dann –

in diesen ganz wenigen Momenten – fühlte ich mich stark und groß.

Jetzt fühlte ich mich klein und elend.

So wie Janed manchmal, denn die hatte nämlich ihren Bruder und ihren Vater verloren, kurz bevor ich ihr in den Schoß gefallen war. Genau wie ich auch meine Geschwister und meine Maman verloren hatte. Aber für mich war das nicht ganz so schlimm, weil ich ja Janed hatte.

Nun hatte ich sie auch verloren.

Und über mir kreisten die Möwen.

Aufbruch

Wieder brach ein klarer Tag an, wieder färbte die Sonne das Wasser rot, wieder fand ich einen Fisch, der meinen Hunger stillte, und wieder musste ich vor den weißen Drangsalierern fliehen. Und doch hatte ich an diesem Morgen ein eigenartiges Gefühl in den Schnurrhaaren. Nicht von dräuendem Unheil. Sondern ganz seltsam. Es würde etwas passieren. Ich sann, während die Morgensonne mich wohlig aufheizte, darüber nach. Das Wetter würde sich so bald nicht ändern, so etwas fühlte sich anders an. Vielleicht bekam ich Gesellschaft?

Eine nicht unberechtigte Hoffnung. Vor der Bucht waren nämlich endlich auch wieder Boote aufgetaucht. Nach dem Sturm hatte sich kaum ein Mensch auf das

Wasser getraut. Aber nun waren die Fischer wieder ausgelaufen, und die Segel blähten sich im Wind.

Vielleicht kam ja jemand hier in die Bucht und nahm mich mit?

Doch der Morgen verlief ereignislos, die Sonne stieg stetig auf ihrer Bahn, und entmutigt suchte ich einen Schattenflecken auf.

Da geschah es. Ich blickte nach oben und sah flatternde Röcke. In den Röcken steckte eine Frau, die sich mit einer Hand die Augen beschattete und über das Meer hinaussah.

Genauso wie meine Janed es auch immer getan hatte.

Konnte das sein?

Ich sprang auf und maunzte.

Sie sah weiter zum Horizont hin.

Die Möwen kreischten hämisch ihr »Höhöhö«.

Drecksviecher!

Ich versuchte es lauter, kreischte ebenfalls.

Die Frau auf der Klippe zuckte zusammen.

Ich legte alle Kraft in meine Stimme und jaulte, dass es mir fast die Kehle sprengte.

Sie sah nach unten. Ich warf mich rücklings in den Sand, sodass die Sonne mein weißes Bauchfell aufleuchten ließ (der Rest von mir hob sich ja nicht so gut vom Sand ab).

Ganz leise drang an mein Ohr der verwunderte Ruf: »Pantoufle? Pantoufle???«

Dann verschwand sie aus meiner Sicht.

Enttäuscht kam ich wieder auf die Pfoten. Hatte mich

mein Gehör genarrt? Waren meine Schnurrhaare unzuverlässig geworden?

Nein, alle meine Sinne funktionierten noch so, wie sie sollten. Dort, wo der Fels oben Einschnitte wie Stufen hatte, kletterte die Frau, die ganz sicher Janed war, herunter. Die Stelle hatte ich auch schon mal ins Auge gefasst, aber die scharfkantigen Muscheln, die im Geröll angeschwemmt worden waren, hatten mich gehindert, den Aufstieg dort zu versuchen. Bis zum Fels hätte ich es ja vorsichtig noch geschafft, aber dort auszugleiten und aus der Höhe auf die Muscheln zu fallen, davor hatte ich zu viel Schiss.

Janed hatte feste Lederstiefel an, die Muschelschalen knirschten unter ihren Füßen, und dann hatte sie sich auch schon zu mir heruntergebeugt und mich aufgehoben.

»Pantoufle, heilige Mutter Anne, Pantoufle, wie bist du nur hierhin geraten? Mein Kleiner, mein Süßer, mein liebster Kater, mein Pantöffelchen.«

Sie schnurrte und gurrte in meine Ohren und flüsterte alle netten Namen, die sie für mich kannte. Ich tat es ihr gleich.

»Ronronronron!«

Was war ich glücklich!

»Pantöffelchen, ich habe geglaubt, dass du tot bist. Ich kann es gar nicht glauben, dass du den Sturm überlebt hast. Die Wellen, sie waren so hoch«, sagte sie dann leise und setzte sich auf einen Stein. Ich blieb auf ihrem Schoß und sah sie groß an.

»Pantoufle, liebster kleiner Pantoufle, und ich muss jetzt fortgehen.«

Fortgehen?

»Ja, Pantoufle, ich verlasse Quiberon, unsere schöne Halbinsel. Ich kann nicht mehr bleiben, Töffelchen. Mein Haus ist fort, die Fabrik zerstört, viele Fischer haben ihre Boote und Netze verloren. Die Nachbarn haben ihre eigenen Sorgen, Pantoufle, ich kann ihnen nicht auch noch zur Last fallen. Sie haben mir Kleider, zu essen und ein Bett gegeben. Aber mehr können sie nicht tun, Arbeit findet sich hier nicht mehr für mich. Also werde ich jetzt nach Brest fahren. Dort gibt es große Fabriken. Ich werde bestimmt eine Stelle finden.«

Brest – das Wort hatte ich schon öfter gehört. Wenn Janed mit den Nachbarn sprach. Brest, das war etwas Großes, mit vielen Menschen und vielen Schiffen. Eine Stadt eben. Meistens hatten die Menschen einen sehnsuchtsvollen Klang in ihrer Stimme, wenn sie von diesem Ort sprachen. Dort trafen Schiffe aus einer anderen Welt ein und fuhren auch wieder dorthin zurück. Zu einer Welt voller Wunder und unendlichen Möglichkeiten.

Sagten sie.

Was immer das hieß.

Und dorthin wollte Janed nun? In den Hafen der Sehnsucht? Konnte sie nicht hierbleiben? Es gab doch Fische und Muscheln für alle. Ich musste ihr das doch einfach nur mal zeigen.

Vom Schoß runter und zum Wasser hin. Ja, da lag auch gleich wieder eine von den Austern. Ich schnappte sie mir und brachte sie zu ihr. Sie lachte leise.

»Danke, Pantoufle. Du weißt schon, was gut schmeckt.«

Das auch, aber sah sie denn nicht? Das Zeug konnte sie auch sammeln und essen. Sie bekam diese harten Dinger mit ihrer Hilfskralle, die sie Messer nannte, auf. Das hatte ich oft beobachtet. Und eine Höhle gab es hier am Strand ebenfalls. So groß, dass sie hineinpassen würde. Ich maunzte sie an und stakste in die entsprechende Richtung.

»Und das war dein Unterschlupf?«

Jetzt auch deiner.

Aber das verstand sie nicht.

»Ja, Pantoufle – es ist hübsch hier. Aber ich muss trotzdem fort. Kleiner, was mache ich nur? Ich kann dich doch nicht einfach hierlassen.«

Schwupps saß ich wieder in ihren Armen und wurde an ihre Schulter gedrückt.

Langsam ging sie mit mir den schmalen Strand auf und ab und murmelte vor sich hin, wie sehr sie um mich getrauert habe, weil sie dachte, ich sei in den Fluten umgekommen. Dann setzte sie sich wieder auf den Stein und legte mich in ihren Schoß.

»Pantoufle, es ist eine weite Reise. Ich muss bis nach Auray gehen. Dort kann ich mein Erspartes von der Bank abholen. Und dann mit der Eisenbahn fahren. Aber in Brest, du, da weiß ich nicht, wo ich wohnen werde. Ich war noch nie in der Stadt.«

Sie war noch immer wild entschlossen. Gut, wenn sie gehen musste, musste sie gehen. Aber ich wollte mit. Sie konnte mich doch nicht einfach hier an diesem einsamen Strand aussetzen. Wo die Möwen nur ständig darauf warteten, mir an den Pelz zu gehen.

Ich sprang in den Sand und umkreiste sie maunzend.

Sie sah mich an.

Ich sah sie an.

Sie hatte so hübsche grüne Augen.

Bitte, bitte, bitte nimm mich mit. Ich mache mich auch ganz klein!

Ich demonstrierte ihr, *wie* klein ich mich machen konnte, indem ich mich zusammenrollte.

»Ich müsste dich tragen«, sann sie leise vor sich hin.

Ich kann laufen, ganz weit und schnell, wenn du mich nur nicht zurücklässt, Janed.

Ich zeigte es ihr, indem ich den Strand auf und ab flitzte und dann zu ihr zurückkam.

»Viele Meilen, Pantoufle. So viele Meilen, das halten deine Pantöffelchen nicht aus.«

Sie streichelte mich, und ich merkte, wie ihr Sinn sich dem Problem zuwandte, wie ich mit ihr reisen konnte. Sie dachte nach – und wenn Menschen nachdenken, muss man sie in Ruhe lassen.

Ich vertrieb mir die Zeit damit, ein wenig in dem losen Sand zu scharren. Wer wusste schon, wann ich wieder dazu kam, meinen kätzischen Bedürfnissen nachzukommen.

Und weil das Graben in dem losen Boden recht vergnüglich war, kratzte ich auch über die sanitären Erfordernisse hinaus noch etwas weiter. Was dazu führte, dass meine Kralle sich in etwas verfing, was unter dem Sand verborgen war. Ich zerrte es hoch und blinzelte. Es schimmerte nämlich, und als ich weiter daran zog, wurde es lang und immer länger. Das war lustig! Eine Alge war es nicht, eher sah es ein bisschen so aus wie eine von Janeds Haarsträhnen. Die leuchteten in der Sonne ebenfalls golden. Aber das Ding war fester. Und nun blieb es auch noch an irgendetwas hängen. Ich bekam den Anfang aus der Kralle heraus und scharrte noch ein bisschen tiefer. Ein flacher, runder Gegenstand kam zutage. Hübsch, wie der so glitzerte. Bestimmt gefiel das Janed auch. Ich schnappte mir das ganze Gebamsel und trug es zu ihr hin. Sie schaute gedankenverloren über das Wasser und bemerkte mich nicht.

Vertrauensvoll schmiegte ich mich an ihr Bein und schnurrte leise.

»Ja, Pantoufle, so wird es gehen«, meinte sie plötzlich.

Ich sah hoch.

»Der Korbmacher – er wird uns helfen.« Und dann sagte sie ganz versonnen: »Damals war es auch der Korbmacher. Aber er konnte ihr nicht mehr helfen.«

Wem helfen? Und warum Korbmacher? Manchmal haben Menschen schon seltsame Gedankengänge. Aber das muss man ihnen nachsehen, wo sie doch so lange leben. Da bringt man bestimmt dann und wann etwas durcheinander.

Obwohl sie plötzlich ganz aufgemuntert wirkte.

»Diesmal kann er uns helfen, Pantoufle. Und dann reist du erster Klasse.«

Na also. Ich kam mit. Zufrieden drückte ich ihr meinen Kopf an das Knie.

»Ohne dich kann ich nicht sein, mein Kleiner. Ich könnte keine Nacht mehr schlafen, wenn ich dich hier zurücklassen müsste.«

Ich auch nicht, Janed. Ich auch nicht.

Dann bemerkte sie meine Beute, die ich ihr zu Füßen gelegt hatte.

»Was hast du denn da gefunden?«

Sie nahm den Gegenstand hoch und ließ ihn an einem Finger baumeln.

»Das ist wertvoll, Pantoufle. Das ist eine Goldkette mit einem Medaillon. Wie hübsch. Wer das verloren hat, wird sicher sehr traurig sein.«

Sie knispelte an dem Ding, das sie Medaillon nannte, herum und klappte es auf. Darin befand sich ein matschiges weißes Fetzchen Irgendwas, das sie mit dem Fingernagel herauskratzte.

»Das muss mal ein Bildchen gewesen sein, aber das hat das Salzwasser wohl aufgelöst«, murmelte sie. »Und hier steht ein Datum. Einundzwanzigster Juni 1877. Das ist dreizehn Jahre her. Aber so lange wird das hier nicht gelegen haben. Aber doch lange genug, dass der Sand es begraben hat.« Und dann strich sie mir noch mal über den Kopf. »Ich werde es behalten, denn diejenige, die es verloren hat, werden wir wohl nicht mehr finden. Danke, Pantoufle. Ich nehme das als gutes Omen für meinen Entschluss.« Sie betrachtete die Kette, die an einer Stelle zerrissen war, und meinte dann: »In Auray werde ich einen Goldschmied aufsuchen und fragen, ob man das wieder ganz machen kann.«

Dann wickelte sie Anhänger und Kettchen in ihr Taschentuch und steckte es ein. Anschließend beugte sie sich zu mir und nahm mich auf den Arm.

»Du wirst dich gut festhalten müssen, Pantoufle. Ich werde jetzt diesen steilen Pfad hochklettern.«

Aber liebend gerne, Janed.

Ich krallte mich in den dicken Stoff ihrer Jacke, und mit einigem Keuchen und gelegentlichem Schimpfen erklomm meine Menschenfreundin den Felsen. Zwei-, dreimal hatte ich fürchterliche Angst, dass sie abgleiten könnte und wir beide nach unten fallen würden, aber sie war eine Geschickte, und bald hatten wir es dann doch auf das Plateau geschafft. Hier stand auch ihre große Tasche, und aus der zog sie ein wollenes Umschlagtuch heraus. Mit ein paar schnellen Handgriffen hatte sie es zu einem Bündel verknotet und forderte mich auf, darin Platz zu nehmen. Das Spielchen hatten wir oft gemacht, als ich noch ganz klein gewesen war. Ein bisschen unwürdig kam es mir schon vor, aber dann überlegte ich, dass die Alternative wohl war, hinter ihr herzulaufen und sie womöglich aus den Augen zu verlieren. Also hüpfte ich hinein und wurde auch schon aufgehoben.

Sie schlang das Tuch mit dem Knoten nach vorne um ihre Schultern, und ich hing wie ein nasser Sack über ihren Rücken. Dann wuchtete sie die Tasche hoch und machte sich zielstrebig auf den Weg.

Beim Korbflechter

Die Sonne stieg höher und näherte sich dem Zenit. Der monotone Schritt meiner Menschenfreundin wiegte mich in einen Dämmerschlaf, und ich erwachte erst wieder, als sie innehielt und die Tasche auf dem Boden absetzte.

Neugierig streckte ich meinen Kopf aus dem Umhang und musterte die Umgebung. Wir waren an einer Landenge angekommen. Durch den Pinienwald konnte man rechts ein hohes Gebäude sehen, viel höher als die, die ich bisher kennengelernt hatte. Und auch ganz anders gebaut. Die Mauern schienen nicht aus Feldstein zu bestehen, sondern wirkten viel glatter und waren hellgelb, fast wie der Sand. Unten gab es ganz viele Fenster mit Schnörkeln drumherum, und auf dem Rasen davor standen weiße Tische und zierliche Stühle. Ein paar Leute saßen plaudernd unter gelbweißen Sonnenschirmen und plauderten, in den Gläsern auf den Tischen blitzte das Licht.

»Da haben wir früher auch manchmal eine Limonade getrunken, Pantoufle. Als Maman und Grandmère noch lebten und ich ein kleines Mädchen war. Das ist ein vornehmes Hotel«, erklärte mir Janed. »Aber heute bleibt uns dafür keine Zeit. Und Geld habe ich auch nicht für ein feines Mittagessen, wie es dort angeboten wird. Aber es ist schön hier zwischen den beiden Meeren.«

Das mochte schon sein, denn vor uns erstreckte sich der weiße, lange Strand rechts und links vom Fahrweg. Weiter vor uns türmte sich ein gewaltiges Bauwerk auf und machte einen martialischen Eindruck.

»Die Festung von Penthièvre«, erklärte mir Janed. »Puh, noch eine halbe Meile.« Pferdefuhrwerke, hochbeladen, rollten an uns vorbei, ein eiliger Reiter galoppierte den Strand entlang, in der geschützten Bucht links von uns schaukelten Segelboote auf dem glitzernden Wasser, und am Ufer flickten einige Männer Netze neben ihren roten, blauen und gelben Booten.

Janed ließ noch immer ihren Blick über das Land und das Meer streifen, als wollte sie sich alles für immer einprägen. Sie schnaufte dabei ein wenig und roch verschwitzt. Aber sicher nicht, weil sie mich tragen musste. So schwer bin ich nämlich nicht. Eigentlich bin ich sogar ziemlich klein und mager geblieben. Obwohl ich nie hungern musste. Aber Janeds Tasche war prall gefüllt, und an ihr hatte sie sicher ordentlich zu schleppen.

Sie knüpfte das Tuch über ihren Haaren auf und ließ den Wind ihre feuchte Stirn kühlen. Außerdem nagte sie an einem verschrumpelten Apfel. Ich ruckelte ein wenig in meinem Tuch, weil ich gerne etwas umhergelaufen wäre, aber sie kraulte mich nur ein bisschen unter dem Kinn und meinte, gleich gehe es weiter.

Und so war es auch. Doch der nächste Halt kam schnell.

»Jozeb, bist du zu Hause?«

Ich wieder mit der Nase raus aus dem Umhang und kritisch geäugt. Wir standen vor einer Hütte mit niedrigem Binsendach, an deren Wand sich Körbe und Kiepen stapelten. Es roch nach Holz und Leim, Tabak und getrockneten Algen. Jener Jozeb, den Janed gerufen hatte, schlurfte um die Hausecke und musterte uns.

»Schau an, die kleine Janed von St. Pierre!«, rief er dann erfreut aus.

»So klein nun auch nicht mehr, Jozeb. Schon vierundzwanzig Jahre habe ich auf dem Buckel!«

»Trotzdem nur ein Drittel von dem, was ich mit mir

herumschleppe! Aber jedem seine Last, was, Mädchen? Was führt dich zu mir? Brauchst du ein hübsches Blumenkörbchen oder einen zierlichen Vogelkäfig oder doch eher eine Reuse?«

»Einen Korb für meinen Kater, Jozeb.«

Ich nahm diese Erwähnung zum Anlass, einen Begrüßungsmaunzer auszustoßen. Der alte Gnom bemerkte mich und grinste. Dabei breiteten sich alle seine Falten quer über sein braunes Gesicht aus.

»Der ist niedlich. Aber Katzen gehören ins Haus, nicht auf den Rücken.«

»Mein Haus ist fort.«

Die Falten im Gesicht des Alten zogen sich nach unten.

»Oh, wie schrecklich. Der Sturm, Janed?«

»Ja, der Sturm.«

»Komm rein und erzähle. Ich habe einen Kouin Amman, den ich mit dir teilen kann.«

Janed liebte diesen süßen Kuchen, das wusste ich wohl. Ich hingegen nicht. Aber der Alte war auch zu mir freundlich, und in seiner engen, vollgestellten Hütte durfte ich den Umhang verlassen und bekam ein Tellerchen mit dicker Sahne gereicht. Darüber geriet ich leider derart in Ekstase, dass ich dem Gespräch zwischen den beiden Menschen nicht besonders aufmerksam lauschen konnte.

Als ich den Sahnebart endlich von den Lippen geleckt hatte, sagte der Alte gerade: » ... warst du noch ein Mädchen, Janed. Die arme Mademoiselle de Lanneville. Sie war so eine schöne junge Frau. Obwohl natürlich ein bisschen hochnäsig. Aber du hast damals sehr umsichtig gehandelt, kleine Janed. Ich seh dich noch völlig außer Atem hinter mir herlaufen.«

»Ich hatte solche Angst, Jozeb. Und ich konnte ihr doch nicht helfen.«

»Ich auch nicht, Gott sei's geklagt. Es passiert immer wieder, dass jemand von den Klippen stürzt, und kaum einer hat es je überlebt.«

»Die Klippen haben auch meinem Vater und meinem Bruder den Tod gebracht.«

»Ich weiß, Mädchen, ich weiß.«

»Und fast auch Pantoufle. Jozeb, es ist wie ein Wunder, dass ich ihn dort, gerade dort, wiedergefunden habe.«

»Die Bonne Mère mag ihre Hand schützend über ihn gehalten haben. Und sie wird auch dich beschützen, Janed. Du bist ein mutiges Mädchen.«

»Ich tue nur, was ich muss, Jozeb. Und vielleicht hilft es mir zu vergessen, wenn ich an einen anderen Ort ziehe.«

»Vielleicht findest du ja auch einen netten Mann, mit dem du eine Familie gründen kannst.«

»Ja«, seufzte sie. »Einen, der nicht zur See fährt, einen, den sie sich nicht zum Opfer nimmt.«

»Ach, Mädchen, Männer suchen immer die Gefahr. Auch ich tat es einst. Erst als meine Knochen müde wurden, bin ich sesshaft geworden und flechte seither Körbe.« Und dann grinste er wieder, dass sein Gesicht sich in breite Falten legte. »Kannst mich ja heiraten, kleine Janed.«

Sie lachte ebenfalls leise auf.

»Und du behauptest, keine Dummheiten mehr zu machen, Jozeb?«

»Wär eine Dummheit, was? Ein so alter Kracher wie ich und so ein hübsches Mädchen wie du. Na, was soll's. Ich hole dir einen Korb für den Kater und eine Kraxe für deine Tasche.«

Kurz darauf stand ein stabiler Korb zwischen den beiden, und Janed legte eine ausgefranste Decke hinein.

»Pantoufle, dein Reisekorb«, verkündete sie, hob mich hinein und klappte den Deckel zu.

Huch – gefangen!

Im ersten Augenblick wollte ich zu randalieren anfangen, aber da streckte sie auch schon einen Finger durch die Öffnungen, die die Weidenruten oben am Rand ließen, und stupste mich auf die Nase.

Ich sah davon ab, mit allen Krallen gleichzeitig das Geflecht zu bearbeiten, und begutachtete das Behältnis erst einmal. Die Decke roch nach Holzrauch und Mensch und Staub. Aber sie war weich. In dem Korb konnte ich mich bequem hinlegen und durch die offenen Stellen hinausschauen. Aufstehen konnte ich auch, auch wenn ich dann den Kopf einziehen musste.

Gut, besser als der Umhang war es allemal.

Der aber war inzwischen wieder in der Tasche verstaut, und die war an ein hölzernes Gestell geschnallt, das sich Janed nun auf den Rücken wuchtete. Das war erfreulich – lieber die Tasche als ich.

»Danke, Jozeb. Ich werde dann mal den Bauern Kerrot fragen, ob er mich mitnimmt.«

»Sag ihm, er soll nicht vergessen, dass er mir zwei Hühnerkörbe schuldet.«

»Mach ich.«

»Gute Reise, Janed. Und viel Glück.«

»Kann ich brauchen, Jozeb.«

Wir machten uns wieder auf den Weg, und ein bisschen schwummerig wurde mir doch, weil Janed beim Gehen den Korb schwenkte.

Aber auch das fand bald ein Ende. Wir wurden auf einen Karren mit aufgeregt flatterndem Hühnervolk in Weidenkäfigen verladen. Hühner sind auch fies zu Katzen, aber diese waren gefangen und konnten mir nichts tun. Hoffte ich zumindest. Aber ein Ohr blieb wachsam, während ich das Geholpere des Wagens im Halbschlummer über mich ergehen ließ.

Alte Freunde

So begann unsere große Reise, Janeds und meine, die uns sehr viel weiter führen sollte, als wir je geahnt hätten. Ich gewöhnte mich an meinen Korb und das Geschaukel, durfte mir dann und wann die Pfoten vertreten, wobei ich mich eng an Janeds schwingende Röcke hielt. Die Welt war ja so groß und voller Gefahren. Wir blieben über Nacht bei Leuten, die Janed kannten, und sie ließ mich eine ganze Weile dort alleine, weil sie sagte, sie müsse in der Stadt einiges erledigen. Ich verkroch mich unter dem Bett, in dem sie geschlafen hatte, und machte mich ganz klein. Die Menschen hatten nämlich drei Kinder, die ständig an mir herumzerren wollten. Ich mag das nicht. Mein Pelz gehört mir. Und nur meinen Freunden gestatte ich es, ihn durcheinanderzubringen.

Als Janed später zurückkam, hing das Medaillon an dem Kettchen um ihren Hals. Das sah hübsch aus, und als sie sich zu mir vorbeugte, baumelte der Anhänger so verlockend vor meiner Nase, dass ich mit der Pfote danach tatzen musste.

»Das gefällt dir, Pantoufle? Der Goldschmied hat es gerichtet, und jetzt habe ich ein hübsches Schmuckstück.«

Ich ließ es noch einmal schwingen, und sie lachte leise.

»Jetzt müssten wir einfach eine Daguerrotype von dir machen, dann hätte ich auch ein Bildchen des edlen Schenkers darin. Aber ich glaube, du würdest dich nicht gerne fotografieren lassen.«

So wie du das sagst, glaube ich das auch. Weiß ich denn, was für ein übel riechendes Zeug eine Daguerrotype ist und ob das Fotografieren einem nicht den Pelz versengt? Nein, das lassen wir lieber!

Janed schob sich den Anhänger in den Ausschnitt und nahm mich auf den Schoß, um mich gründlich durchzukraulen. Dabei erzählte sie mir, dass wir nicht mehr lange bei diesen Leuten bleiben, sondern mit der Eisenbahn nach Brest fahren würden.

Eisenbahn – das war nun auch wieder so ein Ding.

Schon am übernächsten Tag lernte ich das Ungeheuer kennen, ein Wesen, das Ruß und Dampf spuckte und schrecklich zischende Geräusche von sich gab. Es fauchte wie eine Katze aus der Hölle, und ich machte mich in meinem Korb ganz klein. Winzig klein. Denn auch

Janed betrachtete es etwas bänglich, wie es da so in seiner Halle stand. Es hatte wie ein riesiger Wurm hinter seinem schnaubenden Feuerkopf lauter große Kisten auf Rollen, in die Menschen einstiegen. Aber das schien ihm nicht den Magen zu füllen. Ich protestierte laut, als meine Menschenfreundin sich ebenfalls anschickte, in dieses Ungeheuer zu klettern.

»Ruhig, Pantoufle, das ist nur ein Eisenbahnwagen.«

Kannst du mir viel erzählen. Das frisst uns auf, das brät uns bei lebendigem Leib, das kocht uns auf kleiner Flamme und spuckt unsere Knochen auf die Schienen!

»Hör auf, so rumzutoben, Pantoufle. Die Leute gucken schon ganz komisch!«

Lass sie doch gucken. Ich habe Angst! Panik! Schiss!

»Schisserkater, sei still. Sonst verlangen sie, dass du hierbleibst!«, zischte sie mich an, und ich erstarrte.

Alleine hierbleiben? In der Behausung des Ungeheuers? Zwischen all den fremden Menschen? Die so viele Füße haben und einen kleinen sandfarbenen Kater gar nicht beachten?

Ich machte mich noch kleiner, wurde fast nur noch zu einem Punkt auf meiner Decke. Und ganz still wurde ich auch. Ganz, ganz still, und zitterte nur leise vor mich hin.

Dann ruckte es, und ich wurde herumgeworfen. Wieder aufgerichtet. Es rüttelte, und dann kam dieses Geräusch. Ruschdada, ruschdada, ruschdada …

»Siehst du, Pantoufle, ist doch gar nicht so schlimm«, sagte Janed und streckte ihren Finger durch das Geflecht.

Ich berührte ihn nicht. Nein, ich schmollte und zitterte noch. Allerdings nicht sehr lange, denn auch wenn Neugier irgendwann jeder Katze Tod ist, wir können uns ihrer nicht erwehren.

Ich setzte mich ein wenig auf, sodass ich aus den Löchern im Korb schauen konnte. Janed hatte auf einer Holzbank Platz genommen und hielt ihn auf ihrem Schoß. Wir befanden uns alleine in einem winzigen Raum, der aber ein großes Fenster hatte. Ich wagte einen Blick hinaus.

Hätte ich besser nicht getan. Das war nicht einfach ein Ausblick auf ein paar Häuser oder einige Bäume oder so, sondern da flogen Dutzende von Bäumen und Häusern dran vorbei!

Mir wurde schwindelig.

Ich rollte mich wieder zusammen. So viel Neugier musste nun auch wieder nicht sein. Eine Weile lauschte ich dem gleichmäßigen Ruschdada und wäre tatsächlich darüber beinahe eingedöst, als Stimmen vor unserem Kämmerchen ertönten.

»Janed! Telo, das ist doch unsere Janed Kernevé aus St. Pierre!«

»Nie und nimmer, Malo. Was sollte die hier?«

»Doch, schaut, das ist Janed!«

Die Tür wurde aufgeschoben, und drei Männer drängten sich herein.

»Malo, Brieg, Telo!«, rief Janed aus. Und ich nahm den vertrauten Geruch von Teer, Tabak und Tran wahr, der die Fischer stets zu begleiten schien.

»Wie kommst du denn in diesen Zug, meine Hübsche?«, fragte der eine.

»Und wo willst du hin, meine Schöne?«, fragte der andere.

»Bist du ganz alleine, meine Feine?«, wollte der dritte wissen.

»Ich fahre nach Brest, um mir Arbeit zu suchen. Mein Haus ist ins Meer gestürzt. Aber ich bin nicht alleine. Pantoufle ist bei mir.«

»Wir wollen auch nach Brest. Dürfen wir uns zu dir setzen?«

»Wir werden dich beschützen!«

»Und unser Essen mit dir teilen!«

»Dann setzt euch nur.«

Es klang ziemlich erfreut, und wahrscheinlich war meine Menschenfreundin ganz froh, dass sie jemand, den sie kannte, beschützen wollte. Heimlich hatte sie nämlich immer noch ein bisschen Angst vor dem Ungeheuer. Ich konnte das mit meinen Schnurrhaaren fühlen.

Nun wurde es aber unterhaltsam in dem Abteil, und ich lernte eine ganze Menge über Janed, was ich noch nicht wusste.

Die drei Männer waren Freunde ihres Bruders und ihres Vaters gewesen, Fischer wie sie, und oft zu Gast bei Janeds Familie. Sie lobten ihre Kochkunst, was ich verstehen konnte, und neckten sie wegen der Bücher, die sie zu lesen liebte. Janed hingegen fragte die Männer nach ihrer neuen Arbeit, denn offensichtlich hatten die drei die Fischerei vor einiger Zeit aufgegeben.

»Wir haben als Matrosen angeheuert, meine Schöne.«

»Wir sind schon einmal nach Amerika gefahren, meine Hübsche.«

»Auf einem großen Dampfschiff, meine Feine.«

»*Trois matelots du port de Brest*
De sur la mer, djemalon lonla lura,
De sur la mer se sont embarqués«, sangen sie alle drei,
und Janed lachte.

»Aber jetzt seid ihr wieder zurückgekommen? Hat es
euch nicht gefallen?«

»Doch, doch, sogar sehr. Aber wir haben unsere Heuer
nach Hause gebracht und uns verabschiedet. Wir wollen nämlich nach Amerika auswandern. Darum haben
wir auf einem wirklich großen Dampfer angeheuert. Die
Gigantic wartet auf uns im Hafen von Brest.«

»Sie wartet auf euch – auf sonst niemanden?«

»Na ja, auf gut tausend Passagiere sicher auch.«

»So viele passen auf ein Schiff?«

»Noch mehr, Janed. Es ist ja auch die Besatzung an
Bord. Und das ganze Gepäck. Und Vorräte. Und alles.«

Tausend – das war mehr, als ich an den Krallen ab-
zählen konnte. Und da Janed viel weiter zählen konnte und noch immer beeindruckt klang, war ich es auch.
Schiffe kannte ich natürlich, hatte ich sie doch tagaus,
tagein an der Küste vorbeifahren sehen. Aber allmählich begann ich zu begreifen, dass die Welt noch viel
größer und überraschender war, als ich sie mir vorgestellt hatte.

Dieses Amerika beispielsweise, von dem die drei Matelots nun erzählten.

»Dieses New York, das ist wundervoll. An jeder Stra-
ßenecke stehen Händler, bei denen man Kuchen kaufen kann.«

»Und man muss nicht mehr zu Fuß gehen, es gibt Hochbahnen mit Dampfantrieb und Kutschen ohne Pferde, die einen überall hinbringen.«

»Und die Häuser sind höher als die Klippen von Porz Guen.«

Das mit dem Kuchen, ich ahnte es, gefiel Janed. Aber die drei ließen sie gar nicht erst zu Wort kommen.

»Und es heißt, im Land gibt es riesige Weizenfelder, so groß, dass man nicht von einem Ende zum anderen schauen kann. Darum gibt es immer weißes Brot zu essen.«

»Und sie haben gewaltige Rinderherden, die auf endlosen Weiden grasen. Darum kann jeder zum Frühstück schon ein Steak essen.«

»Und in manchen Landstrichen liegt das Gold in der Erde, man muss nur ein klein wenig scharren, dann kann man es aufklauben und wird unermesslich reich!«

Pah, das konnte man zu Hause auch. Hatte ich nicht vor wenigen Tagen Gold aus dem Sand gekratzt?

»Seid ihr sicher, dass das nicht nur Ammenmärchen sind?«

»Na ja – möglich ist, dass sie ein bisschen übertrieben sind, die Geschichten. Aber es gibt Arbeit für alle, meine Schöne.«

»Und wer sie gut macht, verdient viel Geld, meine Hübsche.«

»Und genau das haben wir vor, meine Feine.«

»Was wollt ihr denn tun?«

»Vielleicht werden wir von unserer Heuer ein Boot kaufen und fischen.«

»Oder Austern züchten.«

»Oder Hummer.«

41

»Ja, aber das könnt ihr doch auch hier!«

Mich wunderte das Schweigen der drei, und ich hob mit dem Kopf den lose aufliegenden Deckel hoch und streckte meine Nase aus dem Korb. Die drei Matelots sahen einander betreten an. Dann aber hatte einer einen Geistesblitz. Den sah ich ihm förmlich in sein Hirn fahren.

»Wir fischen und züchten Austern und Hummer, und du, Janed, machst damit ein Fischlokal auf.«

»Mit rot karierten Tischdecken und feinen Gläsern wie die vornehmen Leute.«

»Und du kochst deine wunderbare Bouillabaisse und machst die Sardinenpaste und die Austerntorte und Hummer mit Mayonnaise.«

»Das würden die da essen? Ich meine, das ist doch nichts Besonderes.«

»Wenn du das zubereitest, ist es was Besonderes, meine Schöne.«

»Und eine gute Köchin kann dort ganz viel Geld verdienen, meine Hübsche.«

»Und findet bestimmt auch einen reichen Mann, meine Feine.«

Janed sah nachdenklich aus. Aber mir wollte das nicht gefallen. Das mit Brest, gut, das hatte ich inzwischen akzeptiert. Aber dieses ferne Land? Zu dem man nur kam, wenn man mit dem Schiff fuhr? Das war mir unheimlich.

Janed hatte eine kleine Falte über der Nase, die sie immer bekam, wenn sie irgendwelche Zweifel hatte, und das konnte mir nur recht sein.

Währenddessen packten die drei Matelots ihren Proviant aus, und der, das muss man ihnen lassen, war üppig bemessen, und sie teilten gerne. Ich bekam ein Stück Räucherfisch und einen ordentlichen Happen Wurst, ein paar Bröckchen Käse mundeten mir auch, den Cidre lehnte ich ab, aber Janed hatte daran gedacht, Wasser für mich mitzunehmen, und so waren wir alle zufrieden.

Aber als sie gegessen hatten, begann Janed den Matelots Fragen zu stellen, viele, und bei den meisten wusste ich nicht recht, was sie bezweckten. Aber die Matelots redeten und redeten und wurden immer sicherer, dass es die beste Lösung für sie war, wenn sie sie begleitete.

Ich begann allmählich, die drei auseinanderzuhalten. Malo, das war der mit den Segelohren, Telo der Mann ohne Haare auf dem runden Schädel und Brieg der Matrose mit der schiefen Nase.

Sie redeten sogar noch, als wir endlich in Brest angekommen waren.

»Komm mit uns, meine Schöne, es ist schon spät. Wir kennen hier ein anständiges Gasthaus. Da können wir die letzte Nacht an Land verbringen.«

»Müsst ihr nicht zu eurem Dampfer?«, fragte Janed.

Die drei lachten fröhlich auf.

»Der läuft erst morgen mit der Flut aus. Das hat noch Zeit. Heute Abend wollen wir singen und feiern. Auf, meine Schöne!«, rief Brieg und schwenkte Janed um die Taille gefasst herum.

»Und wir wollen essen und Cidre trinken, meine Hübsche!«, rief auch Malo und schwenkte sie als Nächster herum. Und Telo schwenkte sie in die andere Richtung und rief: »Und tanzen wollen wir natürlich auch, meine Feine!«

Mir war das gar nicht recht. Nein, mir war das nicht recht.

Ich wollte eigentlich nur wieder nach Hause zu meinen Klippen und dem Heidekraut und den Hortensien ...

Aber Janed lachte nur und schwenkte meinen Korb. Bah!

Hafenkneipe von Brest

Ob das Gasthaus anständig war, vermochte ich nicht zu beurteilen. Aber mir wurde erlaubt, den Korb zu verlassen und in dem Kämmerchen herumzulaufen, in dem ein Bett und ein paar wackelige Möbel standen. Janed planschte in der Waschschüssel herum, und ich bürstete mir ebenfalls den Reisestaub aus dem Fell. Dann heftete ich mich an ihren Rocksaum und folgte ihr in die Gaststube. Sehr eng blieb ich an ihren Beinen, denn der Raum war voller Menschen, und die waren laut und stießen blaue Rauchwolken aus und aßen und tranken und klapperten mit dem Geschirr und achteten nicht darauf, was sich zwischen den Tisch- und Stuhlbeinen herumtrieb.

Es waren derbe Gestalten, Matrosen, Hafenarbeiter, Fischer, wie ich sie vom Geruch her einschätzte, aber auch ein paar Frauen, die – mhm – nicht so nett wie Janed rochen. Sondern süßlicher. Und auch – mhm –

andere Kleider trugen. Offener, würde ich sagen. Sie legten den Matelots die Arme um den Hals und schnurrten sie an.

Ein Mann wie ein Fass mit einer blauen Schürze um seinen Bauch brachte Krüge und Becher, Brot und Fischsuppe. Ich blieb noch immer dicht an Janeds Bein, doch eh ich's mich versah, hatte dieser Mann mich hochgehoben und schaute mich an.

»Gehört dieser Winzling Ihnen, Mademoiselle?«

»Das ist Pantoufle. Wenn es Ihnen nicht recht ist, dass er bei mir ist, bringe ich ihn hoch und setze ihn wieder in seinen Korb.«

»Lassen Sie man. Ich habe auch einen Kater. Fauler Kerl, der kaum noch die Küche verlässt. Vielleicht hat er Spaß an ein wenig Gesellschaft.«

Mochte sein, aber *ich* hatte keinen daran!

»Ich weiß nicht, Monsieur. Pantoufle ist ziemlich ängstlich.«

»So sieht's aus, was, Kater?«

Ich strampelte in seinem Arm, aber sein Griff war wie von Eisen.

»Ich auch, Monsieur. Ich hätte ihn fast verloren.«

»Na dann!«

Ich wurde wieder abgesetzt. Ich hasse das, wenn fremde Menschen mich so einfach herumheben. Man fühlt sich so ausgeliefert. Aber es kam noch schlimmer. Denn die drei Matelots begannen Musik zu machen. Mit Fiedel, Blechpfeife und Mundharmonika produzierten sie etwas, was gut als Katerkonzert durchgehen konnte und die Menschen in der Gaststube dazu brachte, mit ihren Humpen auf die Holztische zu hämmern.

»Unser Abschiedskonzert, Leute, morgen geht's auf in die Neue Welt!«, rief der Matelot, der sich Brieg nannte. Und alle klatschten.

»*Ont bien été trois mois sur mer,*
Sans jamais terre, djemalon lonla lura,
Sans jamais terre y aborder.«

Sie sangen das Lied von den drei Matelots, die in Brest auf einem Schiff anheuerten und unterwegs verrückt wurden, weil sie nichts mehr zu essen hatten. Das stimmte mich überhaupt nicht froh, weil ich schon ahnte, dass Janed mit auf dieses Schiff wollte. Ich maunzte sie warnend an, aber es klang nur jämmerlich, und sie hörte es auch gar nicht, denn schon hatte dieser Brieg sie um die Taille gefasst und tanzte mit ihr durch den Raum.

Ich war vergessen, saß allein und schutzlos unter dem Tisch und wusste nicht, wie ich mich unsichtbar machen sollte. Überall Füße – in Pantinen, in Stiefeln, in Schühchen mit gefährlich hohen Absätzen, alle bewegten sich im Takt, klopften, trampelten. Mir wurde immer mulmiger, ja ich geriet sogar ganz langsam in Panik. Was, wenn mich so eine Pantine am Kopf traf? Oder so ein genagelter Stiefel auf meinen Schwanz trat? Oder so ein spitzer Absatz sich in meine Rippen bohrte? Ganz vorsichtig schlängelte ich mich aus dem Bereich der Tische hinaus, drückte mich an der Wand entlang und suchte einen Fluchtweg.

Eine Tür schwang auf.

Ich durch.

Die Tür fiel zu, der musikalische Krawall wurde leiser, die Luft bedeutend besser.

Vor allem lag in dieser Luft der Duft von fettem Braten.

Und es schienen nur zwei Menschen anwesend zu sein, die damit beschäftigt waren, Essen zuzubereiten. Ein netter Ort, wenn man es recht betrachtete. Wenn ich nur Janed hierher locken könnte. Aber dazu müsste ich wieder zurück.

Nein, erst einmal wollte ich jetzt hierbleiben, einfach abwarten, denn irgendwann wurden auch die Menschen müde, und dann würde ich mich nach oben in unsere Kammer schleichen.

Ich fand den Stapel Feuerholz ganz praktisch und setzte mich mit angezogenen Pfoten daneben, um niemandem im Weg zu sein.

»Was hast du in meiner Küche verloren, Zwerg?«, grollte mich plötzlich eine tiefe Stimme an. Ich fuhr zusammen und drückte mich mangels Platz mit dem Hintern an die Wand. Vor mir stand ein Riese von Kater. Getigert, fett, ein zerrauftes Ohr, ein halber Schwanz, in seinem entblößten Gebiss nur noch ein Reißzahn. Der sah aber aus, als ob er nur zu gerne ein Loch in meinen Pelz bohren würde. Aus ebenfalls nur noch einem gelbgrünen Auge wurde ich böse angefunkelt.

»N...nichts, Herr!«

»Rrrrichtig, nichts hast du hier zu suchen. Und warum bist du dann hier?«

»A ... aus Versehen. Ich ... ich geh gleich wieder.«

»Du bleibst, Zwerg, bis ich mit dir fertig bin!«

Ich merkte, wie mein Schwanz sich aufplusterte und mein Rückenfell sich sträubte. Das wollte ich doch gar nicht. Ich bin kein Kämpfer. Ich wollte nur weg.

»Schisserkater!«

Musste der das gleich so deutlich erkennen?

»Ja, Herr«, bemühte ich demütig zuzugeben.

»Nix Herr, Corsair ist mein Name, und das wohlverdient.«

»Gewiss, Corsair. Mich ruft man Pantoufle.«

Vielleicht ging es ja mit höflicher Konversation.

»Ein Pantoffelheld, wie ich sehe.«

So viel zu höflich.

»Ist wegen der Pfoten, weißt du.«

»Ach nee. Und von woher haben die dich in meine Küche getragen?«

»Von da draußen. Weil Janed mich mitgenommen hat.«

»Janed ist dein Mensch? Eine von den Schlampen, die mit den Matrosen poussiert?«

»Nein, nein, nein. Sie sucht Arbeit.«

»Das tun die Dirnen auch.«

Verzweifelt versuchte ich, nicht nur Janeds Ruf zu retten, sondern Corsair auch meine Harmlosigkeit zu vermitteln. Ich wollte doch gar nicht in seinem Revier wildern.

»Sie bleibt nicht hier. Ich glaube, sie reist morgen mit den Matelots nach Amerika. Das ist ganz weit weg!«

Corsair setzte sich auf seinen dicken Hintern und grinste mich an. Nicht eben freundlich allerdings.

»Ich weiß, wo Amerika liegt. Ich war selbst schon dort.«

Jetzt hatte er mich – wen wundert's – neugierig gemacht. Mein gesträubtes Fell glättete sich, mein Schwanz zuckte nur noch einmal auf und gab Ruhe.

»Bestimmt? Und du bist heil wieder zurückgekommen?«

»Heil? Schau mich doch an, Zwerg! Aber ja, zurückgekommen bin ich schon. Aber du weißt gar nicht, in welche Gefahr du dich begibst.«

Doch, das wusste ich nur zu genau, weshalb mir ja die ganze Zeit so erbärmlich zu Mute war.

»Was ... was habe ich denn zu befürchten, Corsair?«

»Hah, alles! Zum Beispiel die Ratten auf den Schiffen. Das sind richtige Monster. Die sind fast so groß wie du, und wenn du nicht aufpasst, beißen sie dir im Schlaf den Schwanz ab oder eine Pfote.«

Schluck.

»Oder die Kraken. Die kommen aus dem Meer, und des Nachts gleiten ihre langen Fangarme über Deck und reißen alles in die Tiefe, was sie packen können.«

Mein Hals wurde noch enger.

»Oder die riesigen Fische, die die Menschen fangen. Die leben noch, wenn sie sie auf die Planken kippen. Manche von ihnen haben lange, stachelbewehrte Schwänze, mit denen sie um sich peitschen. Sie stechen dich in den Leib und verspritzen ihr Gift.«

Kaum noch fähig zu atmen.

»Und die Teerfässer. Wenn man da reinfällt – tja, das war's dann.«

Das war ja nur grauenvoll.

»Und wenn die Flaute kommt, dann nageln die Matrosen gerne mal eine Katze an den Mast – als Opfer an die Winde. Oder wenn der Proviant knapp wird, dann braten sie auch die Schiffskatze und essen sie auf.

Fallut tirer la courte paille

Pour savoir qui, djemalon lonla lura,
Pour savoir qui serait mangé.

Das hatten sie gesungen, ja, ja. Dass sie Hölzchen zogen, um zu bestimmen, wen sie aufessen würden.«

Ich bebte. Alles an mir bebte.

»Und bei Sturm, Zwerg, türmen sich riesige Wellen auf, die alles verschlingen.«

»Ich weiß, mich hat schon mal eine verschlungen«, konnte ich nur noch mit ersterbender Stimme sagen.

Das gelbgrüne Auge bekam einen scharfen Ausdruck.

»Hat sie? Und dann?«

»Dann bin ich angespült worden.«

»Erzähl!«

Das war ein Befehl, und natürlich befolgte ich ihn. Corsair hörte mir schweigend und völlig unbeweglich zu. Als ich geendet hatte, schwieg er noch immer. Ich ließ meinen Blick schweifen, um vielleicht einen Weg zu finden, ihm zu entkommen, aber sein voluminöser Leib versperrte mir jede Möglichkeit.

»Mhm«, sagte er plötzlich. »Habe ich das richtig verstanden – du bist von einer Möwe entführt worden, dein Haus ist bei einem Sturm ins Meer gekippt? Du bist von einer Monsterwelle erfasst worden, hast etliche Tage alleine an einem Strand gelebt, bist mit der Eisenbahn hierher gefahren und willst nun nach Amerika?«

»Ja, so ungefähr, Corsair.«

»Und trotzdem bist du noch immer ein solcher Schisserkater?«

»Ja, Corsair. Ich habe Angst vor Möwen und Ratten und Schiffen und alles.«

Der Kater vor mir ließ sich nieder, zog seine Vorderpfoten unter sich und bildete das, was man gemeinhin ein gemütliches Müffchen nannte. Die Wirkung war erstaunlich. Er strahlte nichts Bedrohliches aus, sondern schien ein gemütlicher alter Herr zu sein, der sich seine Knochen gerne am Kamin wärmen ließ und von vergangenen Heldentaten träumte.

»Pantoufle, du bist ein komischer Zwerg. Entspann dich mal ein bisschen, ich will dir etwas erzählen.«

Entspannen? Bei den Themen, die er draufhatte? Na gut, ich gab mir wenigstens den Anschein eines gelassenen Katers, indem ich dieselbe Haltung einnahm wie er.

»Pantoufle«, grollte Corsair leise, und es klang ganz ähnlich wie ein Schnurren. »Pantoufle, du bist ein Schisserkater. Aber ein verdammt zäher. Du hast in deinem kurzen Leben schon mehr Schrecken erlebt als manche andere Feld-, Wald- und Seekatze. Und trotzdem hast du überlebt und machst dich jetzt sogar auf eine große Reise.«

»Ja – äh … meinst du?«

»Ja, meine ich. Und darum will ich dir eines raten, Kleiner. Deine Angst ist immer nur so groß, wie du sie zulässt. Wenn ich dir von monströsen Ratten erzähle, und du stellst sie dir anschließend so groß vor, wie du selbst bist, dann wird jedes Rascheln einer Ratte in den Vorräten eine Panik verursachen.«

»Ja, aber – sind die Ratten denn nicht so groß, wie du gesagt hast?«

»Die Ratten auf den Schiffen sind fett, aber nicht größer als andere. Meine Worte haben sie größer gemacht, und du hast Angst vor den Bildern gehabt, die du dir von ihnen gemacht hast.«

Das war ein ungewöhnlicher Gedanke. Ich drehte und wendete ihn eine Zeit lang und fand, dass ich noch ein paar Fragen stellen musste. Corsair hatte sein Auge geschlossen und dünstete Wohlgesonnenheit aus. Vermutlich war er bereit, sie mir zu beantworten.

»Corsair?«

Sein ausgefranstes Ohr drehte sich mir zu.

»Die Kraken ...?

»Kommen mit ihren Fangarmen nicht auf das Deck eines Dampfers.«

»Und die Katzenopfer?«

»Dampfschiffe haben keine Masten.«

»Du hast das erzählt, um mir einen Schrecken einzujagen.«

»Ist mir doch gelungen, oder?«

»Ja. Aber jetzt habe ich nicht mehr ganz so viel Angst. Nur vor Möwen. Die gibt es doch auch auf dem Schiff?«

»Ja. Aber wie groß muss eine Möwe werden, damit sie dich heute noch hochheben und wegschleppen kann, Pantoufle?«

»Ziemlich groß, nicht?«

»Ziemlich. Etwa so groß wie ein Seeadler.« Corsairs Auge öffnete sich, und er grinste. »Die gibt es in Amerika.«

»Aha!«, sagte ich.

Blinde Passagiere

Janed und ich wachten auf, als die Sonne schon durch die Ritzen der Fensterläden blinzelte. Die Nacht war für uns beide lang gewesen. Sie hatte mit den Matelots und den Gästen der Kneipe gefeiert, und ich hatte eine höchst informative Zeit mit Corsair verbracht, der sich, nachdem er seine barsche Vorführung beendet hatte, als redseliger Kumpan entpuppte, der viel über seine Reisen zu erzählen wusste.

Von seinen achtzehn Lebensjahren hatte er dreizehn an Bord verschiedener Schiffe verbracht und einiges von der Welt gesehen. Ich hatte ihm mit wachsender Spannung und Aufmerksamkeit zugehört und war nun mehr oder minder gewappnet, mich der Seefahrt zu widmen. Auch wenn mir die Möwen noch immer Unbehagen bereiteten.

Auch Janed hatte ihre Entscheidung getroffen, so wie ich sie befürchtet hatte. Ich merkte es, als sie sich im Bett zu mir umdrehte und mich zwischen den Ohren kraulte.

»Ja, Pantoufle, warum eigentlich nicht? Mich hält hier doch nichts mehr. Ich habe keine Familie, kein Heim, keine Arbeit. Noch nicht einmal einen Freund habe ich. Der einzige Mann, der mal um mich geworben hat, hat in einem anderen Hafen schon ein Weib gehabt. Zwei Jahre habe ich gebraucht, um sein Doppelspiel herauszufinden. Nein, mich hält hier nichts außer traurigen Erinnerungen. Mal sehen, vielleicht gibt es sogar Arbeit für mich auf dem großen Dampfschiff. Und für dich findet sich bestimmt auch ein Plätzchen.«

Vertrauensvoll rollte ich mich auf den Rücken, sodass sie mir den Bauch kraulen konnte.

Wenn es sie denn glücklich machte, nach Amerika zu reisen, dann würde ich damit auch zufrieden sein.

Doch dann sah es erst einmal so aus, als ob daraus nichts werden würde. Denn unten in dem Schankraum saßen drei verkaterte Matelots und sahen betroffen drein.

Wie es sich erwies, hatte die *Gigantic* nicht auf sie gewartet, sondern war bereits mit der Morgenflut ausgelaufen.

Und so saßen wir fünf ziemlich mutlos beisammen, bis Janed den dicken Wirt fragte, ob sie wohl als Köchin bei ihm Arbeit finden würde. Das war natürlich auch eine Möglichkeit, die mir geschmeckt hätte. Aber er lehnte ab, da er schon einen Koch und ein Küchenmädchen hatte. Immerhin aber hörte er sich ihre Geschichte an und hatte sogar einen Rat für sie.

»Die *Boston Lady* hat vergangene Woche angelegt. Sie ist das Paketschiff, das monatlich zwischen Brest und New York pendelt. Es gibt immer wieder solche aus der Mannschaft, die hier abheuern. Fragt nach, ob der Kapitän drei Matrosen braucht. Außerdem nimmt die *Boston Lady* auch Passagiere mit, ein paar nur, weil sie eigentlich nur ein Posttransportschiff ist, aber im Auswandererdeck wird für eine kleine Mademoiselle und ihren Kater schon noch Platz sein.«

Diese Auskunft wirkte wie eine frische Brise auf die Matelots, und sie machten sich augenblicklich auf den

Weg zum Kai. Ich hingegen suchte meinen Freund Corsair auf, um ihn über die neueste Entwicklung zu informieren. Er saß an einem gut gefüllten Napf mit Fleischstücken in Sauce und gestattete mir, nachdem er sich ein paar Mal über seinen Wanst gebürstet hatte, den Rest aufzufuttern. Mann, könnten wir doch wirklich hierbleiben!

Danach legten wir uns Seite an Seite, um zu verdauen, und Corsair spann noch ein wenig Seemannsgarn. Dabei erfuhr ich etwas über die großen Maschinen, denen man besser nicht näher kam, weil sie durch Feuer im Bauch des Schiffes ernährt wurden. Das erinnerte mich an das fauchende Eisenbahnungetüm, und ich nahm mir seinen Rat zu Herzen. Nützlich aber war sein Hinweis, dass es in der Nähe dieser Maschinen Kisten mit Sand gab, den die Menschen zum Feuerlöschen verwendeten. Wenn ein ungewolltes Feuer ausbrach, was die heilige Mutter Anne, der wilde Nick und die göttliche Bastet verhüten mögen.

Andererseits waren diese Kisten auch ganz praktisch, um darin zu scharren, meinte Corsair. Ein Aspekt, der mir noch so gar nicht bewusst geworden war. Natürlich, auf See gab es keinen Strand.

Ich lernte auch eine Reihe seemännischer Begriffe von ihm, hörte, dass die Kombüse ein angenehmer Ort sei, um Futter zu erhalten, entweder weil man es angeboten bekam oder weil man es sich stehlen konnte. Niedergänge waren die Treppen zwischen den Decks und die Brücke der Ort, wo der Obermensch des Schiffes, der Kapitän, die Aufsicht über den ganzen Laden führte. Kurzum, ich fand Corsair wirklich nett und anregend, aber meine Hoffnung, in dieser angenehmen Gesellschaft bleiben zu können, zerschlug sich leider am nächsten Tag, als um die Mittagszeit der Betrieb begann. Da kam nämlich Janed in die Küche, um mich zu holen.

»Wir werden tatsächlich mit der *Boston Lady* fahren«, erklärte sie dem Wirt. »Der Purser war sogar ganz froh, dass Telo, Brieg und Malo anheuern wollten. Ihnen sind nämlich ein paar Mann Besatzung abgesprungen, die lieber mit der *Gigantic* fahren wollten.«

»Na also. Ihr kommt schon noch in das gelobte Land. Können Sie lesen, Mädchen?«

»Ja, sicher.«

Der Wirt kramte in einer Schublade herum und drückte ihr dann ein zerfleddertes Buch in die Hand.

»Eine Fibel, aus der Sie die amerikanische Sprache lernen können. Kann ganz nützlich sein, wenn Sie dort Arbeit suchen.«

»Danke, das ist aber nett von Ihnen. Ein paar Brocken Englisch kann ich zwar, aber das wird mir viel helfen. Die Matelots meinen, wir liefen mit der Abendtide aus und ich müsse jetzt schleunigst an Bord gehen. Darum muss ich mich von Ihnen verabschieden.«

»Dann viel Glück, junge Frau. Und hier ist noch eine Wurst für den Kater. Scheint sich gut mit Corsair verstanden zu haben.«

Ich erlaubte mir, dem Wirt einmal dankend um die Beine zu schnurren, und verabschiedete mich von Corsair, der mir freundlicherweise seine Nase zum Abschied zustreckte. Ich tupfte höflich mit meiner daran.

Dann in den Korb und auf zu neuen Ufern.

Die allerdings bestanden zunächst einmal aus einem lauten, von Menschen wimmelnden Kai und einer schwarzen Wand, höher als zwei Häuser übereinander. Vor uns befand sich ein Loch in dieser Wand, in das ein schmaler Steg führte. Lastträger schleppten allerlei Säcke, Fässer und Bündel dort hinein und verschwanden damit im Dunkeln.

Sollten wir etwa auch dort hinein? Von meinem Korb aus konnte ich nicht viel sehen, aber Janed schien sich auch nicht sicher zu sein. Sie schritt langsam die ganze Länge der schwarzen Wand ab und fand einen zweiten Einschlupf. Der lag jedoch höher, war viel breiter, und eine lange Treppe führte hinauf. Dort, wo sie auf dem Kai endete, stapelten sich Gepäckstücke. Auf der einen Seite abgenutzte Taschen, schäbige Bündel, Kiepen und Körbe, auf der anderen Lederkoffer in allen Größen, die aussahen, als ob sie zum ersten Mal auf Reisen gingen. Neben ihnen stand eine Dame in einem komischen Kleid, wie ich es noch nie gesehen hatte, und auf einem hohen Koffer thronte ein mit Samt bezogener Korb, aus dem es ganz zart nach Katze duftete.

Mhm.

Mein Korb landete auf Janeds Kraxe bei dem schäbigen Gepäck, aber auch sie begutachtete die vornehme Dame. Deren dunkelrotes Gewand saß eng an ihrer Figur, aber ihr Derrière wirkte ausgesprochen ausladend. Auf dem Kopf hatte sie nicht nur viele gelbe Haare, sondern balancierte auch ein üppiges Gebilde mit Vogelfedern darauf, das aussah, als wäre ein wilder schwarzer Hahn auf ihr gelandet. Mit einer diesem Vogel nicht unähnlich durchdringenden Stimme wünschte sie von einem betressten Jüngling zu wissen, ob denn Signor Granvoce bereits an Bord gegangen sei. Der Junge versuchte zwar höflich, sein Unwissen zu verbergen, aber die Dame strafte ihn mit der verächtlichen Bemerkung: »Wie, Sie wissen nicht, wer Signor Enrico Granvoce ist? Junger Banause. Er ist der größte Tenor der Welt, und er wollte auf diesem Dampfer nach New York reisen. Dort wird er an der Metropolitan Opera singen. Aber von Kultur haben Sie ja vermutlich auch keine Ahnung!«

Der junge Mann sah aus, als ob er eine pampige Antwort geben wollte, schluckte sie aber sichtbar hinunter, machte nur eine höfliche Verbeugung und verwies die Dame an einen Schiffsoffizier, der eben hinzutrat.

»Madame, gibt es Probleme?«

»Dieser kleine Stoffel von Lakai kann mir keine Auskunft geben, ob Signor Granvoce bereits an Bord ist.«

»Der Opernsänger, Madame, ist bereits an Bord, wünscht aber, nicht gestört zu werden. Wenn Sie eine Botschaft für ihn haben, geben Sie sie mir mit. Ich werde dafür sorgen, dass er sie erhält.«

»Ich habe zwar eine Botschaft für ihn, aber das ist jetzt nicht so wichtig. Ich werde es ihm selbst sagen, wenn ich ihn treffe. Bringen Sie mein Gepäck in die Erste Klasse.«

»Wenn Sie mir zeigen, welches es ist, und mir sagen, wie Ihr Name lautet, dann wird das umgehend erledigt, Madame.«

»Ich bin Adèle Robichon. Das wird Ihnen sicher einiges sagen!«

»Madame, sicher. Sie sind eine Verwandte des Reeders, nicht wahr?«

»Seine Schwester.«

»Zu Diensten, Madame Robichon. Ich bin der Erste Offizier dieses Schiffes. Mein Name ist Ron Cado.«

Ihre Stimme hatte alles Durchdringende verloren, jetzt gurrte sie wie eine liebeskranke Taube.

»Wie erfreulich, Monsieur Cado. Nun, dann werden wir uns ja beim Dinner treffen.«

Der Offizier verbeugte sich zustimmend, gab dem Pagen Anweisung, ihm mit dem Gepäck zu folgen, und wollte Madame zur Treppe führen, doch die musste noch einmal aufkreischen.

»Finger weg von meinem Liebling!«

Mit einem Ruck riss sie dem Jungen den Samtbehälter aus der Hand und drückte ihn an ihren Busen. »Darin ist meine Lilibeth. Die lasse ich nicht von einem Lakaien tragen.«

Dann endlich schritt sie die Treppe nach oben, gefolgt von einer Prozession aus Erstem Offizier und zwei Pagen, die beiden hoch beladen mit einer Unmenge von Gepäck.

Janed schulterte ihre Kraxe und wollte ihr folgen, aber da stand Brieg auf einmal neben ihr.

»Nicht hier, meine Schöne.«

»Nicht? Aber die Auswanderer ...«

»Die eine reguläre Passage gebucht haben, die ja. Aber du gehst besser mit den Kohleschippern an Bord. Komm mit, ich zeig dir, wo.«

»Habt ihr keine Passage für mich bekommen?«

»Nein, ist billiger auf diese Weise.«

»Aber ich hab doch noch etwas Geld.«

»Wirst du später brauchen. Komm, das wird schon

klappen. Und wenn jemand kommt, um die Passagier-
scheine zu kontrollieren, verschwindest du einfach im
Waschraum. Such dir ein Bett, das nahe an der Tür zu
diesem Raum steht. Später, wenn wir auf See sind, können sie dich ja nicht von Bord werfen.«

Janed war nicht sehr glücklich über diese Aussicht,
das sagten mir meine Schnurrhaare. Obgleich ich nicht
wusste, was eine Passage war. Aber wie auch immer, wir
wurden über einen schwankenden Steg geführt, traten
durch das finstere Loch und landeten in einem Kohlen-
keller. Brrr! Aber offensichtlich kannte Brieg sich aus,
und nachdem wir um einige Ecken gebogen waren, standen wir in einem ziemlich großen Raum, in dem drei
Reihen hoher Stockbetten standen. Auch hier stapelten
sich bereits Berge von Packen und Bündeln. Es saßen
und lagen auch ziemlich viele Menschen herum, und
Janed fragte sich durch, wo denn noch ein freies Bett
sei. Schließlich krabbelte sie in einer Ecke auf eines der
Gestelle und wuchtete ihre Tasche darauf. Meinen Korb
stellte sie auf den Boden daneben und löste den Deckel.
Ich schob ihn mit dem Kopf auf, um mir einen besseren
Überblick zu verschaffen.

In diesem Augenblick verstummte das Gemurmel,
und am Eingang erschien ein Mann in Uniform. Nicht
so adrett wie der Erste Offizier vorhin und recht barsch
in seiner Stimme.

Janed wurde schrecklich nervös, machte sich ganz
klein und schlüpfte durch die Tür am Ende des Ganges.
Vermutlich war der Waschraum dahinter, auf den Brieg
sie hingewiesen hatte.

Sie ließ mich einfach alleine.

Ich zog so schnell wie möglich den Kopf zurück und hoffte, dass mich niemand sah und über Bord warf.

Dieser Kelch jedoch ging an mir vorüber, der Mann schenkte unserem Gepäck keine Beachtung. Wohl aber, als er gegangen war, ein paar junge Rabauken.

»Hey, seht mal in den Korb, da bewegt sich doch was drin!«

Nichts bewegte sich. Oder? Verdammt, mein Schwanz zuckte wie wild.

Und schon wurde der Deckel aufgerissen.

»Eine Katze. Mann, da nimmt jemand seine Katze mit.«

»Komm raus, Katze, wir wollen Fangen spielen!«

Oh nein, ich spiele nicht mit Kindern Fangen. Nein, nein. Mochte ja sein, dass ich mich vor doggengroßen Ratten nicht zu fürchten brauchte, nicht vor seeadlergroßen Möwen, Teerfässern und ausgehungerten Matrosen – vor halbwüchsigen Jungen hatte ich Angst.

Riesige Angst!

Schon griffen schmuddelige Hände nach mir. Ich krallte mich in der Decke fest. Bah, sie hoben mich mitsamt dem Ding hoch.

Janed! Janed, so hilf mir doch!

Keine Janed.

Ich zappelte, die Hände zerrten an mir, jemand wickelte mir etwas um den Schwanz.

Ich kreischte.

Es ging im Gelärm und Gelächter unter.

Ich wandte mich.

Jemand drückte meine Nase auf den Boden.

Ich fauchte.

Etwas klatschte. Einer heulte.

»Lasst das Tier los, ihr Banausen!«, befahl eine Männerstimme.

Die Hände lösten sich, und wie ein geölter Blitz schoss ich davon. Nur raus hier. Weg von dem Getümmel. Durch die Tür, den Gang lang, in blinder Hast. Füßen ausweichen, Koffern, Säcken. Die Treppe hoch, auf dem Metall ausgerutscht. Auf dem Derrière drei Stufen runtergerutscht. Aufgerappelt, höher. Hier wurde der Boden griffiger. Flausch auf dem Boden, Licht, Grünzeug in Kübeln. Eine Sirene heulte auf, ich flog vor Schreck doch fast wieder die Stufen runter. Dann kamen mir Schiffsjungen mit Glocken in den Händen entgegen, die riefen, die Besucher sollten an Land gehen. Infernalischer Lärm. Da, eine Tür ging auf. Ein Raschelrock raus, ich rein.

Klapp, die Tür war zu, und ich saß keuchend und hechelnd gefangen in einem vollgestellten Zimmer.

Verdammte Möwenkacke!

Verstört kroch ich hinter einen Vorhang und machte mich ganz klein. Ganz, ganz klein machte ich mich, schloss die Augen und wartete, bis sich mein Atem wieder beruhigte.

Erste Erkundigungen

Es war erstaunlich still in diesem kleinen Raum. Das war das Erste, was ich bemerkte, als ich wieder einigermaßen geradeaus denken konnte. Und es duftete nach Blumen und Gräsern, süß und warm.

Und nach Katze.

Vorsichtig linste ich unter den Fransen hervor.

Auf einem Tisch stand ein großer Rosenstrauß, von dem der eine Duft stammte. Auf dem geblümten Bettüberwurf aber lag ein großes, rosafarbenes Samtkissen, und auf dem wiederum ruhte eine schlanke, cremefarbene Katze mit dunklem Gesicht. Aus dieser braunen Maske musterten mich strahlend blaue Augen abschätzend.

Ich schluckte.

Heilige Bastet, war die schön!

»Komm raus da, Schisserchen. Die Alte ist weg, auf Männerfang.«

»W...was?«

»Meine Menschenfrau. Eine ziemliche Schnepfe, wenn du mich fragst.«

»Schnepfe. Aha.«

Ich kam ganz vorsichtig aus meinem Versteck und begutachtete die Umgebung. Auch die Schöne war von ihrem Kissen gesprungen und kam nun auf mich zu.

Ich fluchtbereit.

Nur wohin?

»Du bist ja putzig«, sagte sie und blieb vor mir sitzen.

Putzig?

»Ich hab noch nie einen so kleinen Kater gesehen.«

Ach so. Na gut, dann richte ich mich eben mal ein bisschen auf.

»Ich ... ich bin genauso groß wie du.«

»Stimmt, wenn man es genau nimmt. Wie heißt du?«

»Meine Menschenfrau ruft mich Pantoufle. Wegen dem hier«, ich zeigte meine weißen Pfoten vor.

Die Katze kicherte.

»Ach ja?«

Ich weiß, ich weiß, ich bin ein Pantoffelheld. Aber *muss* man mir das immer gleich so unter die Nase reiben?

»Und wie heißt du?«, fragte ich aufsässiger, als ich wollte.

»Lilibeth. Jedenfalls ruft mich die Schnepfe Adèle so.«

Bei mir klingelte etwas. Adèle, Lilibeth, Samtkörbchen.

»Die Frau mit dem dicken Derrière?«

»Alles nur Stoff und Draht und aufgebauscht. Sie ist eine magere Hexe unter all dem Zeug.«

Meine Panik hatte sich über diese erstaunliche Betrachtung hin verloren.

»Wenn du ... ich meine, wenn du nicht gerne Lilibeth genannt werden willst, wie soll ich denn zu dir sagen?«

»Och, Lili reicht.«

»Ich freue mich, dich getroffen zu haben, Lili. Und ich muss mich entschuldigen, dass ich hier so reingeplatzt bin.«

»Macht nix. Mir war's sowieso langweilig. Wo kommst du her?«

»Eigentlich von Porz Guen. Aber das ist eine lange Geschichte. Janed ist irgendwo da unten in einem Raum, wo viele Menschen zusammengepfercht sind. Und da wollten ein paar Kinder mit mir spielen. Da bin ich weggelaufen. Ich mag nicht, wenn sie mir an den Ohren ziehen und was an den Schwanz binden.«

»Das Band da?«

Ich drehte mich um mich selbst.

»Huch, das ist ja noch dran!«

Verzweifelt drehte ich mich weiter und weiter um meine Achse, um dem roten Bindfaden beizukommen. Dabei wurde mir schwindelig, und ich fiel um.

Wie peinlich!

Lili kicherte, und ich fühlte meine Schnurrhaare traurig nach unten sacken. Was war ich nur für ein Kümmerling von Kater.

»Bleib liegen, Pantoufle, ich mach's dir ab«, sagte sie und trabte um mich herum. Ein kleiner Ruck, und sie hatte das Band im Maul.

»Sind Menschenkinder so grässlich?«

»Eigentlich nicht alle. Aber ich geh den Menschen lieber aus dem Weg. Außer Janed natürlich. Ich hatte ein schönes großes Revier, weißt du. An den Klippen und mit einem Stückchen Strand und den Garten von Janed.«

Höchst interessiert musterten mich die blauen Augen der Schönen.

»Du hast draußen gelebt?«

»Ja, natürlich. Du nicht?«

»Nein, Adèle will mich immer in ihrer Nähe haben. Es ist langweilig, sehr langweilig. Sie steht auf, putzt sich stundenlang, zieht sich an, isst etwas, zieht was anderes an, isst wieder was, zieht sich wieder um, trifft sich mit anderen Menschen, isst was, zieht sich wieder um, geht aus, kommt zurück, zieht wieder was anderes an, putzt sich und geht zu Bett. Tagein, tagaus.«

»Was zieht die denn so viel an?«

»Alles, was hier in den Koffern verpackt ist. Hat deine Menschenfrau nichts anzuziehen?«

»Doch, sie hat einen blauen Rock und einen braunen und einen Sonntagsrock. Und so.«

»Und so? Kein Negligé? Keine Turnüre? Keine Spitzenjabots? Keine Hüte?«

»Weiß ich nicht. Damit kenne ich mich nicht aus.«

Aber bevor ich mir richtig dumm vorkommen konnte, passierte etwas Schauriges. Das Schiff fing nämlich an zu vibrieren.

Ich auch.

Vor Angst.

Lili hingegen hopste auf einen Koffer und stemmte die Vorderpfoten an die Einfassung des runden Fensters.

»Wir legen ab, Pantoufle.«

»Was legen wir ab?«

»Der Dampfer fährt los.«

Mein Herz rutschte etwa in die Gegend meiner Hinterpfoten. Wir fuhren los. Endgültig. Weg von zu Hause. Weg von meinen Klippen, weg von meinem sandigen Heim, dem Heidekraut, den grauen Felsen, den kleinen Fischen am Strand, dem blauen Himmel über den Hortensien.

66

Wehmut überkam mich. Ich rollte mich auf dem bunten Teppich vor dem Bett zusammen, während Lili mit aufgeregt peitschendem Schwanz nach draußen schaute. Für sie war es offensichtlich nichts Schlimmes, sie kannte nur Kleider, Koffer und Adèle.

Vom Kai klang Musik zu uns herein, das Wummern unter uns wurde lauter, über uns riefen Menschen einander Abschiedsworte zu.

Adieu, Adieu, mein Heimatland.

In Trübsinn versunken saß ich da, als plötzlich Schritte vor der Tür erklangen.

Lili drehte sich um und meinte: »Besser, du verschwindest. Ich glaube, Adèle würde sonst sehr ungehalten.«

»Ja, ja, besser, ich verschwinde. Ich suche Janed. Ich muss aufpassen, dass sie sie nicht über Bord werfen.«

Und als die Tür sich öffnete und ein Mädchen mit Schürze und Häubchen eintrat, huschte ich an ihren Beinen vorbei auf den Gang.

Und nun wohin?

In meiner Panik vorhin hatte ich vergessen, mich zu orientieren. Nur eines wusste ich noch: Ich war nach oben gelaufen. Also musste ich wieder einen Weg nach unten finden.

Ehrlich gesagt, ich irrte ziemlich ziellos umher. Dieses Schiff war riesig, überall gab es Treppen und Gänge, mal hoch und mal runter. Einmal stand ich an Deck, aber da waren so viele Leute, dass ich schleunigst den Rückzug antrat. Dann wieder landete ich in finsteren, staubigen, heißen Gängen, wo die Maschinen noch lauter dröhnten und das Metall unter meinen Pfoten bebte.

Immerhin fand ich hier die große Kiste mit Sand, von der Corsair gesprochen hatte, was mir eine kurzfristige Erleichterung verschaffte. Wenn auch ein Mann mit rußverschmiertem Gesicht mich wegscheuchte. Er war nicht freundlich und brüllte etwas von Schweinerei. Dabei hatte ich alles ganz sauber verscharrt. Ehrlich.

Kurzum, die Gegend war ungemütlich, und meine neue Erfahrung lehrte mich, dass es umso unfreundlicher wurde, je tiefer man in das Schiff kam.

Darum arbeitete ich mich wieder nach oben, einen weiteren endlosen Gang entlang, und fand wieder einmal eine geöffnete Tür. Vielleicht war das die richtige?

Doch nein, hier war nicht der große Raum mit den Stockbetten. Er war kleiner, wenn auch ebenso karg eingerichtet.

Ein Mann saß auf der Bettkante und las in einer Zeitung.

Er sah über den Rand des Blattes hoch, als ich mich aus der Tür schleichen wollte.

»Pantoufle?«

Meine Ohren drehten sich wie von selbst in Richtung Stimme. Woher kannte der meinen Namen?

»Pantoufle? Du bist doch der kleine Pantoufle, den Janed so verzweifelt sucht?«

Janed? Er kannte Janed?

Ich blieb auf der Schwelle stehen.

»Du bist den Jungs vorhin entwischt und hast dich verlaufen, was?«

Stimmt, so war es. Du warst das also, der die weggescheucht hat?

Ein netter Mensch also, weshalb ich es zuließ, dass er

mir über Nacken und Rücken fuhr. Eine sehr katzenkundige Hand hatte er, doch.

»Na, ich glaube, so viele sandfarbene Kater mit weißen Pfoten haben wir nicht an Bord. Du suchst bestimmt deinen Weg zurück, mein Freund?«

Suchte ich. Leise maunzte ich Zustimmung. Der Mann konnte mir wahrscheinlich helfen.

»Darf ich dich hochnehmen, Pantoufle? Dann bringe ich dich zu deiner Janed.«

Wie höflich. Ich drückte meinen Kopf an sein Hosenbein, er nahm mich auf und erlaubte mir einen Blick in sein Gesicht. Ein alter Mann, in dessen Augen Trauer und Wissen lagen. Doch seine Mundwinkel waren nach oben gezogen, als ob er Wissen und Trauer hinter Lachen und Frohsinn zu verbergen gewohnt war. Wie seltsam.

»Ich bin Pippin, kleiner Freund. Komm, ich trage dich zu den Auswanderern zurück. Aber du solltest nicht alleine auf dem Schiff herumstreunen. Es gibt gefährliche Ecken und Winkel hier.«

Wohl wahr!

Er aber hielt mich fest, stützte mein Derrière mit einer Hand; ich brauchte nicht einmal meine Krallen in seine Schulter zu schlagen. Den Gang entlang, eine weitere Treppe hinauf, und wir betraten den großen Raum wieder. Die meisten Menschen hatten ihn verlassen, nur zwei Frauen lagen in ihren Betten, eine weinte leise.

Die andere richtete sich auf, als Pippin zu ihr trat. Janed. Auch sie hatte rote Augen.

»Hier ist Ihr Ausreißer, Mademoiselle. Er stand eben ganz einfach in meiner Kajüte.«

»Pantoufle, Töffelchen. Ach, Monsieur Pippin, was bin ich froh, dass Sie ihn zu mir gebracht haben. Ich dachte schon, er wäre in einem dieser schrecklichen Kohlenbunker eingesperrt worden.«

Ich wurde auf Janeds Bett gesetzt und schnurrte sie erleichtert an.

»Nicht Monsieur, nur Pippin bitte. Es wird ein wenig schwierig sein, hier im Zwischendeck auf ihn zu achten, Janed.«

»Ich weiß, aber ich kann ihn doch nicht die ganze Überfahrt im Korb eingesperrt lassen.«

»Nein, das darf man nicht, Tiere sollten ihre Freiheit haben. Dann passen Sie einfach gut auf ihn auf.«

Er verabschiedete sich mit einer für einen Menschen sehr anmutigen und fließenden Verbeugung, und ich machte mich daran, Janed meine Entschuldigungen darzubringen.

Hundswache

Malo, der Matelot mit den großen Ohren, brachte Janed später am Abend einen Korb mit Brot und Wurst, aber sie nagte nur ganz wenig daran. Ehrlich gesagt, sie wirkte etwas grünlich um die Nase. So wie einige andere auch, die inzwischen ebenfalls auf ihren Betten lagen und außer leisem Stöhnen nicht viele Geräusche von sich gaben.

Es war aber auch ein wenig seltsam, so als ob der Boden sich auf und nieder bewegte. Mich störte das nicht besonders. Das Schwanken war weit weniger schlimm als das, was ich im Korb erlebt hatte, wenn Janed ihn trug. Ich ließ mir also die Wurstzipfel schmecken, schlabberte ein Schüsselchen Wasser, kuschelte mich dann in die Decke, ganz nahe an Janeds Schulter, schnurrte sie ein wenig beruhigend an und sank dann in einen tiefen Schlummer.

Irgendwann wachte ich auf und verspürte den Drang, jene Sandkiste noch einmal aufzusuchen. Ich hoffte, der schwarze Mann würde nicht darüber wachen. Janed schlief tief und fest, auch die anderen Menschen hatten weitgehend ihr Stöhnen eingestellt und schnarchten stattdessen. Ein paar kleine Lichter brannten hier und da an der Decke, und netterweise hatte jemand einen Schemel in die Tür gestellt, damit etwas Luft durch den stickigen Menschenmief ziehen konnte.

Diesmal plante ich meinen Ausflug systematischer. Ich erlaubte mir, an wesentlichen Kreuzungen meine Marke anzubringen, natürlich erst nachdem ich mich gründlich vergewissert hatte, dass kein anderer meiner Art hier sein Revier gekennzeichnet hatte. Es gab wohl – zumindest in diesen Gefilden – kein weiteres kätzisches Wesen. Dann folgte ich dem Vibrieren, tigerte eine hässliche Metalltreppe hinunter und fand meine Kiste.

Befriedigend.

Niemand störte mich.

Aber besonders gemütlich war es hier unten nicht. Es roch nach Rauch und Ruß, heißem Metall und Öl und schwitzenden Menschen. Laut war es außerdem. Ich tigerte die Treppe wieder empor, überlegte, ob ich zu Janed zurückkehren oder die Stille der Nacht zu einer weiteren Erkundung nutzen sollte. So ganz heimlich schwebte mir natürlich ein Besuch bei der schönen Lili vor.

Ich orientierte mich an den Markierungen an den Ecken, fand dann eine Treppe, die in die oberen Etagen führte. Dass es die bessere Gegend war, zeigte mir der Flausch auf dem Boden. Leider aber waren überall die Türen geschlossen, sodass ich nicht herausfinden konnte, hinter welcher sich Lili aufhielt. Also stromerte ich weiter nach oben. Hier wurde es luftiger, das Mondlicht fiel aus breiten Fenstern auf den Gang. Ich sprang auf eine Kiste und wagte einen Blick auf das nächtliche Meer. Ein vertrauter Anblick war das, doch auch wieder anders. Nicht so wie von den Klippen, an denen sich unten die Wellen brachen. Es wirkte weiter, unbegrenzter. Genau wie der sternenglitzernde Himmel darüber. Aber auch auf dem Wasser tanzten Lichter. Sicher die von anderen Schiffen und Fischerbooten. Ich dachte an Corsairs Geschichten und verstand nun, was er damit meinte, dass selbst ein Riesenkrake doch nicht seine glitschigen Fangarme nach mir ausstrecken konnte. Es war schon ziemlich hoch hier oben. Nach einer Weile sinnender Meeresbetrachtung nahm ich meinen Erkundungsgang wieder auf. Hier oben fand ich auch eine weitere offene Tür und lugte vorsichtig hindurch. Vor mir lag ein nach beiden Seiten offener Raum. Das war ja mal wieder was ganz anderes. Weder Stockbetten noch Gepäck, auch kein Plüsch oder Plunder, sondern nüchterne, helle Wände mit unzähligen Uhren drin, die keine Uhren waren. Das Messing von allerlei anderen

Apparaten und Instrumenten blitzte in der schwachen Beleuchtung, und große Räder und Hebel waren an etlichen Stellen angebracht. Das musste, wenn ich mir Corsairs Beschreibungen in Erinnerung rief, die Kommandobrücke sein. Ich schnüffelte neugierig herum. Von hier aus wurde also das ganze riesige Schiff gesteuert. Vermutlich mit den vielen Rädern und Hebeln. Ich erlaubte mir, eine Ecke dieses höchst wichtigen Reviers mit meinem Hoheitszeichen zu markieren, und schlenderte weiter. Da, wo das Dach endete, ging es rechts und links auf eine Plattform hinaus. Von dort wehte mich ein salziger Wind an. Eine ziemlich stramme, frische Brise, die mich zum Rückzug veranlasste.

Und dann entdeckte ich den Mann. Er lehnte an der Wand und hatte die Augen geschlossen, sodass er mich nicht wahrnahm. Aber mir kam er bekannt vor. Das war nicht der Kapitän, der angeblich hier das Schiff beaufsichtigte, sondern der Erste Offizier, der sich Ron Cado nannte. Warum musste der denn hier im Stehen auf der zugigen Brücke schlafen?

Na, vielleicht brauchte der kein Bett. Aber bequemer wäre das bestimmt gewesen. Oder er hätte wach bleiben und mal rausgucken können. Denn wenn ich es so richtig sah, fuhren wir auf ein anderes Schiff zu. Ein kleineres, vielleicht ein Fischkutter.

Wenn ein Schiff auf die Klippen prallte, was manchmal passiert, wenn es sehr stürmisch ist, dann geht es kaputt. Und die Menschen drauf ertrinken. Wie Janeds Vater und Bruder.

Wahrscheinlich würde der Kutter auch kaputt gehen, wenn unser Schiff auf ihn drauffuhr.

Sollte ich den schlafenden Offizier mal aufwecken? Vielleicht konnte der die andern anrufen oder bremsen oder so was.

Ich maunzte.

Half aber nicht.

Ich schlug meinen Kopf an sein Bein.

Er verlagerte nur das Gewicht.

Na gut, eine Katze hat andere Möglichkeiten.

Ich schlug ihm die Kralle in die Wade.

Er gab einen unwirschen Laut von sich, machte die Augen auf und begann zu fluchen.

Und dann beobachtete ich mit bassem Erstaunen, wie sich der verschlafene Ron Cado in einen wahren Tiger verwandelte. Er drehte an einem der Räder, brüllte Befehle, zerrte an Hebeln. Es rappelte und klingelte an irgendwelchen Geräten, er machte zwei Matrosen zu grätenlosen Seeschnecken, scheuchte ein paar andere Schnarchnasen auf und entwickelte die Energie eines ganzen Orkans auf der Brücke.

Die Lichter des Fischkutters verschwanden links von uns.

Dann kehrte wieder Ruhe ein, die Matrosen verzogen sich auf ihre Posten, die Apparate schwiegen, und Ron Cado stellte sich hinter das Steuerrad. Nun, da die Hektik vorbei war, beschloss ich, mich möglichst unauffällig zu verdrücken, aber der Mann war inzwischen hellwach und erspähte mich, als ich zum Ausgang tappte. Nur war die Tür zugefallen.

Möwenmist.

»Katze?«

Stimmt.

Er sah auf sein Bein hinunter, wo meine Krallen zwei kleine, rote Blutströpfchen auf seinem weißen Hosenbein hinterlassen hatten.

»Katze? Hast du mich gekratzt?«

Tja – 'tschuldigung.

Er ging in die Knie und sah mich an. Ich blieb, wenn auch fluchtbereit, stehen. Hoffentlich warf der mich jetzt nicht über Bord.

»Ich wusste gar nicht, dass wir eine Schiffskatze dabeihaben. Oder bist du einem der Passagiere entwischt? Etwa Madame Robichon?«

Er streckte seine Hand aus, allerdings sehr langsam und in eindeutig freundlicher Absicht. Manche Menschen verstehen es ja, dass wir Katzen uns gerne am Geruch orientieren, wenn wir uns ein Bild von ihnen machen. Ich näherte meine Nase seinen Fingern und schnupperte daran. Ein bisschen nach Öl, nach Seife, nach Mensch. So weit, so gut.

»Wenn ich es recht betrachte, Katze, hast du mich vor einer verdammten Dummheit bewahrt«, murmelte er. »Diese Hundswache ist eine böse Zeit, wenn man nicht gut beieinander ist.«

Hundswache? Verflixt, gab es hier Hunde? Welche Hunde bewachte er? Waren in den Räumen hinter der Brücke etwa die Wachhunde eingesperrt? Große, zähnefletschende Beißer, die nur darauf warteten, neugierige kleine Kater zu zerfleischen?

Ein Wimmern entrang sich mir, und ich klebte vor Angst mit dem Derrière am Boden fest.

»Was ist, Katze? Oder bist du ein Kater? Womit habe ich dir Angst gemacht?«

Ganz starr ließ ich es zu, dass der Erste Offizier mir über den Kopf strich.

»Eine ungewohnte Sache, all diese Maschinen und Anzeigegeräte, was? Besser, du läufst zu deinen Leuten zurück.«

Durch eine wilde Hundemeute? Gepfiffen! Ich ignorierte die Tür, die er mir aufhielt.

»Ach herrje, wahrscheinlich hast du dich verirrt, was? Das ist schon ein ziemlich ungewohntes Revier, so ein großer Dampfer. Dann bleib hier. Wenn meine Wache herum ist, bringe ich dich nach unten.«

Das war ein Angebot.

Ich suchte mir eine Ecke, wo ich nicht störte, und rollte mich ganz klein zusammen.

Irgendwie musste ich eingedöst sein, denn ich wurde erst wach, als zwei Männerstimmen sich unterhielten. Ron Cado berichtete einem Mann, den er Kapitän nannte, von den nächtlichen Vorfällen, verschwieg aber zum Glück meine Rolle darin. Ich schlich mich lautlos und ungesehen an ihnen vorbei, fand die Tür, lauschte, schnüffelte – von Hunden keine Spur. Aber eine schöne, deutliche Markierung an der Treppenstufe, die mir den Weg wies.

So fand ich wieder zu Janed, die noch immer in tiefem Schlaf lag, auch wenn hier und da in den Betten ziemlich laut geschnarcht wurde. Ich hüpfte zu ihr in die Decken und gönnte mir auch noch eine Runde Schlaf.

Aufdringlichkeiten

Das mit der Passage schien Janed ein gewisses Problem zu bereiten, stellte ich am nächsten Tag fest, als ich so um die Mittagszeit aus meinem erholsamen Schlummer erwachte. Die Aussiedler – so wurden die Menschen hier im Zwischendeck genannt – bekamen in einem weiteren großen Raum ihr Essen. Alle, die nicht grün um die Nase waren, begaben sich dort hin. Janed war nicht mehr grün um die Nase, traute sich aber nicht, mit ihnen zu gehen. Stattdessen kam diesmal Malo zu uns und brachte ihr Zwieback und etwas Schinken.

»Es ist nicht recht, dass ich hier als blinder Passagier mitreise, Malo. Mir wäre wohler, ich hätte die Passage bezahlt. Dieses Versteckspiel liegt mir nicht. Ich zucke jedes Mal zusammen, wenn ich einen Seemann oder gar einen Offizier sehe.«

»Mach dir doch nicht so viel Gedanken, Janed. Hier sind fast hundert Leute untergebracht, und oben reisen noch mal fünfzig Passagiere in der Ersten und Zweiten Klasse. Der Purser kann sich nicht jedes Gesicht merken. Der merkt sich nur die vornehmen Herrschaften aus der Ersten.«

»Da wäre ich mir nicht so sicher.«

»Könnte natürlich sein, dass ihm dein hübsches Gesicht besonders auffällt, da hast du recht. Aber die Reise dauert doch nur neun Tage, vielleicht auch nur acht. Ich hab gehört, sie haben ein großes Tier an Bord, das pünktlich am dreizehnten Mai in New York sein muss.«

Ein großes Tier? Ogottogottogott!

»Wer soll das sein, Malo?«

»Irgend so ein Opernsänger. Ein ganz wichtiger Kerl, der einen ganz wichtigen Auftritt am Theater hat. Der sollte eigentlich mit der *Gigantic* fahren, aber weil sein Zug Verspätung hatte, hat er die verpasst. Darum ist er jetzt auf diesem Schiff. Aber es heißt, er verlässt seine Kabine nicht.«

»Oper!«, seufzte Janed sehnsüchtig. »Eine Oper möchte ich mal sehen. Da wird so schöne Musik gespielt.«

»Wir machen auch schöne Musik, meine Hübsche. Komm heute Abend mal in unser Quartier. Der Maat hat ein Schifferklavier und der Moses eine Gitarre.«

»Siehst du, Malo, genau das traue ich mich nicht!«

»Ach was, von denen will niemand deinen Passagierschein sehen. So, ich muss los, meine Schöne. Telo bringt dir später das Abendessen. Brieg hat Hundswache gehabt und pennt noch.«

»Was für eine Wache? Gibt es Hunde an Bord?«

Liebe, gute Janed. Sie hatte dieselben Bedenken wie ich. Aber Malo lachte nur laut auf.

»Hundswache nennt man die Zeit von Mitternacht bis vier Uhr morgens – weil man da so hundemüde ist, dass die Gefahr besteht, dass man einschläft.«

»Oh, ach so.«

Eben. Ach so. Keine Hunde. Hatte ich wieder mal den perfekten Schisserkater gegeben.

Und völlig umsonst!

Ich musste das ändern. Dringend. Was hatte Corsair gesagt – jede Angst ist nur so groß, wie man sie zulässt.

Nach ein paar ordentlichen Happen Schinken sammelte ich meinen Mut zusammen und forderte die zögernde Janed auf, mit mir einen Rundgang durch das Schiff zu machen. Um das zu erreichen, maunzte ich sie auffordernd an, was sie verstand, und trabte mit hoch aufgerichtetem Schwanz vor ihr her, ein Zeichen, das sie ebenfalls richtig zu deuten gelernt hatte. Da ich mich in den unteren Gängen nun dank meiner Markierungen einigermaßen auskannte, führte ich sie zuerst die Treppe hinunter.

»Au wei, daran hätte ich ja wohl denken müssen«, meinte sie, als ich ihr die Kiste mit Löschsand zeigte und ihr deren Nutzen demonstrierte. »Aber ich war gestern ziemlich durcheinander, Töffelchen.«

Sie sah sich in diesen finsteren Räumlichkeiten um, etwas unbehaglich, aber auch neugierig.

»Da geht es wohl zu den Kesseln und den Kohlelagern«, sagte sie zu mir und machte ein paar Schritte in die falsche Richtung. Ich maunzte, aber bei dem Gedröhne überhörte sie mich. Was sie aber nicht überhören konnte, waren die Männer, die jetzt den Gang entlangpolterten. Schwarz von Ruß und Kohlenstaub, verschmiert an Gesicht und Händen, derb in ihren Worten. Ich drückte mich hinter die Sandkiste, um nicht von ihren Stiefeln getroffen zu werden, und Janed hätte besser das Gleiche getan. Natürlich blieben die Heizer stehen und machten Bemerkungen. Erst wehrte Janed noch lachend ab, aber dann wurde ihr wohl doch mulmig, und sie versuchte, an ihnen vorbeizukommen.

Mit ein paar frechen Bemerkungen gelang es ihr auch. Aber kaum hatten wir den Gang über den Maschinen erreicht – hier bebte der Boden besonders stark –, trat uns ein weiterer Mann entgegen. Er trug schmutzige Hosen und ein offenes Hemd, aus dem Fell hervorschaute. Die Ärmel waren aufgerollt, und auch die Unterarme waren mit schwarzen Haaren bewachsen. Komisch an einem Menschen. Oder war der ein halbes Tier?

»Was machst du denn hier unten, Schätzchen? Mit den Kohleschippern schäkern?«

»Nein, nein, ich suche nur ...«

»Ah, eine von den Aussiedlerinnen, was? Wirst schon dein Glück machen, Süße, mit dem niedlichen Gesicht. Und dieser hübschen Figur.«

Er legte ihr den Arm um die Taille, was Janed gar nicht nett fand. Das spürte ich deutlich in meinen Schnurrhaaren.

»Lassen Sie mich los.«

»Aber Liebchen, warum denn? Wir könnten schönen Spaß miteinander haben auf dieser Überfahrt. Komm einfach mit zu mir, meine Schicht ist gerade zu Ende.«

»Ich habe keine Lust, mit Ihnen zu gehen.«

»Aber, aber, Täubchen. Ich habe dafür große Lust, dich mitzunehmen. Ich hab 'ne eigene Kajüte, steht mir zu als Maschinist. Da sind wir ganz ungestört. Und ein Fläschchen Rum hab ich auch noch da. Komm mit Jock, mein Schätzchen.«

Er wollte ihr das Gesicht abschlecken, aber Janed drehte den Kopf weg und versuchte, aus seinem Griff zu entkommen. Das kannte ich – es war widerlich, von einem Stärkeren gegen seinen Willen festgehalten zu werden. Und stärker als sie war dieser Mann allemal. Wenn ich

80

doch nur eingreifen könnte! Aber ich war so erbärmlich klein und hilflos.

Irgendwo schlug eine Tür zu. Vielleicht ...?

Ich flutschte zwischen Janeds Beinen durch und rannte dem Geräusch nach.

Richtig, ein Mann. Er schwang seinen Gehstock und ging in die andere Richtung.

Ihm nach.

Vor seine Füße.

Es war Pippin, der großen Bastet sei Dank.

Er hielt an.

Ich maunzte.

»Pantoufle! Hast du dich schon wieder verlaufen?«

Nein, nein. Mitkommen! Bitte!

Um seine Beine gefegt.

Er musterte mich. Sagte: »Mhm.«

Drehte sich um.

Ich Schwanz hoch voraus.

Und dann bekam ich es wieder mit der Angst zu tun. Pippin war doch nur ein alter Mann und Jock ein strammer, starker Kerl, ein halbes Tier!

Janed wand sich noch immer in seinem Griff und holte eben aus, ihm kräftig auf den Fuß zu stampfen, aber er hatte sehr feste Stiefel an und lachte nur hämisch.

»Bist ein ungezähmtes Pferdchen. Das gefällt mir.«

»Und mir gefällt Ihre Aufdringlichkeit nicht.«

Pippin piekste diesen Jock mit seinem Stock in die Rippen.

»Hey, Alter, lass das!«

Jock wollte den Stock mit einer raschen Bewegung wegwischen, aber irgendwie drehte der sich plötzlich in

Pippins Hand, und der Knauf traf mit einem Plopp auf Jocks Ellenbogen.

Der Arm hing danach ziemlich schlapp nach unten, und Janed befreite sich.

Aus Jocks Kehle kam ein tiefes Knurren, bei dem ich, sollte etwas Ähnliches aus Katerkehle entweichen, schleunigst den Rückzug antreten würde. Doch Pippin stand nur da und schaute den Maschinisten gelangweilt an. Gelangweilt, tatsächlich.

»Janed, meine Liebe, gehen Sie doch schon mal den Gang weiter und dann die Treppe nach oben.«

Jock wollte sich ihr dennoch in den Weg stellen, aber der Stock wirbelte noch einmal in Pippins Hand, und irgendwie knickte der Kerl plötzlich in die Knie.

»Unfair, ich weiß, junger Mann. Aber bedenken Sie, dass ich ein gutes Stück älter bin als Sie.« Und zu mir gewandt meinte Pippin dann: »Folgen wir deiner Janed, Pantoufle, sonst macht sie sich Sorgen um dich.«

Aber mit Vergnügen doch.

Janed wartete auf dem Absatz der nächsten Treppe und brach in Dankesbezeugungen aus.

»Das war aber sehr gefährlich für Sie, Pippin. Dieser Jock ist ein Schläger, wenn ich je einen gesehen habe.«

»Schon gut, Mädchen, schon gut. Ich habe zu früheren Zeiten mal mit wilden Tieren zu tun gehabt, da lernt man, solche Gestalten zu zähmen. Und im Übrigen sollten Sie sich bei Ihrem Kater bedanken, der hat mich auf Ihre missliche Lage aufmerksam gemacht. Ist der Kleine wieder ausgebüxt?«

»Nein, diesmal sind wir zusammen auf Erkundungsreise gegangen. Ich habe den Eindruck, er kennt sich schon ganz gut aus auf diesem Schiff.«

»Katzen haben einen erstaunlichen Orientierungssinn. Aber Sie sollten nicht hier unten herumlaufen. Heizer, Kohleschipper und Maschinenschmierer sind kein Umgang für Sie.«

»Nein, ich weiß. Aber ein bisschen musste ich mir die Füße vertreten.«

»Dann tun Sie das doch an Deck.«

»Ich weiß nicht. Da dürfen doch nur die feinen Leute hin.«

»Papperlapapp. Sie sind eine feine junge Frau. Nehmen Sie meinen Arm, wir promenieren!«

Womit ich wieder etwas Neues kennenlernte. Nämlich das Promenadendeck.

Janed war noch immer unsicher. Sie schaute ständig ängstlich um sich herum. Wahrscheinlich befürchtete sie, jemand würde sie über Bord werfen, weil sie doch keine Passage hatte. Aber niemand sprang auf sie zu und schubste sie über die Reling. Im Gegenteil, als Pippin ihr einen zierlichen weißen Stuhl anbot und neben ihr Platz nahm, kam ein uniformierter Junge herbeigeeilt und fragte, ob sie etwas essen oder trinken wollten.

Zunächst wehrte Janed ab, doch Pippin überredete sie zu einem Stück Kuchen, was, wenn man Janed kennt, eigentlich nicht besonders schwer ist.

Ich fand es ausgesprochen angenehm auf diesem Promenadendeck. Die Sonne glitzerte auf dem Wasser, der Wind wurde von dünnen Holzwänden abgeschirmt, die in regelmäßigen Abständen an der Schiffswand angebracht waren. Dennoch lag ein wenig salzige Gischt in der Luft, genauso wie das leise Rauschen der Wellen und das Summen des Windes in den Seilen. Vor uns, entlang der Reling, schlenderten etliche Herrschaften in großem Aufputz, wie mir schien. Andererseits – wenn ich an Lilis Erklärungen zu den Kleidern dachte, dann mochte das hier wohl üblich sein, und Janed in ihrem blauen Rock und der mit breiten Borten besetzten Jacke sah so ganz anders aus. Einfacher eben, nicht so glänzend und glitzernd. Pippin trug seinen schwarzen Anzug, der sogar in meinen Augen wie ein abgenutzter Sofabezug wirkte. Man streifte die beiden häufig mit verächtlichen Blicken, sagte aber nichts. Pippin schien das nichts auszumachen. Er nippte an seinem Kaffee und stellte dann die Untertasse, gefüllt mit Sahne, unter seinen Stuhl.

War mir, ehrlich gesagt, vollends schnurz, ob sein Anzug abgewetzt war wie der Pelz einer räudigen Katze. Der Mann hatte eindeutig ein großes Herz.

Nach der Labung hörte ich ihrem Gespräch mit großer Aufmerksamkeit zu.

»Das mag eine gute Idee sein, Janed. Mit Fleiß und Ausdauer werden Sie bestimmt Erfolg haben mit einem Fischrestaurant in Hafennähe. Aber können Sie denn kochen?«

»Ich denke schon. Ich habe es zumindest bereits als kleines Mädchen gelernt. Meine Mutter und meine Großmutter besaßen eine kleine Taverne am Hafen. Die Fischer und die Bauern und manchmal sogar die Sommerfrischler sind immer gerne zu uns gekommen.«

»Aber Sie haben das Geschäft nicht weitergeführt?«

»Die Großmutter ist vor fünf Jahren gestorben, meine Mutter vor drei. Alleine konnte ich das Gasthaus nicht

betreiben. Darum habe ich die Arbeit in der Konservenfabrik angenommen.«

»Das muss sehr schwer für Sie gewesen sein, nicht nur
Ihre Mutter zu verlieren, sondern auch die Arbeit.«

»Ja, um Maman habe ich sehr getrauert. Aber die Arbeit in der Fabrik war gar nicht schlecht. Ich war in einer großen Küche beschäftigt. Dort habe ich viele neue
Zutaten kennengelernt, und es hat mir Freude gemacht,
damit meine eigenen Gerichte zu ergänzen. Als ich damit zufrieden war, habe ich diese Speisen dem Chef vorgestellt. Er hat sich meine Vorschläge mit Interesse angehört. Wir haben noch ein wenig experimentiert, um
sie auf die großen Mengen umzusetzen, die dort verar-
beitet wurden, und schließlich hat man meine Rezepte
gerne in die Produktion aufgenommen. Und ich habe
eine Prämie bekommen, weil sie dem Besitzer viele neue
Aufträge gebracht haben. Zum Beispiel haben wir die
großen Schiffe mit unseren Dosen beliefert. Vielleicht
kennen Sie die Sardinenpaste mit Oliven und Piment?
Oder die Lachscreme mit Champagner der *Quiberona-
ise?* Oder den Thunfisch mit Port und grünem Pfeffer?
Sehr lecker.«

Stimmte, vor allem, wenn man auf Oliven, Piment,
Champagner, Port und Pfeffer verzichtete. Auch Pippin
nickte anerkennend.

»Ich habe sie tatsächlich schon einige Male vorgesetzt
bekommen. Erstaunlich, und nun lerne ich die Urhebe-
rin dieser Köstlichkeiten kennen. Nur sagen Sie, Janed,
warum sind Sie nicht dort geblieben? Man hat Ihre Arbeit doch sehr zu schätzen gewusst.«

»Der Sturm im April, Pippin. Er hat nicht nur mein

Haus zerstört, sondern auch die Fabrik. Und viele Fischerboote und Netze und alles. Darum wollte ich ja zunächst nach Brest, um dort nach Arbeit zu suchen. Gute Zeugnisse habe ich ja. Und ein bisschen Erspartes auch. Aber dann haben Telo, Malo und Brieg mich überredet, mit ihnen mein Glück in Amerika zu machen.«

»Aber haben Sie denn gar keine Familie mehr?«

»Nein, Vater und mein jüngerer Bruder sind im vergangenen Jahr auf See geblieben.«

Pippin sagte gar nichts. Und als ich unter dem Stuhl hochlinste, sah ich, dass er stattdessen ihre Hand in die seine genommen hatte.

Meine Schnurrhaare bedeuteten mir, dass er ihre Trauer fühlte, die sie so tief in sich vergraben hatte. Und das war wirklich nett von ihm. Genauso nett wie die Sahne für mich.

»Pippin, warum reisen Sie denn nach Amerika?«, fragte Janed plötzlich, und ich hörte ihrer Stimme an, dass sie fröhlich klingen wollte.

»Ich habe vor, mich bei meiner Tochter niederzulassen. Sie hat ein Haus in Roseland.«

»Das wird bestimmt schön für Sie.«

»Das bleibt abzuwarten. Ich bin ein Vagabund, Janed. Ich bin mein ganzes Leben lang durch die Weltgeschichte gereist. Ob es mir wirklich gelingt, sesshaft zu werden, wird man sehen.«

»Sie sind gereist? Als was?«

»Ich war in einem Zirkus beschäftigt.«

»Hui! Das ist ja aufregend.«

»Finden Sie? Ja, wahrscheinlich ist es aufregend. Zumindest war es nie langweilig.«

»Alle zwei Jahre baut in Auray ein Zirkus sein Zelt auf. Wir sind immer hingefahren. Es war so bunt, so lustig und die Musik so schön, und die Pferde und die Akrobaten. Ich habe sie immer bewundert. Daher auch Ihre Erfahrung mit wilden Tieren, nicht wahr? Oder waren Sie auch Akrobat?«

»Ich war Clown, Spaßmacher, dummer August.«

»Oh, über die haben wir immer Tränen gelacht. Aber ist das nicht furchtbar schwierig, die Leute immer wieder zum Lachen zu bringen, Pippin?«

»Sie stellen seltsame Fragen, Janed. Eine Antwort auf diese hat noch nie jemand von mir verlangt. Aber – ja, es ist harte Arbeit, die Menschen zum Lachen zu bringen. Denn wie Sie schon richtig sagen, liegen die Tränen im wahren Lachen. Darum stolpert der dumme August über seine großen Füße, hat ein aufgemaltes Lachen und verzieht darunter nie eine Miene, welche Missgeschicke ihm auch widerfahren.«

»Weshalb man eigentlich Mitleid mit ihm hat, aber weil er es alles so stoisch erträgt, lacht man lieber über ihn, als dass man weint.«

»Sie sind sehr klug, junge Janed. Es stimmt, vor der wahren, großen Schönheit stehen wir ehrfürchtig schweigend, vor dem echten, großen Leid still trauernd. Nur das dazwischen, die Misslichkeiten, die unerwarteten Freuden, die Malheurchen, die kleinen Gewinne, über alles das, was man ertragen kann, darüber sollte man auch lachen.«

»Nicht jeder kann es.«

»Nein, nicht jeder kann es. Und meine Kunst liegt darin, diesen Menschen verständlich zu machen, dass sie es dennoch sollten. Ihnen, Kind, scheint es zu gelingen, und das ist eine große Gabe.«

»Ich weiß nicht, ob es mir gelingt, Pippin«, sagte Janed leise.

»Doch, meine Liebe, denn ein lachendes Gesicht macht ein lachendes Herz. So lässt sich der Schmerz leichter ertragen. Das haben Sie getan, und nun reisen Sie mit einem kleinen, weißpfotigen Kater nach Amerika.«

»Das halten Sie nicht für klug? Ich konnte ihn doch nicht zurücklassen, Pippin.«

»Es lag mir mehr als fern, das als unklug zu bezeichnen, aber ich würde gerne wissen, warum Sie so sehr an dem kleinen Helden hängen. Er scheint Ihnen ebenfalls sehr zugetan zu sein.«

Und während Janed ihm erzählte, wie ich zu ihr gekommen war, beobachtete ich die flanierenden Menschen vor uns.

Herren in hellen Anzügen geleiteten Damen in bunten Kleidern am Arm den Gang entlang. Oft blieben sie stehen, schauten über die Reling zu dem endlosen, blauen Horizont. Einige bildeten kleine Grüppchen und schwatzten müßig, trennten sich wieder und wandelten weiter. Eine Bonne in grauer Uniform mit Schürze und Haube führte zwei kleine Jungen in Matrosenanzügen an der Hand. Ob die schon das Seemannshandwerk lernten? Das waren doch noch Menschenwelpen! Eine hübsche Frau zankte ein kleines Mädchen im rosa Rüschenkleid aus, das seinen Strohhut über Bord geworfen hatte. Zwei sehr wohlbeleibte Herren verpesteten die frische Luft mit dem Qualm aus ihren dicken Zigarren und wurden von der jungen Mutter auf die windzugewandte Seite verwiesen. Madame Adèle Robichon war natürlich auch unter den Flaneuren, aufgeplustertes Derrière, Gefieder und Gerüsche auf der stumpfgelben Wolle ihrer Haare, Lili mit einer Leine an einem blaugoldenen Halsband mit Glitzersteinen, die überaus hochnäsig neben ihr hertrippelte. Allerdings bemerkte sie mich und blieb stehen, um mir zuzuzwinkern, was ich nett fand. Ich zwinkerte zurück. Madame hingegen murrte, weil ihre kostbare Lilibeth nicht weiterging, und zerrte an der Leine. Sie begutachtete Pippin und meine Janed von oben herab, bemerkte mich und fauchte, man möge dieses Tier gefälligst an die Leine nehmen.

»Welches Tier?«, fragte Pippin harmlos.

Mich sicher nicht, ich war schon unter Janeds schönem, weitem Rock verschwunden.

Schnepfe die! Da hatte Lili völlig recht.

Ron Cado, schmuck in seiner weißen Uniform, machte ebenfalls seine Runde, grüßte hier und da die Passagiere und blieb sogar eine Weile bei der Schnepfe stehen. Die gurrte ihn an und klimperte mit den Augendeckeln. Er übersah es. Stattdessen beugte er sich zu Lili hinunter. Wie auch mir zuvor, reichte er ihr die Finger, damit sie daran schnuppern konnte, aber die blöde Adèle riss sie zurück.

Als er an uns vorbeikam, überlegte ich kurz, ob ich unsere nächtliche Bekanntschaft erneuern sollte, aber da Janed wieder ängstlich wurde, zumal er sie und Pippin scharf musterte und sich nur knapp verbeugte, unterließ ich das.

»Der will nicht, dass wir hier sitzen, Pippin.«

»Sie sind in meiner Begleitung, Janed, und so viel gutes Benehmen wird auch der Erste Offizier haben, dass er sich nicht erlauben würde, meinen Gast des Decks zu verweisen.«

»Aber ...« Janed schluckte ihre Bemerkung runter. Ich ahnte allerdings, dass sie sich fragte, woher der schäbige Pippin das Recht nahm, so hochmütig über seine Stellung an Bord zu urteilen. Ob Ron Cado den Zirkusclown Pippin irgendwoher kannte?

Zwischenmenschliche Beziehungen sind schwierig zu deuten. Ich konnte mich dabei eigentlich immer nur auf meine Schnurrhaare verlassen. Und die zuckten ein klein wenig bei Ron Cados Anblick. Ich strich beruhigend mit der Pfote darüber. Mir gegenüber hatte er sich nett verhalten, und zu Lili war er höflich gewesen.

Ach, Lili. Wieder schlenderte sie an mir vorbei und flüsterte mir zu, sie habe an ihrer Kabinentür eine Einladung hinterlassen. Wenn ich also Lust hätte ...

Heilige Bastet, ja. Und was für eine Lust ich hatte.

Der Duft rolliger Katzen

Janed ging früh zu Bett, denn noch immer traute sie sich nicht, mit den anderen Aussiedlern zusammen im großen Aufenthaltsraum zu sitzen. Dort war die Stimmung inzwischen ausgelassen, jemand kratzte auf einer Fiedel herum, einer klapperte mit zwei Löffeln den

Rhythmus, andere sangen. Ich maunzte Janed zu, dass ich noch eine Runde drehen würde, und sie sah mich verständnisvoll an.

»Pass auf, Töffelchen, dass du nicht aus Versehen irgendwo eingesperrt wirst.«

Mach ich, Janed. Ich bin immer vorsichtig, weißt du doch.

Sie streichelte mich noch einmal, dann machte ich mich auf den Weg. Meine Marken waren weiterhin deutlich zu erkennen, den Weg in die oberen Gefilde fand ich schnell. Ja, hier oben bemerkte ich sogar, dass hier und da Lili an den Pflanzenkübeln ihr Mäulchen gerieben hatte. Was für ein wundervoller, zarter Duft. Er verstärkte sich an einer ganz bestimmten Tür, und ich machte mich unter einem Konsölchen mit überhängender Fransendecke unsichtbar und wartete auf eine Gelegenheit, zu ihr schlüpfen zu können.

Sie bot sich bald. Madame Adèle, prächtig aufgerüscht und von einer geradezu greifbaren Duftwolke umwogt, entschwebte der Kajüte; ich schwupps hinein. Fast hätte die zufallende Tür mir den Schwanz eingeklemmt. Ich quiekte, kam aber unversehrt davon. Lili thronte auf ihrem Samtkissen und grinste.

»Gut gemacht!«

»War knapp. Bleibt sie jetzt weg?«

»Sie speist, das dauert. Möchtest du hochkommen?«

»Wenn du gestattest.«

Auf einem Samtkissen hatte ich noch nie gelegen. Es fühlte sich seltsam an, wie ganz kurz geschorener Pelz. Aber angenehm.

»Was hat deine Adèle nur angestellt, Lili? Die roch ja wie ein ganzes rolliges Katzenrudel.«

»Das macht sie selbst. Heißt Parfüm, das Zeug, und wird in Sprühflakons aufgehoben.«

Lili hüpfte vom Kissen und schlenderte zu dem Tischchen vor dem Spiegel. Dort stand auf der Marmorplatte ein ganzes Sortiment von Fläschchen und Tiegeln. Sie wies auf einen mit einer goldbraunen Flüssigkeit gefüllten Flakon hin, an dem ein längliches Bällchen hing.

»Schau mal!«

Lili biss in das Bällchen, und vorne aus dem Flakon stäubte ein feiner Nebel.

Moschus. Mit irgendetwas anderem Süßlichem vermischt.

»Sie hasst das, wenn ich das mache«, kicherte Lili. »Sagt, das Zeug sei höllisch teuer.«

Mein Geruchssinn fühlte sich wie betäubt an.

»Und was bewirkt das?«

»Ich glaube, es zieht die Mannkater an.«

»Mich würd's nicht anziehen. Aber Menschen haben ja nur eingeschränkte Sinne. Wahrscheinlich brauchen die so starke Dosen von solchen Rolligkeitsdüften.«

»Hat Janed so was nicht?«

Wenn ich es recht bedachte, roch Janed auch nicht nur nach Mensch. Aber auch nicht nach rolliger Katze. Eher nach Kräutern und Blumen. Und das lag daran, dass sie Blätter und Blüten aus dem Garten trocknete, in kleine Beutelchen einnähte und zwischen ihre Kleider legte. Ich fand das angenehm. Adèles Duftwolke, die auch noch in diesem Raum schwebte, nicht.

Lili kam wieder zu mir hoch. Sie hatte es peinlich vermieden, auch nur ein Tröpfchen von dem Parfüm an ihren Pelz kommen zu lassen, und duftete erfreulich nach sauberer Katze – nämlich nach nichts.

»Ist die Adèle rollig?«

»Ich glaube ja. Bei Menschen weiß man das ja nicht so genau. Denen kann das ja jeden Tag passieren. Sie hat sich zwar noch nicht auf dem Boden gewälzt. Aber sie glubscht den Mannkatern nach.«

»Sind die interessiert?«

Lilis Schurrhaare bebten amüsiert.

»Manche schon. Aber der, hinter dem sie die ganze Zeit her ist, versucht sich ihr zu entziehen. Was sie nur noch zu mehr Anstrengungen antreibt.«

»Noch mehr Parfüm?«

»Nein, schlimmer. Wir reisen ihm jetzt schon ein halbes Jahr lang nach. Er ist nämlich Opernsänger und tritt in verschiedenen Städten auf.«

Da ich mir unter einem Opernsänger nichts vorstellen konnte, klärte mich die welterfahrene Lili auf. Mich beeindruckte es, dass Menschen Gesang so sehr liebten, dass sie ganze, gewaltige Häuser bauten, in denen sie dann der Musik zuhörten. Wir Katzen singen ja auch gerne, und meine Stimme ist recht angenehm, wenn ich das so sagen darf. Ganz kurz stellte ich mir vor, wie ich auf einer blau ausgeschlagenen Bühne, beleuchtet von hellen Lichtern, umgeben von glitzerndem Kristall, zusammen mit Lili ein Duett sang, dem eine ganze Schar Menschen und Katzen gebannt zuhörten.

Weg damit, für so etwas war ich viel zu klein.

»Und darum ist Adèle jetzt auf diesem Schiff?«

»Ja, weil Enrico Granvoce ebenfalls an Bord gegangen

ist. Er hat eine Premieren-Vorstellung in New York und muss ganz pünktlich dort sein. Adèle hofft die ganze Zeit, dass er ihr hier über den Weg läuft, aber ich glaube, sie ist ihm ziemlich lästig. Ich habe mal zugehört, wie ihre Freundinnen über sie getuschelt haben, als sie nicht im Raum war. Die sagten, sie warte nach den Vorstellungen immer an seiner Garderobe und komme dann stinkig zu ihren Feiern nach, weil er nicht mit ihr gesprochen hat.«

»Menschen machen das mit dem Werben anders, nicht? Ich meine, eine rollige Kätzin kann sich ihre Kater ja aussuchen.«

Lili nahm eine höchst majestätische Haltung an, und ich stellte mir vor, wie ein gutes Dutzend strammer Freier sich herzhaft um sie balgte.

Doch dann ließ sie plötzlich die Nase hängen und murmelte: »Um mich hat noch keiner gefreit. Ich durfte nie raus, wenn's mich nach einem gelüstete.«

»Oh.«

»Sie will nicht, dass ich trächtig werde.«

»Oh.«

»Das verdirbt die Figur, sagt sie.«

»Oh.«

Ich hatte wenigstens schon mal was mit einer Kätzin gehabt, was mich immer noch verwunderte. Einmal. Danach verwies mich ein Tigerkater herb des Reviers. Drei Tage hatte ich nach der Prügelei gehumpelt. Also hielt ich mich mit meinen Antworten sehr zurück. Lili akzeptierte es.

Dankbar wechselte ich das Thema.

»Ich habe auf dem Weg zu meinem Quartier alle

Ecken markiert, Lili. Vielleicht möchtest du uns ja auch mal besuchen. Ich meine, es ist nicht so ... bunt wie hier, und Samtkissen haben wir auch nicht, aber Janed ist eine sehr nette Menschenfrau.«

»Ist ein bisschen schwierig für mich, hier rauszukommen.«

»Nicht schwieriger als für mich, zu dir hineinzuschlüpfen. Die Adèle hat doch so viele Raschelröcke an, an denen kann man gut vorbeihuschen.«

»Ja, das könnte man wohl.«

So richtig überzeugt sah Lili nicht aus.

»Du musst nur den Gang runterlaufen. Und wenn jemand kommt, gibt es genug Verstecke, die man aufsuchen kann. Blumenkübel und Möbel hier, unten stehen Koffer und Säcke herum. Außerdem gibt es keine Hunde.«

»Keine Hunde?«

»Ich dachte erst, es gäbe große Wachhunde, aber das stimmt nicht. Und Möwen kommen auch nicht hier rein. Und die Mäuse sind ganz normal groß.«

Drei hatte ich nämlich schon gefangen.

»Mäuse?«

»Manchmal brauche ich ein bisschen Frischfleisch.«

»Du frisst Mäuse?«

»Ja, natürlich. Dazu sind sie doch da.«

Lili schluckte hart. Mir dämmerte, dass sie in ihrem behüteten Leben offensichtlich noch keine Maus gesehen hatte. Sie war weit umhergereist, kannte Eisenbahnen, Schiffe, Kutschen und sogar Automobile, Hotels, Opernhäuser und vornehme Stadtwohnungen. Aber eine Maus hatte sie noch nicht gefangen. Ich kam mir richtig überlegen vor.

»Was gibt dir die Adèle denn zu essen?«

»Gekochtes Fleisch, Sauce, manchmal ein bisschen Sahne. Das, was sie auch isst, eben. Nur Gemüse nicht. Das vertrag ich nicht. Hat sie schnell gelernt.«

»Nein, Gemüse ist nicht gesund. Ich bekomme auch manchmal das, was Janed gekocht hat, aber zwischendurch finde ich Maus wirklich lecker. Ich könnte dir zeigen, wie man jagt. Es macht Spaß, Lili.«

Verlegen putzte sie ihren Schwanz.

»Ich weiß nicht ...!«

»Ich schon. Sei kein Angsthäschen, Lili.«

Das Kichern in meiner Kehle konnte ich gerade noch unterdrücken. Ich hatte jemanden getroffen, der auch mal ein bisschen Schiss hatte.

»Ich bin keine Schisserkatze. Ich komme. Morgen, wenn sie sich aufgeputzt hat. Aber du musst auch da sein.«

»Ganz bestimmt. Ich warte auf dich, und dann zeige ich dir, wie es unten im Schiffsbauch aussieht. Und stelle dir Janed vor.«

Lili streckte sich lang auf ihrem Samtkissen aus und spreizte die Pfoten. Schöne lange Krallen hatte sie. Meine waren vom rauen Sand- und Felsboden ziemlich kurz abgewetzt. Aber scharf!

»Du hast recht, Pantoufle, ich muss mal hier raus aus all dem Plüsch und Plunder. Drei Jahre lebe ich schon bei ihr, davor war ich ein halbes Jahr mit meiner Mama und den Geschwistern zusammen, auch nur in einem Haus. Ja, es wird Zeit, dass ich mal etwas von der Welt da draußen sehe.«

»Ich pass auf dich auf, Lili«, sagte ich und fühlte mich sehr stark.

Sie schnurrte leise, was ich als Aufforderung betrachtete, mich neben ihr auszustrecken. Ach, neben einer schnurrenden Katze zu liegen, so Pelz an Pelz, das hatte was.

Wir gaben uns einem genussvollen Dösen hin.

Was ein Fehler war.

Denn auf diese Weise bemerkten wir beide zu spät, dass Adèle zurückkam. Als sie aber im Raum stand, war das nicht zu überhören.

»Verdammtes Mistvieh, wo kommst du denn her? Sofort runter von dem Kissen, du verflohter Streuner. Weg von meiner Lilibeth, du dreckiger kleiner Putzlumpen!«, keifte sie und wollte nach mir greifen.

Ich war schneller.

Nichts wie raus.

Die Tür knallte hinter mir zu.

Und ein lautes, wütendes Kreischen ertönte.

»Lilibeth! Nicht!«

Ich blieb stehen.

»Nimm die Krallen aus dem Rock! *Lilibeth!*«

Sie hatte schöne, lange Krallen. Wohl auch sehr scharf.

»Aua! Lilibeth, *lass das! Aua!*«

Adèle lernte offensichtlich gerade ganz neu, wie es sich anfühlt, wenn man einer Katze nicht ihren Willen lässt. Mutige Lili!

Kater über Bord

Ich hatte zwar gehofft, dass Lili am nächsten Morgen wirklich bei uns vorbeikäme, hatte sogar noch mal die Markierungen verstärkt und mich ein wenig auf dem Gang herumgetrieben, aber offensichtlich war es ihr nicht gelungen, aus Adèles Obhut zu entwischen.

Janed war etwas ruhiger geworden und hatte sogar mit den anderen Aussiedlern gemeinsam gegessen und ein wenig geschwatzt. Sie kamen aus allen Bereichen des Landes, das hörte ich daran, dass alle ein klein wenig unterschiedlich sprachen. Also weniger die Worte selbst als die Art, wie sie sie betonten. Die menschliche Sprache besteht ja aus Lauten, die zu Begriffen zusammengesetzt werden. Unsereins verstand ja die Begriffe, unabhängig von der Zusammensetzung der Laute, aber Menschen brauchten diese komplizierte Sprache, um sich untereinander zu verständigen. Geschickt war das eigentlich nicht, denn sowie jemand etwas anders betonte, hieß es schon immer gleich: »Häh? Was hast du gemeint?«

Aber egal, sie schwatzten miteinander, und jemand wusste zu erzählen, dass der Erste Offizier auch aus der Bretagne stammte, aber sein Glück auf den amerikanischen Dampfern gemacht hatte.

»Ron Cado?«, fragte ein anderer. »Ja, der ist Bretone. Aber der hatte einen guten Grund, nach Amerika zu gehen.«

»Haben wir den nicht alle?«

»Sicher, aber der hat seine Geliebte umgebracht, heißt es. Deshalb ist er ja in Brest auch nicht an Land gegangen.«

»Woher weißt du das denn?«

»War damals in der Gegend. Quiberon, wisst ihr. Vor zwölf Jahren. Eine ziemlich schaurige Geschichte. Er hat sie einfach von den Klippen gestürzt und ist dann weggegangen.«

»Er ist ein kaltherziger Kerl, das sieht man ihm an. Hat so eine verbitterte Miene.«

»Er soll die Matrosen ziemlich schikanieren, hab ich gehört. Und gnade Gott, der erwischt mal einen ohne Passagierschein.«

Janed, neben deren Röcken ich saß, zuckte merklich zusammen. Dass Ron Cado verschnarchte Matrosen zu glibberigen Quallen und grätenlosen Heringsschwänzen degradieren konnte, hatte ich selbst erlebt. Obwohl, das war neulich auf der Brücke auch notwendig gewesen, denn er musste ja eine Gefahr abwenden. Hätte er sie nicht so angeschnauzt, wären wir bestimmt mit dem Fischkutter zusammengekracht. Aber das mit der Frau, die er von den Klippen gestürzt hatte, hörte sich schrecklich an. So jemand war auch in der Lage, einen blinden Passagier über die Reling zu werfen.

Ich musste auf Janed aufpassen.

Deshalb begleitete ich sie am Nachmittag, als sie mit Pippin wieder zum Promenadendeck ging, und hielt mich ganz dicht an ihren Beinen. Der alte Mann hatte ihr ein Buch mitgebracht, über Amerika. Und er erzählte auch wieder von seiner Zeit im Zirkus. Von Seiltänzern und Trapezkünstlern, die fliegen konnten, von prachtvoll aufgeputzten weißen Pferden, dressierten Pudeln und Seehunden, die Ball spielen konnten, und von zwei gewaltigen Löwen, die durch brennende Reifen sprangen. Ich erschauderte allein bei dem Gedanken. Vor Feuer hatte ich Angst, und die war auch durch größtes Bemühen nicht kleinzukriegen. Sie war beinahe so groß wie meine Angst vor Möwen.

Aber zum Glück verließ Pippin diese schaurigen Schilderungen und berichtete uns nun von den Städten, in denen sie aufgetreten waren. Von Paris und London, Rom und Madrid, Berlin und Sankt Petersburg. Janed und ich lauschten fasziniert, und meine Menschenfrau schien ganz vernünftige Fragen zu stellen, denn einmal unterbrach er sich und meinte: »Sie wissen eine Menge über die europäischen Hauptstädte, Janed. Sie müssen einen gründlichen Geografieunterricht gehabt haben.«

»Ach nein, so gründlich war der nicht. Ich bin zwar sechs Jahre zur Schule gegangen, aber nur in unserem Dorf. Aber meine Mutter hat einmal einem Händler ein dickes Konversationslexikon abgekauft, und daraus haben wir uns jeden Abend vorgelesen. Es standen sehr informative Artikel darin.«

»Eine nützliche Art, die Abende zu verbringen. Und Sie haben viel behalten.«

»Ich habe es jeden Tag benutzt, auch als ich nachher ganz alleine war.« Sie lachte leise auf. »Ich habe abends oft Pantoufle daraus vorgelesen. Er ist ein sehr gebildeter Kater, Pippin.«

Bin ich das? Ach, das tat mir gut. Ich hatte mich so unwissend gefühlt, seit Lili mir von Opernhäusern und Automobilen berichtet hatte. Dann aber fuhr Janed mit trauriger Stimme fort: »Aber nun ist das Lexikon mitsamt meinem Haus und allem, was ich besaß, in den Fluten versunken.«

»Sie werden bald Gelegenheit haben, sich eine neue Enzyklopädie zu kaufen. Eine ganz moderne vielleicht sogar. Lernen Sie rasch die amerikanische Sprache, dort gibt es viele gute Bücher und Zeitschriften.«

»Ich übe ja schon. Der Wirt in Brest hat mir ein Vokabelbüchlein gegeben.«

Pippin begann, in einer anderen Sprache auf sie einzureden, und stolpernd und stammelnd antwortete Janed. Ich hingegen verlor das Interesse daran – die Sätze waren wirklich sehr schlicht, die sie austauschten – und wurde mit Lilis Anblick belohnt. Wieder wurde sie an der eleganten Leine geführt, aber sie hatte die Schnurrhaare empört nach hinten gelegt. Offensichtlich war sie noch immer ungehalten über Adèle. Als sie mich sah, zog sie heftig an ihrem Halsband. Madame blieb stehen und fauchte sie an. Lili fauchte zurück. Jemand lachte.

Ich stand auf und krabbelte unter dem Stuhl hervor. Ich musste mit ihr reden, ihr versichern, dass ich verstand, warum sie nicht kommen konnte.

Kaum wurde Lili meiner ansichtig, schnurrte sie.

Ich wurde von Glück überwältigt.

Trabte auf sie zu.

»Sie hat mich in den blöden Korb gesperrt, weil ich ihr das Kleid zerfetzt habe.«

»Ich habe mir so etwas gedacht. Vielleicht gelingt es dir …«

»Schon wieder dieser verlauste Gossenkater!«, giftete Adèle los und riss an Lilis Halsband, um sie von mir wegzuzerren. Die Ärmste wurde fast stranguliert, und mit mir ging die Wut durch. Ich schlug zu, und ein Stück Volant riss vom Saum ihres Kleides ab.

»Mistvieh!«, kreischte Adèle, und dann ging alles rasend schnell. Sie hob mich auf, und schon flog ich im hohen Bogen über die Reling.

Natürlich drehte ich mich so, dass die Pfoten zuerst aufkommen würden, aber ich hatte nicht damit gerechnet, dass es so tief nach unten ging. Endlos schien mir der Fall an der schwarzen Schiffswand entlang. Ich hatte auch nicht damit gerechnet, dass Wasser so hart sein konnte. Ich kam auf, und es verschlug mir den Atem.

Fast gleichzeitig traf neben mir etwas Großes auf die Wellen.

Das verlor ich aber aus den Augen, denn wirbelnd sank ich tiefer und tiefer in die grünen Abgründe. Bläschen stiegen um mich herum auf, die Luft wurde mir aus den Lungen gedrückt.

Vorbei, alles vorbei ...

Nein, nicht.

Plötzlich ging es wieder aufwärts.

Als ich japsend wieder an die Oberfläche kam, tauchte Janeds Gesicht neben mir auf.

»Töffelchen!«, keuchte sie und zog mich an sich, sodass mein Kopf über ihrer Schulter blieb. Alle Krallen raus und festgeklammert. Von weit entfernt hörte ich Rufe: »Mann über Bord!«

Diese riesige schwarze Wand ragte nun vor uns auf, und mir wurde angst und bange. Wie sollten wir nur da wieder hinaufkommen? Langsam zog der Dampfer an uns vorbei.

»Sie werden uns raufholen, Pantoufle. Ganz bestimmt.«

Na, wenn du meinst, Janed. Wen kümmert's schon, ob einer von uns untergeht. Wo die doch sowieso die blinden Passagiere über Bord werfen.

»Halt dich nur gut fest, mein Töffelchen.«

Brauchst du mir nicht zu sagen, Janed.

Ein rot-weißer Ring klatschte neben uns auf, und Janed griff danach. Er machte es uns leichter, mit dem Kopf über den Wellen zu bleiben. Vielleicht war das alles, was sie für uns tun würden. Aber das half doch nicht gegen die bissigen Fische. Die mit den giftigen Stacheln am Schwanz. Und die Kraken mit ihren langen Armen.

Ich bebte. Ich bibberte. Ich maunzte kläglich.

Janed versuchte mich zu trösten, aber meine Ohren waren ihren Worten gegenüber wie verstopft.

Dann aber drehte sie sich so, dass ich wieder das Schiff sehen konnte.

»Schau, sie lassen ein Boot zu Wasser!«

Tatsächlich, ein weißes Boot schwebte an der schwarzen Wand an Seilen nach unten, zwei Mann darin, die sich sogleich in die Ruder legten und auf uns zuhielten.

Sie brauchten nicht zu lange, dann wurden wir ins Boot gehievt und sahen uns einem zornschnaubenden Ron Cado gegenüber.

»Was haben Sie dummes Huhn sich eigentlich dabei gedacht, einfach über Bord zu springen?«, brüllte er Janed an. »Wissen Sie eigentlich, was das bedeutet? Wir mussten die Maschinen stoppen, Mademoiselle. Müssen einen Kreis fahren, um Sie wieder aufzunehmen.

Das wirft uns um Stunden zurück, Sie dämliches Geschöpf. Und uns sitzt der Termin im Nacken.«

Er machte aus Janed – und aus mir – genau solche grätenlosen Seeschnecken wie aus den Matrosen neulich, und meine arme Janed stammelte und zitterte und verfiel in ihr tiefstes Bretonisch. Das passierte ihr nur, wenn sie ganz fürchterlich durcheinander war.

Aber Ron verstand sie. Und schnauzte sie weiter an. In derselben Sprache.

»Wegen eines verdammten Katers? Wegen dieses Katers sind Sie über Bord gesprungen? Herr im Himmel, gibt es Blöderes?«

»Er gehört zu mir«, schniefte Janed und drückte mich fester an ihre nasse Schulter. Ich maunzte leise, weil sie mir wehtat. Schon lockerte sie den Griff.

»Er gehört zu Ihnen?«

Janed reckte trotzig ihr Kinn und fauchte in bester Katzenmanier: »Er ist seit zwei Jahren bei mir. Und ich lasse ihn nicht alleine. Und schon gar nicht lasse ich ihn ertrinken!«

»Ich habe nur von einer Katzenbesitzerin an Bord Kenntnis. Von Madame Robichon. Wer sind Sie, Mademoiselle?«

Au wei, jetzt kam es raus. Wir würden nie wieder an Bord gelangen.

»Janed Kernevé. Und das ist Pantoufle. Wir sind unbefugt auf dem Schiff. So, damit wissen Sie es.«

Wie mutig meine Janed war. Ich hingegen zitterte an allen Gliedern. Nicht nur, weil mir biestig kalt war.

Der andere Mann, ein Matrose, war weit weniger wütend und wickelte eine Decke um Janeds Schultern. Ron

Cado sagte nichts, sondern legte sich in die Riemen. Der Dampfer hatte sich immer weiter entfernt, schien aber wirklich einen Kreis zu ziehen.

»Auch noch ein blinder Passagier«, knurrte Ron Cado leise.

»Ich bezahle die Passage. Ich habe etwas Geld.«

»Das hätten Sie gleich machen sollen, Mademoiselle.«

»Ich weiß. Es ging alles so schnell.«

»Die drei Matelots, die in Brest angeheuert haben, haben sie an Bord gebracht, Sir«, sagte der Matrose leise.

»Sie wissen davon, Yann?«

»Sie haben es mir gesagt. Sie ist eine Freundin von ihnen.«

»Stimmt das, Mademoiselle?«

»Sie können nichts dafür.«

»Das wird sich zeigen.«

Auch Malo, Telo und Brieg stand nun eine derbe Abreibung bevor. Das war so ungerecht. Sie hatten uns doch nur helfen wollen.

Wieder schwieg Ron Cado eine Weile. Wahrscheinlich überlegte er sich schon die passenden Strafen für die Matelots und uns. Corsair hatte da schaurige Dinge zu berichten gewusst. Von Auspeitschen, Kielholen, Plankengehen und Spießrutenlaufen war die Rede, und alles war überaus schmerzhaft oder gar tödlich.

»Wie kam es eigentlich dazu, dass der Kater über Bord ging?«

Huch – der hatte ja über etwas ganz anderes nachgedacht. Und seine Stimme war nun auch ruhiger geworden.

»Madame Robichon hat ihn geworfen.«

»Bitte?«

»Doch. Das haben auch andere gesehen.«

»Und warum, Mademoiselle?«

»Ich glaube, sie wollte nicht, dass Pantoufle ihrer vornehmen Katze zu nahe kommt.«

Von dem abgerissenen Volant schwiegen wir also sicherheitshalber.

»Das ist die bescheuertste Geschichte, die mir in zwölf Jahren zur See je vorgekommen ist«, grollte er leise.

Janed zog die Decke fester um sich und mich und versank unglücklich darin. Ich versuchte, mich und sie durch Schnurren ein wenig zu beruhigen.

Es dauerte eine ziemliche Zeit, bis das große Schiff wieder bei uns war und wir mitsamt dem Rettungsboot an Deck gezogen wurden. Eine Menschentraube empfing uns mit Geschnatter und Getue. Aber Ron scheuchte sie alle fort.

»Gehen Sie nach unten und ziehen Sie sich um, Mademoiselle. Sie haben doch hoffentlich Kleidung zum Wechseln dabei?«

»Ja, ja, natürlich. Und danke, dass Sie uns aufgefischt haben.«

»Wir sprechen uns noch. Aber jetzt ziehen Sie etwas Trockenes an und kriechen Sie eine Weile in Ihre Koje. Sie sind völlig unterkühlt.«

Womit er recht hatte.

Janed lag in ihrem Bett, drei Decken über sich, die ihr hilfsbereite Frauen überlassen hatten. Ich hatte ebenfalls ein Deckenlager erhalten, und jemand brachte ihr einen heißen Tee, in dem ziemlich viel Rum enthalten war. Ich bekam eine Tasse lauwarmer Milch – zum Glück ohne Rum. Über einem ausgespannten Seil hingen Janeds Kleider, aus denen die Frauen das Salzwasser gespült hatten, und tropften leise vor sich hin.

Und dann kamen drei ebenfalls ziemlich betropft aussehende Matelots zu uns.

»Wir haben deine Passage bezahlt, meine Schöne.«

»Und entschuldigen uns bei dir, meine Hübsche.«

»Und haben dir eine heiße Suppe mitgebracht, meine Feine.«

»Hat er euch sehr zusammengestaucht?«

»Der Erste? Ja, hat er. Das kann er gut.«

»Er sollte das mal an Madame Robichon ausprobieren. Die hat schließlich Pantoufle ins Wasser geworfen«, knurrte Janed, schon wieder ganz munter, und setzte sich auf, um von der Suppe zu essen.

»Das wird er nicht tun. Sie ist die Schwester des Reeders und eine sehr wichtige Person. Wenn die sich über ihn beschwert, wird er seinen Posten verlieren.«

»Und er ist ein verdammt ehrgeiziger Mann, Janed. Er will so schnell wie möglich Kapitän werden.«

»Man redet ziemlich schlecht über ihn hier im Zwischendeck«, meinte Janed zwischen zwei Happen.

»Na ja, er hatte ja recht, ich meine, wegen der Passage. Und er hat uns keine Strafe aufgebrummt. Das war anständig.«

Janed erzählte ihnen von den Gerüchten, er habe seine Geliebte von den Klippen gestürzt, aber das wollten die drei Matelots nicht glauben.

»Wenn er ein gesuchter Mörder wäre, könnte er nicht

Schiffsoffizier werden. Aber es ist schon seltsam, Janed. Er ist bisher immer auf Schiffen zwischen New York und London gefahren, heißt es. Dies ist das erste Mal, dass er nach Brest gekommen ist. Und angeblich hat er wirklich das Land nicht betreten. Er muss ziemlich schlechte Erinnerungen an die Bretagne haben.«

»Er versteht unsere Sprache auch recht gut. Ich hab nämlich vor lauter Angst und Erschöpfung mein ganzes Französisch vergessen, da im Boot.«

Die Suppenschüssel war leer, der Wurstzipfel, den Brieg mir zugesteckt hatte, aufgegessen, und Janed rutschte wieder tiefer in die Kissen. Ihr fielen die Augen zu, und die drei Matelots empfahlen sich.

Wir sanken in einen erschöpften Schlummer.

Bekanntschaften

Die haushohe Welle wirbelte mich herum, verschlang mich, erstickte mich. Dann wieder flog ich dem schwarzen, schäumenden Abgrund entgegen, tauchte ein, versank, schluckte salziges Wasser, kam an die Oberfläche und jaulte vor Entsetzen.

Eine liebevolle Hand kraulte mich.

»Ist ja gut, mein Pantöffelchen. Du bist in Sicherheit, mein Kleiner. Du bist bei mir, Katerchen. Immer noch. Obwohl das Schicksal sich weidlich bemüht, uns auseinanderzubringen, was?«

Das konnte man mit Fug und Recht behaupten.

Ich krabbelte etwas höher und legte mich zu Janed auf das Kopfkissen. Ihre Haare waren nun trocken und dufteten ein wenig nach Minze. Um uns herum hörte man nur Schlafgeräusche – Schnarchen, Schnaufen, manchmal ein leises Stöhnen oder unverständliches Gebrabbel. Es musste tief in der Nacht sein. Zeit der Hundswache. Die Zeit, die für Mensch und Tier die gefährlichste ist, denn in der Dunkelheit lauern die Ängste und Sorgen.

»Ronronronron«, sagte ich deshalb.

Janed seufzte dazu. Und dann fragte sie mich leise: »Ob es falsch war, unsere Heimat zu verlassen, Pantoufle? Ich überlege das andauernd. Mag ja sein, dass Amerika ein wunderbares Land ist und man dort unbegrenzte Möglichkeiten hat. Aber ich werde die kleinen Fischerhäuschen vermissen und die bunten Boote mit ihren Netzen. Ich werde unser graues Steinkirchlein vermissen mit all seinen Hortensien und Stockrosen und der Statue der heiligen Mutter Anne. Ich werde den Wald vermissen, in dem sich die alten, geheimnisvollen Steine verbergen. Wie oft habe ich sie aufgesucht, die verfallenen Dolmen unter Farn und Heidekraut, die Reihen um Reihen von Menhiren. Keiner weiß, wer sie aufgerichtet hat, keiner weiß, was sie bedeuten, doch wann immer ich zu ihnen kam, Pantoufle, haben sie mich getröstet, diese stillen, aufrechten Steine. Manchmal war mir, als ob sie leise summten, ein Lied der Erde, des uralten Wissens. So etwas wird es in Amerika nicht geben. Diese Steine sind das Erbe eines früheren Volkes.«

Das waren sie wohl, die alten Steine. Ich kannte auch ein paar, und sie hatte völlig recht. In ihrer Nähe herrschte ein heimlicher Zauber, eine stille Verbindung mit größeren, älteren Mächten.

»Vielleicht war es falsch, Pantoufle, so überstürzt aufzubrechen. Ich habe gar nicht genug darüber nachgedacht. Es ging alles so schnell. Das Unwetter, das Haus, die Fabrik. Ich sah nur noch Trümmer. Vielleicht hätte ich den Steinen vertrauen sollen. Sie hat der Sturm nicht umgeworfen. In den Tausenden von Jahren nicht. Ich hätte mein Haus wieder aufbauen sollen, etwas weiter von der Klippe entfernt, aus starkem, hartem Granit. Meinen Garten wieder bepflanzen und eine neue Arbeit suchen. Andere haben das auch getan.«

Ich rieb meinen Kopf an ihrer Wange. Ja, wir hätten bleiben können. Ich wäre lieber geblieben. Obwohl ... ob sie mich dann wohl unten am Felstor gefunden hätte?

»Und ihre Gräber habe ich auch verlassen, Pantoufle. Mamans und Vaters und das von Lukian.«

Jetzt weinte sie leise und so untröstlich. Ich wusste ja, dass sich unter ihrer Heiterkeit so viel Trauer verbarg. Und nun kam auch noch das Heimweh dazu. Mir wollte es fast das Herz aus dem Pelz sprengen.

Was sollte ich nur tun?

Ich leckte ihr die Tränen ab, so gut es ging, und sie vergrub ihre Hände in meinem Fell.

»Du bist der Einzige, den ich noch habe, Pantoufle. Mein einziges Stückchen Heimat«, flüsterte sie.

Schnurren, Schnurren half immer. Also schnurrte ich, was die Kehle hergab. Schnurrte und schnurrte, bis sie wieder einschlief.

Ich nickte ebenfalls ein.

Am Morgen zeigte Janed der Welt wieder ihr gelassenes Gesicht, lächelte den Frauen zu, die sich nach ihrem Befinden erkundigten, zog ihren zweitbesten Rock an, weil der andere noch feucht war, nahm ein Frühstück zu sich und stickte dann bunte Blumen auf ihr Mieder, das zu ihrem Sonntagskleid gehörte. Ich holte mir die Erlaubnis, meine Runde zu drehen, Löschsandkiste, wieder nach oben, nachschnuppern, ob irgendwo eine Nachricht von Lili aufgetaucht war – war aber nicht –, einen völlig neuen, höchst aufregenden Teil des Schiffes erkunden und bei Malo eine Portion Fisch verputzen. Die Kombüse war es, die mich mit ihrem Duft gelockt hatte. Ganz wie Corsair es mir verraten hatte, war es einer der verlockendsten Räume auf dem ganzen Dampfer. Eine Küche, in der ein weißbeschürzter Koch den Löffel schwang, ein zweiter den Teig knetete und drei Helfer rührten und raspelten, schnippelten und schuppten, mengten und mischten. Einer dieser Helfer war eben Malo, der gewandt Fische ausnahm. Wann immer der Koch nicht hinsah, fiel ein Häppchen für mich nach unten. Aber dann verkündete der Küchenchef, dass genug Fisch geputzt sei und nun Kartoffeln geschält werden sollten. Malo flüsterte mir zu, ich solle besser verschwinden.

Damit ich nicht noch mal über Bord ging, folgte ich dem Rat geschwind.

Zu meiner freudigen Überraschung stieß ich auf eine ganz frische Duftspur von Lili. Und eine abgestandene von Adèle, der folgte ich aber nicht. Lili hatte sich auf den Weg nach unten begeben, und ich sprintete die Gänge entlang. Fast hätte ich einen Pagen mit einem Tablett zu Fall gebracht, ein Zimmermädchen mit einem Arm voll Bettwäsche quiekte empört auf, als ich um ihre Beine schoss, und eine weißhaarige Dame mit einem Spazierstock lachte auf, als ich auf dem glatten Metallboden um eine Ecke schlitterte und vor ihren Füßen auf meinem Derrière landete. Dann erreichte ich das Zwischendeck, und hier saß mit großen, leicht verstörten Augen Lili hinter einem verschnürten Sack, aus dem es ziemlich muffig dünstete.

»Das ist aber hässlich hier«, begrüßte sie mich vorwurfsvoll.

»Hässlich? Nein, das ist eigentlich normal.«

Sie rümpfte die Nase.

»Du bist verwöhnt mit deinem Samtkissen und Adèles Rolligkeitsparfüm. Ich glaube, das kennen auch nur sehr wenige Menschen. Die meisten sind so wie die hier unten.«

»Ich bin mir nicht sicher, ob mir das gefällt.«

»Mir gefällt es bei Adèle auch nicht, Lili. Sie ist eine fiese Schnepfe. Trotz Samtkissen und Seidenkleidern und Gefieder auf den Haaren.«

»Ja, und trotzdem bist du zu mir gekommen. Dann will ich auch nicht so nörgelig sein. Zeig mir mal deine Janed.«

Wir bahnten uns den Weg durch die Gepäckstücke. Ich warnte Lili vor den Bengeln, die zu gerne Katzen drangsalieren wollten, aber wir kamen unbehelligt zu dem Lager, das Janed gehörte. Sie war nicht anwesend, aber ich lud Lili ein, eine kurze Rast auf dem Bett zu machen. Sie beschnupperte es gründlich, tretelte genüsslich die Decken zusammen und legte sich dann nieder.

»Ist etwas rau, aber nicht unangenehm. Und du hast

recht gehabt, es riecht nicht schlecht. Besser als Adèle. Aber es ist ziemlich unruhig hier.«

»Ja, die Menschen schwatzen unentwegt. Manche sogar im Schlaf. Ich liebe die Stille auch mehr. Zu Hause, da war es oft ganz ruhig. Nur die Wellen rauschten, Lerchen sangen oben in der Luft, trockenes Gras raschelte, und Grillen zirpten. Ja, das war schön.«

»Dein Revier?«

»Mhm.«

»Du bist traurig, dass du es verlassen musstest?«

Nach kurzer Überlegung sagte ich: »Mhm.«

»Warum bist du denn nicht geblieben?«

»Ich wollte bei Janed sein.«

»Du bist seltsam. Was ist so Wichtiges an einem Menschen, dass man dafür sein eigenes Revier aufgibt? Ich meine, ich bin ja gezwungen, das zu tun, weil Adèle mich überall mitschleppt. Aber ich habe sie noch nie vermisst, wenn sie mich in unserem Haus mal für eine Weile alleine lässt.«

»Siehst du, das ist eben der Unterschied.«

Es war für Lili tatsächlich schwer zu verstehen, was mich mit Janed verband, und ich versuchte es ihr auf die unterschiedlichste Art zu erklären. Aber dann wurde mir Hilfe zuteil.

Janed kam, ihren Rock und ihre Bluse, jetzt beides trocken, über dem Arm zu ihrem Bett und entdeckte Lili. Die wollte zwar aufspringen und sich verstecken, aber ich patschte ihr die Pfote auf den Schwanz.

»Bleib!«

Sie murrte leise, aber da beugte sich Janed auch schon vor.

»Du bist doch die hübsche Katze von Madame? Lili oder so, nicht wahr? Hast du dich mit meinem Pantoufle angefreundet?«

Langsam streckte sie ihr die rechte Hand hin, und sehr, sehr hochnäsig machte Lili einen langen Hals, um daran zu schnuppern.

»Du bist misstrauisch, schöne Lili. Das ist sehr klug von dir. Aber ich tue dir nichts.«

Lili setzte sich wieder in ihre majestätische Pose und musterte Janed. Die sah heute Mittag frisch wie eine Rose aus. Ihre Wangen hatten einen rosigen Schimmer, ihre langen, blonden Haare hatte sie zu einem langen Zopf geflochten, der wie ein goldenes Seil über ihre Schultern hing. Ihr zweitbester Rock und die Bluse rochen nach süßen Kräutern und ihre Hände sauber nach Seife.

»Vermutlich bist du deiner Madame entwischt, Lili. Sie wird sich um dich sorgen.«

Ich maunzte an Lilis statt Zustimmung.

»Aber das soll sie ruhig mal. Immerhin habe ich mich um Pantoufle auch sehr gesorgt, als sie ihn ins Wasser geworfen hat.«

Lili legte den Kopf schief. Der Gedanke schien ihr zu munden.

»Ich würde dir ja gerne über das Fell streichen, aber ich bin mir nicht sicher, ob du mir das gestattest. Schau mal, so.«

Janed streichelte mir den Rücken, und ich schnurrte bedeutungsvoll.

Lili legte den Kopf auf die andere Seite.

Dann streckte sie sich aus, und Janed fuhr ihr ebenso zärtlich wie mir über den Pelz.

Kleines Schurren von Lili.

Kleines Lachen von Janed.

»Magst du also doch. Na, weißt du was, Mademoiselle Lili, da hätte ich noch etwas. So von Frau zu Frau – was hältst du davon?«

Janed bückte sich und kramte aus ihrem Korb ihre Haarbürste hervor. Einen kleinen Faucher gab Lili von sich, dann hielt sie still, als ihr die weichen Borsten durch den Pelz fuhren. Kurz darauf verdrehte sie die Augen in Ekstase, dann reckte sie das Kinn. Als die Bürste über ihre Kehle fuhr, wurde das Schnurren lauter, ja fast zum Grollen, und wollüstig räkelte sie sich gleich darauf unter Janeds Händen. Sogar das weiche, flauschige Bauchfell ließ sie sich bearbeiten.

Als sie wieder zu sich kam, saß Janed lächelnd auf der Bettkante und nähte ein Stückchen losen Saum an ihrem Rock fest.

»Heilige Bastet«, schnurrte Lili verzückt und drehte sich wieder auf den Bauch. »Heilige Bastet, jetzt verstehe ich!«

»Tja, Janed weiß, was Katzen mögen.«

Lili erhob sich und drückte ihren Kopf an den Arm meiner Menschenfreundin.

»Danke, Lili. Ich wünschte, ich könnte euch beiden ein Häppchen Futter anbieten, aber die Verpflegung hier ist nicht besonders gut. Ich habe nur noch ein wenig Zwieback da, und der dürfte euch nicht schmecken.«

»Ich bin nicht hungrig«, versicherte ihr Lili mit einem leisen Maunzen.

»Ich schon, Lili. Und darum gehen wir jetzt Mäuse fangen!«

»Aber ich bin sicher, dass dir Pantoufle zeigt, wo man schöne fette Mäuse findet.«

Lili sah mich verdutzt an.

»Versteht die dich?«

»Meistens.«

»Irre! Adèle versteht kein Wort von mir.« Und dann grinste sie hämisch. »Aber die Krallenschrift, die hat sie vorgestern lesen gelernt!«

»Ich hörte es.«

Von Mäusen und Löwen

Wir verabschiedeten uns von Janed, und ich führte Lili zu den Vorratsräumen. Die lagen in der Nähe der Kombüse, vorne im Schiff. Nach dem Mittagessen herrschte hier wenig Betrieb, und ich konnte meine neue Freundin unbehelligt von Mannschaft oder Passagieren in die Grundzüge des Mausens einweisen. Das mit dem Belauern hatte Lili schnell heraus, und mit der Kralle war sie auch flink. Was ihr nicht geläufig war, war der Todesbiss. Und so entschlüpfte ihr die Maus denn auch immer wieder, und der Zufall wollte es, dass sie sich auch noch ein ganz besonders schlaues Opfer gewählt hatte. Die fette kleine Maus – das Vorratslager bot Dutzende von Köstlichkeiten – wetzte den Gang entlang. Wir hinterher. Dann wieder auflauern hinter Packen und Kästen, wieder flutschte sie weg, eine Treppe nach unten.

Lili hatte Spaß an der Sache bekommen und tobte vergnügt hinter dem kleinen Grauchen her. Langsam hatte ich den Verdacht, dass sie die Maus gar nicht töten wollte, sondern nur als neues, spannendes Spielzeug betrachtete. Das war eine neue Sichtweise der Jagd. Aber nicht uninteressant. Ich beteiligte mich daran. Ich fing mir einen wohlgenährten Nager, stillte meinen Appetit auf Frischfleisch damit und leckte mir anschließend die Lippen. Dafür erntete ich einen leicht angeekelten Blick von Lili.

»Ist aber natürlich, Lili. Mehr als das Zeugs aus den Dosen und so.«

»Ich weiß nicht. Ja? Wenn du meinst. Aber ich muss die da nicht essen, oder? Die ist so niedlich.«

»Nein, aber du darfst auch nicht mit der Kralle draufpieken, sonst spielt sie nicht mehr mit.«

»Gut, ich bin vorsichtig. Los, Maus, beweg dich!«

Mit der Samtpfote schubste sie das Tierchen an, und es setzte sich mit einem leisen Quietscher in Bewegung. Bei diesem heiteren Haschenspielen gerieten wir weiter und weiter in den Bauch des Schiffes, und plötzlich schrillte bei mir ein Alarm, fast so laut wie eine Schiffssirene.

Es roch nach Tier!

Es roch ziemlich durchdringend nach Tier – und zwar nach einem großen.

Um es zu präzisieren – es roch nach großer Katze.

Nach einer *verdammt großen Riesenkatze!*

Auch Lili hatte es bemerkt und schnüffelte hektisch.

Die Maus hatte ihren Glückstag erwischt.

»Wo sind wir hier?«

Ich überlegte. Diese Stelle kannte ich noch nicht. Wir waren aber oberhalb der Kohlenbunker und weit genug von den Maschinen entfernt. Es wummerte und bebte nicht so stark, es war kühler hier, und das Schlagen der Wellen an der Schiffswand deutlich hörbar. Ziemlich weit vorne, Richtung Bug mussten wir gelandet sein, den uns umgebenden Gerüchen zufolge im Bereich der zahllosen Laderäume. Es zog Frischluft durch den Gang, also befanden wir uns auch oberhalb der Wasserlinie.

»Ich weiß es nicht genau, Lili, aber hier ist die Fracht untergebracht.«

»Und eine Katze.«

»Und eine Katze.«

»Aber es gibt keine Markierungen.«

»Nein, das ist mir auch aufgefallen. Aber irgendwo ist eine. Vielleicht in einem großen Korb oder so.«

»Wir sollten besser verschwinden, meinst du nicht auch?«

»Bleibt«, grollte eine heisere, tiefe Stimme.

Ich fuhr beinahe rückwärts aus meinem Fell heraus.

Lili zuckte ebenfalls zusammen.

»Bleibt, Kleinkatzen. Ich tue euch nichts.«

Uff – Angst ist immer so groß, wie man sie macht.

Meine war nur noch riesig.

Ganz langsam drehte ich mich um. Die Verschläge rechts und links vom Gang waren mit Gittern versehen, dahinter stapelten sich Fässer und Ballen. In einem nicht. In dem lag auf einer dicken Lage Stroh die mächtigste Katze, die ich je gesehen hatte. Ein Lichtstrahl aus dem Fenster umhüllte sie, und ihre langen Glieder wirkten wie aus Gold gegossen. Eine Katze – sicher, aber eine ferne Verwandte. Ihre bernsteinfarbenen Augen blickten müde, ihr Fell wirkte glanzlos. Doch ihre Tatzen – heilige Bastet, die würden mich mit einem Schlag zum Filzpantoffel machen.

»Majestät«, stammelte Lili, weit weltgewandter als ich. Weshalb ich ihr glatt glaubte. Auch ich drückte mich mit dem Bauch zu Boden und murmelte: »Majestät!«

»Schon gut. Ihr dürft näher treten.«

Dürfen schon, aber ob ich auch wollte?

»Schisserkater«, zischte Lili.

Sie trippelte näher zu der alten Löwin und quetschte sich durch die Gitterstäbe. Vor ihr blieb sie sitzen, neigte den Kopf und sagte: »Ich bin Lili, Majestät. Und der Kater dort wird Pantoufle gerufen.«

»Wundert mich nicht«, brummte die Alte und richtete ihren Blick auf mich. »Komm rein, Pantoffelheld.«

Musste man mir das so deutlich sagen?

Ich drückte mich ebenfalls durch die Stäbe und setzte mich vor Majestät. Sie begutachtete uns einen Moment schweigend und stellte sich dann ebenfalls vor.

»Maha Rishmi nennt man mich. Den ›machtvollen Lichtstrahl‹. Seid ihr Schiffskatzen oder Reisende?«

»Reisende, Majestät. Ich begleite Madame Adèle Robichon. Und Pan...«

»Ich reise in Gesellschaft von Janed Kernevé, Majestät.«

»Ah, hast du deinen Mut zusammengekratzt, kleiner Pantoffel?« Maha Rishmi brummte, und es klang wie ein rostiges Nebelhorn. »Früher, ja, da hättet ihr mich fürchten müssen, doch nun bin ich müde geworden.

Müde und träge. Die Tage vertropfen wie Wasser aus einem undichten Eimer, und mein Appetit ist geschwunden.« Sie zwinkerte Lili zu. »Nicht, dass ich je eine Verwandte verspeist hätte.«

»So seid Ihr auch auf Reisen, Majestät?«

»Ja, Lili, auf einer langen Reise. Immer war ich auf Reisen, doch ich fühle, dass diese meine letzte ist.«

»Begleitet Euch ein Mensch, Majestät?«, traute auch ich mich zu fragen.

»Ja, das tut er. Pippin betreut mich seit Langem.«

»Der Zirkusclown?«, entfuhr es mir, und Lili sah mich überrascht an. Auch Maha Rishmi zwinkerte.

»Du kennst ihn?«

»Er hat sich mit meiner Janed angefreundet, Majestät. Er ist ein freundlicher Mann. Er hat uns viel vom Zirkus erzählt und von den Städten, die Ihr besucht habt.«

»Ja, er ist ein herzensguter Mann. Alles, was mir noch bleibt. Ich kenne ihn seit meiner Geburt vor vierundzwanzig Sommern. Lange Zeit, nicht wahr?«

»Gewiss, Majestät. Ich habe erst zwei Winter erlebt.«

»Und ich drei. Ihr habt ein langes Leben, Majestät.«

»Lang, ja, und abwechslungsreich. Doch nun reise ich zu einem letzten neuen Heim. Pippin hat mir ein eigenes Revier versprochen. Aber ich weiß nicht so recht ...«

»Auch er sagt, er weiß nicht, ob es ihm gefällt, sesshaft zu werden.«

Maha Rishmi brummte wieder.

»Was ... – verzeiht meine Neugier, Majestät – macht eine Löwin in einem Zirkus? Ich wusste bis vor Kurzem nicht einmal, was ein Zirkus ist. Aber dann hat Pippin meiner Janed erzählt, dass Leute auf Seilen tanzen und Pudel da Ball spielen. Und Löwen durch brennende Reifen springen.«

Das Schaudern in meiner Stimme war wohl nicht zu überhören.

»Doch, doch, das taten wir. Da hinten stehen noch die Podeste, die wir bei unseren Auftritten verwendet haben.«

Tatsächlich standen glitzernde, bunte Kisten an der Wand aufgestapelt und auch ein großes Plakat mit einem gelben Zelt darauf gemalt.

»Wahnsinn!«

Das Brummeln klang amüsiert, und die letzten Fetzchen Angst verflogen in mir. Majestät war eine alte Dame, die sich langweilte und froh über ein wenig Unterhaltung war. Sie ließ sich demzufolge gerne dazu herab, uns das Wesen des Zirkus zu erläutern. Da ich von Pippin und Janed schon eine gewisse Vorstellung davon hatte, waren es für mich nur interessante Ergänzungen. Lili hörte fasziniert zu, zog aber dann den wohl richtigen Schluss, dass es eine gewisse Ähnlichkeit mit Opernaufführungen hatte, zu denen sie schon mal mitgeschleppt worden war.

»Ja, bei einer Oper habe ich auch einmal mitgewirkt. ›Aida‹ hieß sie, und ich musste mit meinem Gefährten dekorativ über die Bühne wandeln. Das war eine ziemlich leichte Übung, aber dann und wann hat Maharadsha sich den Spaß erlaubt, dem Tenor seinen eigenen Gesang entgegenzusetzen.« Maha Rishmi sah mit einem Mal höchst amüsiert aus. »Er hatte ein großes Stimmvolumen, der Gute. Wenn er brüllte, klirrten die Kristallbehänge der Kronleuchter, ließen die Musiker im Orchestergraben die Instrumente fallen, rutschten den Besuchern Operngläser, Fächer und Programmhefte aus den Händen. Da bebten und wackelten die Kulissen und die Schauspieler. Wir hatten viel Spaß dabei.«

Lili kicherte, und ich versuchte mir ein Bild von dem Gebrüll zu machen, das der Löwe von sich gegeben hatte.

»War er so laut wie die Schiffssirene?«

»Lauter!«

»Wow!«

»Er war ein großer, edler Herr, mein Gefährte. Und ich vermisse ihn mehr als alles andere auf der Welt. Vor zwei Jahren ist er gestorben.«

»Möge er in Frieden über die goldenen Steppen wandeln.«

»Möge er ruhen und seinen Pelz in der ewigen Sonne wärmen.«

Maha Rishmi schnaufte leise, und ihre bernsteinfarbenen Augen verdunkelten sich.

Ich wusste, was Trauer war. Ja, ich wusste es seit den Tagen, die ich einsam am Strand verbracht und geglaubt hatte, meine Janed auf immer verloren zu haben. Ich konnte nicht anders. Majestätsbeleidigung hin, Majestätsbeleidigung her, ich musste mit meiner Nase sacht an die ihre stupsen.

Das Grollen klang sehr sanft.

»In dir steckt etwas, kleiner Schisserkater. Irgendwas steckt in dir.«

Sie war nicht beleidigt. Ein klein wenig entspannte ich mich, und auch Lili erlaubte sich, eine lässigere Position anzunehmen. Ihr Blick streifte mich flüchtig, dann fragte sie die königliche Katze: »Und welche Aufgaben habt Ihr im Zirkus übernommen? Ich würde das wirklich gerne wissen.«

»Je kleiner die Katze, desto größer die Neugier, was?«

»Verzeiht, ja, Ihr müsst natürlich nicht antworten.«

»Ich tu es aber dennoch. Es vertreibt mir die Zeit.«

Und dann erzählte sie, wie sie unter der Anleitung eines Menschen, der sich Dompteur nannte, von Kindheit an gelernt hatten, ganz besondere komplizierte und gefährliche Kunststücke vorzuführen. Sie sprangen von Podesten zu Podesten, griffen spielerisch den Dompteur an, durften ihn aber nie verletzen. Sie kamen aber auch zum Schmusen zu ihm, konnten auf bunten Bällen durch die Manege rollen, aber das Höchste war tatsächlich der Sprung durch die brennenden Reifen.

»Davor hatte ich immer Angst. Feuer ist gefährlich«, schloss Maha Rishmi.

»Hat Pippin dabei auch mitgemacht?«

»Nein, er hatte seine eigene Nummer. Aber er kam oft zu uns an den Käfig und sprach mit uns. Er hatte auch immer etwas Fleisch dabei. Und er hat uns geholfen, wenn wir uns verletzt hatten oder krank waren. Mehr als der Dompteur. Anfangs hat Maharadsha versucht, ihm Angst einzujagen. Das konnte er gut, mein Gefährte. Aber Pippin hat ihn irgendwie durchschaut. Ich habe den Verdacht, dass er ein sehr weiser Mann ist.«

»Kann sein. Ich glaube, er durchschaut auch Menschen ziemlich gut. Aber zu mir hat er noch nie Schisserkater gesagt, also ist er vielleicht doch nicht so weise, wie Ihr denkt, Majestät.«

Die bernsteinfarbenen Augen lagen auf mir, ihr Blick drang förmlich in mein Hirn ein, und dann lachte Maha Rishmi. Es hörte sich bombastisch an.

Doch plötzlich endete es in einem trockenen Husten, und der erschöpfte sie sichtlich. Müde legte sie schließlich den Kopf auf ihre Pranken.

»Kommt später wieder, ihr zwei. Ich muss ein wenig ruhen.«

»Gerne, Majestät. Und danke.«

Leises Grollen.

Lili und ich drückten uns wieder durch die Stäbe und liefen zurück. Vor der Kombüse meinte Lili, sie müsse doch wohl besser nach Adèle sehen, weil die sonst das Schiffspersonal verrückt machen würde, wenn sie nicht in ihrem Zimmer sei. Also begleitete ich sie noch ein Stück nach oben, wo die feineren Leute untergebracht waren. Es stimmte schon, hier war es schöner als unten bei den Aussiedlern. Lili schlüpfte unter die Fransendecke des Konsölchens gegenüber ihrer Tür und wollte warten, bis Adèle oder das Zimmermädchen hineingingen, um hinterherzuschlüpfen. Ich verabschiedete mich, aber bevor ich nach unten ging, reizte es mich jetzt doch noch mal zu erfahren, ob die höhere Etage noch luxuriöser ausgestattet war als diese hier.

Sie war es. Der Flausch auf dem Boden war noch dicker, es glänzte und schimmerte noch mehr Metall, frische Blumen standen in geschliffenem Kristall, und es duftete ... duftete durchdringend nach Adèle.

Und da war sie auch schon. Was machte die Schnepfe denn da? Ihr aufgebauschtes Derrière stand stracks nach oben, sie hatte sich vorgebeugt und schob etwas unter einer Tür durch. Schien nicht ganz zu passen, denn nach ein paar Mal ruckeln gab sie es auf und rauschte den Gang in die andere Richtung hinunter. Ich trabte zu der Tür und begutachtete, was da halb unter dem Holz steckte. Ein violetter Umschlag, stark nach Adèle riechend. Aha, eine Markierung! Ob sie den Raum dahinter für sich beanspruchte? Ich würde Lili fragen, wenn wir uns das nächste Mal trafen.

Jetzt aber war es Zeit für ein ausgedehntes Nickerchen.

Die Spitze des Eisbergs

Es war am nächsten Morgen ziemlich dämmrig, die Sonne wollte nicht so recht durch die Wolken kommen, und ein kühler Wind fegte über Deck. Janed und ich machten kurzerhand kehrt und unternahmen einen kleinen Ausflug durch die Gänge. Diesmal war sie es aber, die die Richtung vorgab, und ich folgte ihr mit Vergnügen. Bald darauf erkannte ich ihr Ziel.

»Eigentlich dürften wir uns hier nicht aufhalten«, flüsterte sie mir verschwörerisch zu. »Das sind die Mannschaftsquartiere. Aber die Matelots wollten, dass wir sie mal besuchen kommen.«

Nun, das war mir recht. Die drei Männer waren großzügig beim Teilen ihres Futters, und den frischen Fisch vom Vortag hatte ich noch in guter Erinnerung.

Janed lugte in einen großen Raum, der sich Messe nannte und der stark nach Kaffee und kaltem Tabakrauch roch. Ein paar Männer saßen an einem langen Tisch, drei spielten Karten, einer las eine bunte Gazette, die Matelots tranken Kaffee und schwatzten miteinander. Brieg sprang auf, als er Janed entdeckte.

»Komm herein, meine Schöne. Willkommen in unserer schäbigen Kajüte. Malo, schenk ihr einen Kaffee ein!«

»Darf ich wirklich?«

»Natürlich, meine Hübsche«, sagte Malo und griff zur Kaffeekanne.

»Und dein kleiner Kater auch, meine Feine«, lud Telo mich ebenfalls ein. Und – hach – er griff zum Milchtopf.

Nett, der Kerl. Auch wenn er so gar keine Haare auf seinem Kopf hatte.

»Sie sind doch das Mädel, das über Bord gegangen ist«, stellte der Gazettenleser fest und legte die Zeitschrift beiseite.

»Und Sie der Matrose, der geholfen hat, Pantoufle und mich aufzufischen.«

»Yann, zu Ihren Diensten, Mademoiselle. Hat den Ersten ziemlich stinkig gemacht. Aber ich konnt's verstehen. Ich hab zu Hause einen Hund, einen richtig lieben Stromer. Wenn dem jemand so etwas antäte, würd ich auch hinterher springen.«

Ich nahm Yann näher in Augenschein. Das schien mir ein vernünftiger Mann zu sein. Einmal kurz um die Beine gestrichen, zum Zeichen, dass er meine Achtung erlangt hatte, dann zu dem Teller mit Milch.

Wie üblich entging mir während des Schlabberns ein Teil der Unterhaltung. Überhaupt, das war an diesem Vormittag gar nicht so leicht, der Milch habhaft zu werden. Immer wenn ich gerade einen schönen Zungenschlapp nehmen wollte, floss sie von mir weg. Schlappte ich dann hinterher, bekam ich die Ladung auf die Nase. Aber nach ein paar Fehlschlägen hatte ich den Trick heraus. Man bekam langsam Seebeine auf diesem Dampfer.

Das Schwanken des Schiffs war auch Thema der Unterhaltung, wie ich dann, gesättigt und geputzt, mitbekam.

»Wir nähern uns einem der gefährlicheren Abschnitte der Reise. Jetzt heißt es wachsam sein und nach Eisbergen Ausschau halten«, erklärte Yann gerade.

»Eisberge? Hier?«

»Oh ja, Mademoiselle. Oben im Norden, bei Grönland, da gibt es riesige Gletscher. Und von denen brechen ständig Stücke ab. Die größten unter ihnen können bis zu einer Million Tonnen wiegen, hat man ausgerechnet.«

»Ist das viel?«

»Ein kleines Gebirge, würde ich sagen. Und sechs Siebtel davon bleiben unsichtbar unter Wasser. Deshalb sind sie so gefährlich für die Schiffe.«

»Aber sie müssten doch tauen. Hier ist es lange nicht so kalt wie im Norden.«

»Das braucht seine Zeit. Weil ... zuerst treiben sie in einer kalten Meeresströmung nach Süden, bis nach Neufundland. Erst da vermischt sich das kalte Wasser mit dem warmen Golfstrom. Von Februar bis Juni ist selbst bis zum vierzigsten Breitengrad mit Eisbergen zu rechnen.«

»Wo ist dieser Breitengrad?«

»Na, Brest liegt ungefähr auf dem achtundvierzigsten.«

»Bei uns gibt es aber keine Eisberge.«

Yann lachte.

»Nein, und so weit kommen sie auch nicht so oft. Aber unsere Route führt uns entlang des dreiundvierzigsten, und hier kann sich um diesen Zeit schon mal einer hinverirren.«

»Und was macht man dann?«

»Wache schieben. Aufpassen. Langsam fahren.«

»Das Blöde ist, Janed, dass sich in dieser Ecke auch oft ganz plötzlich Nebel bildet«, fügte Brieg hinzu. »Und deshalb war der Erste so sauer.«

»Ja, hier müssen wir Verzögerungen einplanen. Ich versteh's ja nicht ganz, warum sie diesmal so hetzen müssen. Aber der Alte will unbedingt am Dreizehnten in New York einlaufen«, meinte Yann.

»Wegen des Opernsängers. Hat der Erste neulich gesagt.«

»Beim durstigen Klabautermann, was für ein Affentheater wegen so eines Knödelbarden. Kann diese Passagiere nicht leiden, die sich so wichtig nehmen.«

»Er ist ein berühmter Mann.« Malo zuckte mit den Schultern. »Er wird seine Gründe haben. Und Einfluss auf den Kapitän, denke ich mal.«

»Was hilft's ihm, wenn wir in Packeis geraten oder einen Eisberg rammen. Dann kann er mit Mann und Maus den Fischen vorsingen.«

Von hier wandte sich die Unterhaltung dem Thema Schiffbruch zu, und ich spürte die eisig kalte Angst vor dem eisig kalten Wasser in mir aufsteigen. Sollte ich noch einmal über Bord gehen, und das im Nebel und zwischen Eisbrocken, die offensichtlich größer als das ganze Schiff waren, war mir der Tod gewiss.

Hoffentlich sprang Janed mir dann nicht hinterher.

Vorsichtshalber hüpfte ich schon mal auf ihren Schoß.

Ihr Kraulen beruhigte mich wieder ein bisschen, aber die Angst blieb.

Bin halt ein Schisserkater.

Bald hatten sie die großen Katastrophen dann abgehandelt und widmeten sich den kleineren. Janed wurde wieder traurig, als sie von der Sturmnacht berichtete, bei der ihr Vater und ihr Bruder umgekommen waren. Auch die Matelots hatten schon einige gefahrvolle Fahrten gemacht, als sie noch vor der bretonischen Küste gefischt hatten.

»Diese Felsen sind genauso gefährlich wie die Eisberge. Und die *Côte sauvage* hat schon mehr als genug Opfer gefordert«, meinte Telo.

Janed nickte und meinte: »Und nicht nur Seeleute kommen dort zu Schaden. Als ich zwölf war, habe ich mitbekommen, wie eine Frau von den Klippen stürzte. Komisch, ich habe diesen Unfall lange vergessen. Aber an dem Tag, als ich nach Auray aufgebrochen bin, habe ich an der Stelle noch einmal haltgemacht. Es ist ein wunderschöner Platz dort. Das Wasser hat aus den Felsen ein Tor gewaschen. Und genau in dieser kleinen Bucht habe ich ja auch mein Töffelchen wiedergefunden.«

Ich setzte mich auf, damit man mich betrachten konnte. Die drei Kartenspieler hatten nämlich ihre Tätigkeit eingestellt und ebenfalls den Geschichten zugehört.

»Ja, in diesem Jahr passierte ein weiterer Unfall«, meinte Brieg nachdenklich. »Ich war mit meinem Vater zum Fischen draußen, und als wir unten an der kleinen Insel *En Toul Bihan* vorbeidampften, sahen wir das Boot. Es war zwischen den Felsen zerschellt. Ein schnittiges Segelboot, keines von den Fischern. Das gehörte dem Hotelbesitzer, und ich glaube, es hatte sich so ein reicher Pinsel, der sich nicht mit den Strömungen auskannte, von ihm ausgeliehen. Die Leiche des Mannes ist nie gefunden worden. Wir haben jedenfalls nichts gehört.«

»Ein Fremder natürlich. Aus Paris wahrscheinlich!«, spuckte Malo. »Von den Städtern kommen ja immer mehr, seit die Eisenbahn gebaut worden ist.«

Woraus ich schloss, dass meine Landsleute die Einwohner von Paris nicht sonderlich schätzten.

»Ja, die mit ihrem vornehmen Getue und den aufgetakelten Weibern. Da kaufen sie sich dann teure Spielzeugboote und glauben, der Atlantik sei sanft wie eine Badewanne.«

»Sie geben aber viel Geld aus, Brieg«, sagte Janed. »Sie haben unser Gasthaus besucht, und in der Fischfabrik haben wir unsere Pasteten und Rilettes mehr und mehr an die Pariser verkauft. Einige haben sie sich extra in die Stadt liefern lassen.«

»Na ja, für unseren Fisch haben sie auch immer gut gezahlt«, lenkte Telo ein.

»Die Madame, die Ihren Kater über Bord geworfen hat, die wohnt auch in Paris.«

Was dann wieder nicht mehr für die Einwohner dieser Stadt sprach.

Fand ich zumindest.

Dann aber vertieften sie das Sujet nicht weiter, sondern sprachen von ihren Aufgaben. Die drei Matelots waren häufig in der Kombüse eingeteilt, weil sie sich geschickt beim Ausnehmen der Fische anstellten und auch sonst mit ihren Messern recht hilfreich waren, hatte der Koch gesagt. Den dreien was das recht, wie ich aus ihren Bemerkungen hörte, und sie fachsimpelten eine ganze Weile mit Janed über die Gerichte, die dort gekocht wurden, und die Zutaten, die man verwendete. Janed interessierte das, und sie begannen gemeinsam über die Möglichkeiten zu diskutieren, diese Sachen in einem Fischrestaurant anzubieten.

Ich hingegen stellte mir vor, wie sich dieses Futter auf meinem Teller machen würde, und ein ums andere Mal musste ich mir ein kleines Sabbertröpfchen von den Lippen wischen.

Dann aber kamen weitere Matrosen in die Messe, beäugten Janed ziemlich aufdringlich, und wir beide schlüpften so hurtig wie möglich hinaus.

Ich lud Janed ein, mir zu Lilis Kabine zu folgen, und sie verstand mich, ohne dass ich große Worte machen musste. Vor der Tür blieb ich stehen und schnupperte sie gründlich nach irgendwelchen Nachrichten ab. Da war aber nichts.

»Wohnt hier deine neue Freundin, Pantoufle?«

Klar erkannt.

Janed sah sich bewundernd um. Offensichtlich fand sie den Flausch auf dem Boden und die Kübelpflanzen auch hübscher als den Metallboden und die muffigen Gepäckstücke unten bei uns.

»Es muss schön sein, so viel Geld zu haben, dass man Erster Klasse reisen kann.«

Weiß ich nicht, Janed. Die Schnepfe hier ist überhaupt nicht zufrieden damit. Die ist sogar hochgelaufen und hat eine noch schönere Kabine markiert. Soll ich sie dir zeigen?

»Aber vielleicht ist sie gar nicht so glücklich, so jähzornig und verbiestert, wie die aufgetreten ist. Wohin geht denn die Treppe da? Warst du da auch schon, Pantoufle?«

Sicher. Auf geht's, Janed!

Ich, Schwanz hoch wie eine stolze Flagge, marschierte voran. Janed mir hinterher.

Und dann blieben wir beide wie verzaubert stehen.

Hinter der Tür, die Adèle markiert hatte, erklang ein geradezu göttlicher Gesang.

Kein Kater, den ich je zu hören das Vergnügen hatte, konnte derart schön singen. Welch ein Schmelz, welch eine Innigkeit, welch ein Volumen.

Ein Page kam den Gang herunter, sah uns und scheuchte uns mit ziemlich bösen Worten davon.

Es jammerte mich.

Aber es erinnerte mich auch an etwas.

Nämlich an Maha Rishmi, deren Gefährte die Opernsänger übertönt hatte. Ich entschied, dass Janed die Löwin kennenlernen sollte.

Sie folgte mir wiederum willig, und in dem fahlen

Licht, das an diesem Tag durch das runde Fenster fiel, sah Majestät ermattet und ausgezehrt aus. Ein ziemlich großes Stück Fleisch lag unberührt in ihrer Krallenweite, aber sie hatte es nicht angerührt.

Janed blieb in gebührendem Abstand stehen und sagte nichts. Ich hingegen erlaubte mir, ein wenig näher an die Gitterstäbe zu treten und ganz leise »Majestät« zu schnurren.

Ein Lid hob sich träge, dann ein anderes.

»Der kleine Held!«, brummelte es.

»Majestät, ich habe Euch meine Menschenfreundin mitgebracht. Gestattet Ihr mir, sie Euch vorzustellen?«

»Mach mal.«

Ich drehte mich zu Janed um und forderte sie maunzend auf, näher zu treten.

Und – ach, auf meine Janed konnte man sich doch so verlassen. Sie trat an das Gitter, ging auf die Knie und sagte leise: »Ich grüße Euch, Königin der Tiere.«

Maha Rishmis Brummeln wurde lauter, sie kam sogar ganz schwerfällig auf die Pfoten und machte einen Schritt auf Janed zu.

Ganz, ganz langsam streckte meine Freundin ihre Hand aus. Majestät schnüffelte.

Janed wagte es tatsächlich, ihr über die Nase zu streichen. Sie murmelte dabei unablässig Schmeicheleien und Zärtlichkeiten. Maha Rishmi schien das zu ergötzen.

»Ich möchte fast vermuten, meine Hohe, dass du in Gesellschaft von Pippin reist. Ist das nicht ein Zirkusplakat, das da an der Wand lehnt? Seltsam, dass er dich nicht erwähnt hat, edle Königin. Aber vielleicht wollte er, dass wir dich in Ruhe lassen. Die Überfahrt ist schon anstrengend genug, was? Dieses ständige Geschaukel. Da verschlägt es einem schon mal den Appetit.«

Maha Rishmi legte sich wieder nieder und schloss die Augen.

»Du hast recht, das erträgt man am besten schlafend. Wir wollen dich nicht länger stören, Erhabene.«

Wir zogen uns leise zurück, und als wir unser schäbiges Quartier erreicht hatten, nahm mich Janed auf den Arm.

»Sie ist eine sehr alte, sehr müde große Dame, Pantoufle. Danke, dass du mich zu ihr geführt hast.«

Beim Dinner

Der restliche Tag verlief dann ziemlich ereignislos. Die meisten Menschen sahen wieder grün um die Nase aus, und ein Besuch des Promenadendecks war nicht ratsam. Es fegten immer mal wieder Schauer über das Deck. Ich für meinen Teil holte den dringend benötigten Schlaf nach, und Janed ging ihrer Wege.

Doch am Abend heiterte es auf.

In mehrerlei Hinsicht.

Als Erstes mich, weil Lili mir ins Ohr pustete.

»Ich habe was Neues gefunden, Pantoufle. Ich weiß jetzt, wo Adèle hingeht, wenn sie sich so aufbürstet. Ist ganz interessant da. Vor allem das kulinarische Angebot.«

Da ich einen kleinen Appetit verspürte, bürstete ich mich auch kurz auf und folgte Lili in die oberen Sphären. Ein bisschen mussten wir aufpassen, da ziemlich viele von den Pagen, Stewards und Schürzenmädchen in den Gängen unterwegs waren, die allerlei Kram umeinanderschleppten. Vieles davon roch ausgesprochen lecker. Trotzdem war es besser, wenn sie uns nicht bemerkten. Aber sich unsichtbar zu machen war ja eine meiner leichtesten Übungen, und auch Lili beherrschte es ziemlich gut. Wir nutzten jede Deckung, die sich uns bot, und davon gab es sogar reichlich, je näher wir dem Gebiet kamen, das sie erkundet hatte. Ein riesiger, hoher Raum bot sich uns dar, vollgestellt mit Tischen, über die bodenlange Decken gelegt waren. Sehr praktisch. Auch an der Wand entlang standen solche Tische, es hingen schwere Draperien dazwischen, und unzählige Pflanzenkübel boten uns Schutz vor neugierigen Blicken. Das Schaukeln des Schiffes hatte während meines Nachmittagsschläfchens deutlich nachgelassen, weshalb wohl auch niemand mehr grün um die Nase war und sich an den Tischen Gruppen und Grüppchen von Menschen niedergelassen hatten. Das Licht der von der Decke hängenden Lüster spiegelte sich in Silber, Kristall und Porzellan. Männer in dunkelroten Jacken und mit weißen Tüchern über dem Arm liefen zwischen den Gästen hin und her, füllten rote und goldene Flüssigkeiten in die Gläser, andere brachten Teller und Brotkörbchen. Das war also die Abfütterung der Ersten Klasse. Wie anders sah das hier aus als bei uns unten. Da gab es nur vier lange Holztische ohne Decken; große Schüsseln wurden auf den Tisch geknallt, aus denen jeder sich etwas auf seinen Teller schöpfte. Und dann wurde so gierig wie möglich geschlungen und geschmatzt, geschlabbert und geschluckt.

Die hier kannten keine Gier. Sie nippten und nagten, knusperten und knabberten zierlich an kleinen Häppchen, tupften mit Tüchern ihre Lippen ab, nippten oder schlürften ihre Getränke und plauderten dabei leise miteinander.

Wir suchten uns einen Platz unter einem Beistelltisch nahe der Tür, von dem aus man einen guten Blick über das Geschehen hatte.

»Da ist Adèle. Schau, die mit dem violetten Kleid.«

»Das glänzt wie eine Speckschwarte, wenn du mich fragst.«

»Das ist aber Satin, ein ganz kostbarer Stoff. Fühlt sich ein wenig glitschig an, ist aber sehr glatt und weich. Sie mag es gar nicht, wenn ich darauf rumtretele.«

»Weshalb du das auch nicht machst.«

»Nicht, wenn sie es sieht.«

»Klug!«

Wir besahen uns den Rest der Gesellschaft. Zwei Damen und ein Herr saßen bei Madame am Tisch, alle weit weniger auffällig gekleidet als sie. Mir fiel auf, dass sie heute gar kein Gefieder oder Gerüsche auf dem Kopf trug, weshalb ihre Haare noch viel mehr wie stumpfe, gelbe Wolle wirkten. Das ist bei unsereins eigentlich immer ein Zeichen dafür, dass etwas mit dem Wohlbefinden nicht stimmt. Gesundes Fell glänzt wie eben dieser Satin. Außerdem, wenn man es recht betrachtete, hatte das ihre auch eine ungewöhnliche Farbe. Menschenhaare sind nicht unähnlich den unseren. Braune und schwarze sind am meisten vertreten, rote fallen auf, sandfarbene, so wie die meinen, schimmern bei ihnen manchmal silbrig oder golden. Junge Menschen haben selten graue oder weiße Haare, aber im Alter tauchen sie häufig auf. Wir hingegen haben diese Färbung oft schon von Geburt an, und außerdem sind manche von uns auch hübsch gemustert – mit Tigerstreifen oder Flecken. Aber grundsätzlich gibt es keine Unterschiede. Also himmelblau oder grasgrün ist weder Mensch noch Katz behaart. Gelb auch nicht.

Lili würde Antwort wissen.

»Och ja«, sagte sie. »Von Natur aus hat sie mausbraune Haare. Das sieht man, wenn sie einige Zeit gewachsen sind. Aber dann lässt sie sich immer irgendwelches stinkendes Zeug reinschmieren, und danach ist es wieder gelb. Sieht strohig aus, nicht?«

»Ungesund.«

»Ja, eigentlich schon. Aber sie ist ziemlich gesund. Ich meine, sie hat einen guten Appetit und eine ordentliche Verdauung.«

Wir besahen uns auch die anderen Herrschaften, und dann lenkte uns ein Hühnerbein gründlich davon ab. Dieses Hühnerbein war nämlich von einem Teller gerutscht und vor unserem Versteck auf den Boden gefallen. Lilis Kralle war fix, und schon lag es zwischen uns. Es war gebraten, lecker gewürzt und die Haut schön fett. Wirklich ein ausgesuchtes Vergnügen, dieser Abend.

Nach einem Verdauungsdösen bemerkten wir gerade noch rechtzeitig, wie jemand die Decke von dem Tisch zog, unter dem wir saßen. Es gelang uns, hinter einem Podest mit einem Farn Stellung zu beziehen. Man hatte die Tische abgeräumt, die Menschen wanderten im Raum umher, während die Stewards die Stühle anders zurechtrückten.

»Oh, ich glaube, die machen Musik«, war Lilis fachkundiger Hinweis. »Das da vorne ist eine Bühne, und darauf steht ein Flügel. Schön. Ich mag das.«

Aber bevor es dazu kam, hatte Adèle ihren großen Auftritt. Denn ein Herr in einem schwarzen Anzug, der gar keine Ähnlichkeit mit Pippins abgewetztem Gewand hatte, sondern glatt und faltenlos an der breitschultrigen Figur saß, betrat den Raum.

Ihn sehen und sich auf ihn stürzen war eins für Adèle!

»Enrico, mon cher Enrico, mio carissimo Enrico!«

Der Mann zuckte zusammen.

»Enrico, ich habe ja so gehofft, dich zu treffen. Gebetet habe ich, Enrico, dass ich dich noch einmal sehen dürfe. Ich muss mit dir sprechen, göttlicher Enrico. Hör mich an, bitte!«

Es war ziemlich laut, was sie da krakeelte, und die Leute im Saal schauten einigermaßen kariert.

»Enrico Granvoce, der Tenor, hinter dem sie die ganze Zeit herreist«, klärte mich Lili auf.

»Er scheint ihr Parfüm nicht zu mögen.«

»Ich glaube, er mag noch mehr nicht an ihr.«

So sah es aus. Er machte einige abwehrende Gesten, aber Adèle reagierte nicht darauf. Ja, sie warf sich ihm sogar schluchzend vor die Füße und flehte um ein Wort, eine Geste, nur einen Blick.

Vergebens. Enrico wandte sich an die Stewards, winkte zwei zu sich und redete gestenreich auf sie ein. Einer verschwand und kam kurz darauf mit dem Ersten Offizier zurück. Adèle hatte inzwischen ihre Krallen in die Hosenbeine des Opernsängers geschlagen, was ich ziemlich unwürdig fand. Das machte man nur, wenn man eine Beute gefangen hatte. Oder war Enrico ihre Beute?

Ron Cado beugte sich zu ihr und redete auf sie ein, versuchte, sie aufzuheben. Vergebens, Adèle hatte sich verbissen. Schulterzuckend erhob er sich schließlich und wies mit einer lässigen Bewegung die Stewards an, die Aufgebrachte zu entfernen. Die meisten Anwesenden wandten sich ab, als die beiden kräftigen jungen Männer Adèle bei den Armen nahmen und aufrichteten. Sie hing zwischen ihnen wie ein Sack Muscheln und tropfte ebenso, was ihrem Gesicht nicht zum Vorteil gereichte. Ein paar Leute schauten neugierig zu, wie sie zum Ausgang geführt wurde, mit einem Schluckauf, gemischt mit gedämpften Heultönen. Ron entschuldigte sich mit betretener Miene bei dem Tenor.

Lili brummte unwillig.

»Ich werde wohl mal hinterhergehen. Sie wird sonst zum Affen, wenn sie mich nicht in der Kabine findet.«

Damit flutschte sie an mir vorbei und zwischen Röcken und Hosenbeinen hindurch zum Gang. Schade eigentlich. Kurz überlegte ich, ob ich ebenfalls diese unterhaltsame Gesellschaft verlassen sollte, aber dann entschied ich mich dagegen. Noch hatte man mich nicht entdeckt, und hier gab es so viel Neues zu erleben, das ich genießen wollte. Musik kannte ich von meinesgleichen und von Janed, die häufig sang oder summte, und in der letzten Zeit auch von den Matelots, die auf Fiedel und Pfeife musizierten. Hier würde man uns auf dem

Flügel vorspielen, und vielleicht erhob der Opernsänger auch seine geradezu unwirklich schöne Stimme.

Ich beschloss, mich näher an ihn heranzuwagen, möglicherweise sogar mit ihm Bekanntschaft zu schließen. Richtig mutig war ich die letzten Tage geworden, fand ich.

Die Herrschaften nahmen nun, nachdem das Spektakel mit Adèle vorüber war, auf ihren Stühlen Platz, und ein Mann entlockte dem Flügel perlende Töne. Ich schlich mich näher zu diesem Enrico. Je dichter ich an ihn herankam, desto wundervoller wurde der Duft, den er verströmte. Ach, wie der Mann roch! Einfach unwiderstehlich!

Hatte die Schnepfe sich deshalb so an ihn geklammert?

Ob sie von seinem Geruch ebenso berauscht war wie ich?

Konnte eigentlich nicht sein, sonst würden die anderen das ja auch machen, oder?

Wahrscheinlich war es mein ausgeprägter kätzischer Geruchssinn, der mich diesen Wohlgeruch wahrnehmen ließ.

Unter den Sesseln war es leicht, unerkannt näher zu kommen, und unter dem seinen rollte ich mich zusammen.

Eine Dame in wasserblauem Gewand trat nun vor und stimmte einen Gesang an, der dem Herrn über mir einen gequälten Laut entlockte. Verständlich, sie traf nicht immer den Ton, den ihr Begleiter auf dem Instrument vorgab. Das Ergebnis hörte sich etwas schräg an.

Enricos Nachbar tuschelte: »Verehrter Signore, wollen

Sie unsere Ohren nach diesem Auftritt nicht mit einem kurzen Stück laben?«

»Nein, Monsieur, heute nicht. Ich bin nicht recht bei Stimme und muss mich für die Premiere schonen.«

Dann erfolgte ein kleines Zischen, und der göttliche Duft verdichtete sich und umhüllte mich. Fast hätte ich mich schnurrend vor ihm auf dem Boden gewälzt, nur ein Rest Disziplin hielt mich davor zurück, mich ebenso unwürdig zu benehmen wie Adèle.

Ich krabbelte ein Stück vor, um zu sehen, woher er stammte.

Aus einem Flakon, nicht unähnlich denen, die Madame für ihr Parfüm benutzte.

Enrico massierte seine Kehle und öffnete den Mund. Dann sprühte er nochmals etwas von diesem Zeug hinein.

Ein seltsames Verhalten. Adèle nebelte ihre Kleider und ihre Haare mit Parfüms ein, nicht ihren Rachen.

»Haben Sie es schon mal mit einem Fenchelaufguss versucht, Signore?«, fragte sein anderer Nachbar.

»Alles Mögliche schon, aber diese Tinktur hat mein Arzt speziell für mich hergestellt. Auch kleine Pastillen. Aber danke für den Hinweis, Monsieur. Ein Sänger wie ich muss seine Stimme pflegen wie ein kostbares Instrument.«

»Jene Heulboje da vorne hat das nicht nötig«, knurrte der andere Mann.

Enrico steckte den Flakon wieder in seine Jackentasche und richtete seine Aufmerksamkeit auf die Bühne. Er erschauderte sichtlich, als die Vortragende wieder einen Ton knapp daneben setzte.

Aber alle Musikstücke hatten mal ein Ende, und nach dem höflichen Applaus, der der Künstlerin gespendet wurde, erhob sich der Tenor und verließ mit einigen gemurmelten Entschuldigungen den Saal.

Ich hinter ihm her!

Ich konnte nicht anders.

Der Duft zog mich magisch an.

Wir betraten die obere Schiffsetage, dort, wo es so erfreulich flauschig war, und ich wäre bestimmt mit in seine Kabine geschlüpft, hätte mich nicht Janeds atemlose Stimme davon abgehalten.

»Pantoufle! Pantoufle, willst du wohl hierbleiben!«

Der Opernsänger drehte sich um und starrte Janed verdutzt an.

»Man hat mich schon vieles geheißen, junge Dame, nicht aber einen Pantoffel!«

Janed hielt in ihrem schnellen Lauf inne und begann zu kichern.

»Verzeihen Sie, Monsieur, ich meine nicht Sie, sondern meinen aufdringlichen Kater. Dort, zu Ihren Füßen.«

Ich umstrich die schwarzen Hosenbeine, deren Stoff sich erstaunlich weich und glatt anfühlte, und hinterließ ein paar sandfarbene Härchen darauf. Enrico nahm mich endlich wahr und sah zu mir hinunter.

»Pantoufle? Ah, ich verstehe. Das ist Ihre Katze, Mademoiselle?«

»Bislang war es *mein* Kater, ja. Aber er scheint eine tiefe Neigung zu Ihnen entwickelt zu haben. Pantoufle, lass das!«

Nein, Janed. Riechst du das nicht? Ich muss bleiben. Hach, ich muss einfach!

Ich gab meinen Trieben nach und wälzte mich auf dem Boden vor dem himmlischen Tenor.

»Was ist denn heute nur los? Erst wirft sich eine Dame vor meine Füße, nun auch noch ein Kater«, staunte der.

»Was die Dame anbelangt, Monsieur, so kann ich nur Vermutungen anstellen, was sie dazu trieb. Pantoufle aber betören Sie mit dem Hauch von Baldrian, der Sie umgibt.«

»Baldrian?«

»Haben Sie möglicherweise eine Kräuterpastille zu sich genommen?«

Enrico lachte kurz auf.

»Nein, aber mein Mundwasser – ahhh, ich verstehe.«

Er holte den Flakon aus der Tasche und reichte ihn Janed. Sie schnüffelte kurz und nickte.

»Natürlich. Damit haben Sie ihn zum Sklaven gemacht. Kater lieben Baldrian. Ich habe diese Pflanze in meinem Gärtchen gezogen, und Pantoufle genoss es, sich darin zu wälzen. Das Kraut wirkt auf Menschen besänftigend, auf Tiere scheint es eine umgekehrte Wirkung zu haben.«

Janed kniete nieder und versuchte, mich hochzuheben. Ich mochte nicht. Nein, nein, ich mochte nicht.

Krallen in den Flausch geschlagen.

Leises protestierendes Fauchen.

»Wenn das so ist, dann kann nur eines Abhilfe schaffen, Mademoiselle.«

Ein kurzes Zischen erfolgte, und ein Duftwölkchen aus feinsten Tropfen verteilte sich über meinem Fell.

Hinreißend.

Ich bekam nur halb mit, wie Janed mich aufklaubte, sich bedankte und mich dann wegschleppte.

Die halbe Nacht verbrachte ich in Ekstase, träumte köstlichste Katerträume (in denen auch Lili eine liebreiche Rolle spielte), putzte dann überaus gründlich mein Fell und war erst am Morgen, als der letzte köstliche Hauch des Baldrians verflogen war, wieder in der Lage, meine Situation und die der Welt im Allgemeinen zu überdenken.

Beim Ersten Offizier

Die Welt im Allgemeinen war undurchsichtig geworden, stellte ich fest, als ich mit Janed nach einem kleinen Frühmahl zum Promenadendeck hinaufwanderte. Sie hatte ein dickes Wolltuch um ihre Schultern geschlungen, was sehr vernünftig war. Denn es war widerwärtig kalt geworden. Ebenfalls fiel mir auf, dass die Maschinen in einem anderen Rhythmus arbeiteten und in regelmäßigen Abständen das Nebelhorn tutete. Dennoch promenierten wir eine Weile und besahen uns die Eisschollen, die hier und da im Wasser trieben.

Pippin fand sich ebenfalls ein, hatte einen Mantel an und einen Schal um seinen Hals gewickelt.

»Eisberggebiet!«, erklärte er. »Der Kapitän hat langsame Fahrt angeordnet.«

»Hat man schon Eisberge gesichtet?«

»Ich weiß es nicht. Ich hoffe aber nicht.«

»Ich hätte gerne mal einen gesehen ...«

Pippin lachte.

»Mutig, junge Dame. Sie sind an Bord sicher die Einzige, die diesen Wunsch hegt.«

»Vermutlich. Und natürlich weiß ich um die Gefahren von Nebel und schlechter Sicht.«

Wir schlenderten weiter, denn um sich auf die Deckstühle zu setzen, war es zu kalt. Dabei begegnete uns auch der Erste Offizier, der uns mit einer knappen Verbeugung grüßte. Pippin hielt ihn auf und fragte nach der Lage.

»Wir haben vier Leute im Ausguck und eine doppelte Brückenwache«, erklärte er. »Ich hoffe, dass sich der Nebel bald lichtet. Dann wird es wieder zügiger vorangehen.«

»Besser, der Kapitän berücksichtigt die Vorsichtsmaßnahmen, Mister Cado. Wir wollen doch nicht das Blaue Band erringen, oder?«

Ron schnaubte verächtlich.

»Einige Leute an Bord scheinen aber genau das zu wünschen.«

»Was ist das Blaue Band?«, wollte Janed wissen.

»Eine Trophäe für die schnellste Atlantiküberquerung. Im vergangenen Jahr hat es die *City of Paris* gewonnen. Sie benötigte fünf Tage, neunzehn Stunden und achtzehn Minuten für die Strecke von Queenstown bis Sandy Hook.«

»Also doch eigentlich sechs Tage.«

Ron Cado lächelte spöttisch.

»So kann man es sehen. Es ist ein verrückter Wettlauf, wenn Sie mich fragen. Aber werbewirksam. Die Passagiere buchen gerne auf Schiffen, die Rekorde gewinnen.«

»Wir werden auch so ans Ziel kommen«, meinte Pippin. »Wer früher ankommen will, muss eben früher losfahren.«

»So könnte man es sehen, aber manche Menschen sind Sklaven ihres Terminplans. Und wenn sie genug Einfluss haben, machen sie andere auch dazu. Wir werden diesmal jedoch nur zwei Tage länger brauchen als die *City of Paris*.«

»Unser Fahrplan sieht doch eigentlich sogar neun Tage für die Überfahrt von Brest bis zum Hafen von New York vor«, warf Pippin ein.

»Vielleicht werden wir die auch benötigen. Das hängt vom Nebel, den Eisbergen und den jungen Damen ab, die über Bord gehen.«

»Ich hatte nicht vor, dieses Erlebnis zu wiederholen«, sagte Janed grimmig.

»Nein, Mademoiselle Kernevé, das würde ich Ihnen hier auch nicht raten. Das Wasser ist nahe null Grad kalt, es wäre ziemlich schnell Ihr Tod.«

Und dann beugte er sich überraschenderweise zu mir hinunter und streichelte mir den Rücken. Gut, er roch nicht so exquisit wie Enrico, aber auch nicht schlecht. Ein bisschen wie Moos und Wald und etwas Öl und Leder. Ich maunzte verbindlich.

»Er hat es gut überstanden, der Kleine?«

»Ja, Monsieur Cado.«

»Dann geben Sie die nächsten Tage weiter gut Acht auf ihn. Mich ruft die Pflicht. Messieurs dames!«

Er tippte an seine Mütze und empfahl sich.

»Ein fähiger Mann, hörte ich«, meinte Pippin, als er außer Sicht war.

»Ruppig zu den Matrosen.«

»Das bleibt nicht aus, Matrosen sind ein harthändiges Volk. Aber Sie haben ihm nachgeschaut, Janed. Gefällt Ihnen der Erste Offizier?«

Janed gab ein verlegenes kleines Lachen von sich.

»Er sieht ziemlich gut aus, nicht wahr?«

Pippin lächelte sie an.

»Das finden die meisten Damen an Bord ebenso. Ich habe beobachtet, dass einige von ihnen sehr erpicht darauf sind, mit ihm zu flirten.«

»Das wird ihm sicher gefallen.«

»Mag sein, aber er wehrt recht resolut derartige Versuche ab.«

»Vielleicht ist er verheiratet.«

»Nicht verheiratet. Aber er ist ein Landsmann von Ihnen, nicht wahr?«

»Sie wissen einiges über ihn, Pippin.«

»Ich habe ein paar Erkundigungen eingezogen.«

»Warum?«

»Weil er mir auch gefällt.«

Ich spürte, dass Janed verwirrt war. Ich war es, ehrlich gesagt, auch. Und weil sie wohl nichts darauf zu erwidern wusste, zog sie das Wolltuch enger um sich und schlug vor, in den Aufenthaltsraum zu gehen und einen Kaffee zu trinken.

»Eine gute Idee. Wenn der Nebel sich verzogen hat, halten wir nochmals nach einem Eisberg Ausschau.«

»Einverstanden.« Sie zögerte einen kleinen Moment,

und Pippin drehte sich zu ihr um, als sie in den warmen, aber von Menschen überfüllten Raum trat. »Wir könnten auch die Löwin besuchen.«

»Janed?«

»Pantoufle hat mich zu ihr geführt.«

Pippin sah mich streng an, und ich machte mich hinter Janeds Röcken klein.

Ich hasse strenge Blicke.

»Pantoufle ist ein Vorwitzkater.«

»Aber die Löwin gehört zu Ihnen, Pippin, nicht wahr?«

»Ja, Maha Rishmi ist meine – mhm – Katze.«

»Und sie ist ziemlich einsam dort in ihrem Verschlag.«

»Nicht allzu sehr, Janed. Ich verbringe viel Zeit bei ihr. Darum habe ich auch dort unten eine Kabine genommen. Um ihr nahe zu sein.«

»Sonst wären Sie wohl Erster Klasse gereist?«

Pippin sah betreten drein.

Dann reichte er sehr gravitätisch Janed seinen Arm.

»Begleiten Sie mich zu unserer Königin, Janed. Und du auch, Pantoufle.«

Janed war noch tiefer verwirrt als vorhin, das spürte ich in meinen Schnurrhaaren. Ganz deutlich spürte ich es.

Sie hätte sicher gerne noch viel mehr Fragen gestellt, hielt aber tapfer den Mund. Ich verstand zwar nicht, was sie so durcheinanderbrachte, aber es schien, dass der gutmütige Pippin irgendetwas vor ihr verbarg, von dem sie, wie von einem Eisberg, das Stückchen entdeckt hatte, das über dem Wasser sichtbar war, und nun ahnte, dass sich darunter noch ein weit größeres Geheimnis verbarg.

Maha Rishmi öffnete müde die Augen, als Pippin zu ihr in den Verschlag trat. Er kniete sich in das Stroh und umarmte sie liebevoll. In allerlei Sprachen murmelte er ihr Nettigkeiten ins Ohr, und in ihrer Kehle grummelte es leise. Dann bemerkte sie auch mich.

»Komm rein, kleiner Held.«

Ich trat ehrerbietig zu ihr und ließ sie an meinem Fell schnuppern. Dann forderte sie mich auf, mich zu ihr zu legen, und Pippin erzählte Janed von ihrer gemeinsamen Zeit im Zirkus, von ihrem Gefährten, dem großen Mähnenlöwen Maharadsha, und dass er nun ein weites Gehege für sie erworben habe, in dem Maha Rishmi ihre letzten Jahre in Freiheit genießen solle.

»Ein großes Gehege, Pippin?«

Janed sah ihn fragend an.

»Je nun, ich habe den Zirkus verkauft, wissen Sie?«

»Er gehörte Ihnen?«

Maha Rishmi grummelte wieder, und es klang amüsiert.

»Hat der Alte euch den armen Clown vorgespielt?«, fragte sie mich.

»Ich glaube, ja.«

»Von diesen Dingen verstehe ich nicht viel – Menschenkram. Aber er hatte immer viel Publikum. Und die Zirkusleute hörten auf ihn.«

Janed sah Pippin gespielt empört an. Er aber lächelte.

»Ich habe Ihnen den armen Clown vorgespielt. Entschuldigen Sie, Janed. Aber seien Sie ehrlich, wenn ich im schicken Anzug in der Ersten Klasse herumhüpfen würde, dann hätten Sie sich nie getraut, mit mir zu promenieren und so nette Gespräche zu führen.«

»Nein, Monsieur Pippin.«

»Pah, Janed. Ich bin noch immer kein Monsieur für Sie. Und für keinen anderen. Ich bin der dumme August, und damit hat es sich.«

»Der ist alles andere als dumm!«, brummelte Maha Rishmi.

»Ich hab's geahnt, Majestät. Ich hatte es in den Schnurrhaaren, die ganze Zeit!«

»In den Schnurrhaaren. So so.«

»Ja, die benehmen sich manchmal komisch. Jucken oder prickeln irgendwie.«

»Und du hörst darauf?«

»Ja, meistens jedenfalls.«

»Tu es weiter, Pantoufle. Schnurrhaare sind sehr sensibel und gute Ratgeber.«

Auf Pippins Aufforderung kam nun auch Janed in den Verschlag, und Maha Rishmi ließ sich mit geschlossenen Augen von ihr streicheln. Janed machte das gut, das wusste ich. Und die alte Löwin verfiel darüber wieder in ihren leichten Schlummer.

Wir verließen sie, und da es Mittagszeit geworden war, nahm Janed nach einem gebührlichen Sträuben die Einladung an, die Mahlzeit mit Pippin oben an Deck bei den feinen Leuten einzunehmen.

Ich hingegen machte mich auf die Suche nach Lili. Schließlich musste ich mich erkundigen, wie es ihr ging, wo doch Adèle gestern den Affen gegeben hatte.

Ich fand nur einen kurzen Gruß von ihr an der Türschwelle. Er war vom vorigen Abend, also hatte sie heute noch nicht die Räume verlassen.

Nach unten zurückzukehren hatte ich noch keine Lust, wohl aber interessierte es mich, was es so mit Ron Cado auf sich hatte, da Pippin eine so gute Meinung von ihm hegte, andere aber ihm einige recht böse Handlungen unterstellten.

Hatte ich schon erwähnt, dass ich Geheimnisse liebe?

Ich suchte eine Weile die mir bekannten Gefilde nach Rons Markierungen ab, fand aber nichts. Allerdings fiel mir diese allererste Nacht ein. Da hatte er sich oben auf der Brücke aufgehalten.

Stracks nach oben.

Auf der Brücke war er zwar nicht, aber in einem der Räume dahinter.

Und Glück gehabt.

Der Kapitän – er musste es sein, so gewichtig und goldbetresst wie der Mann aussah – klopfte dort an eine Tür und rief: »Mister Cado?«

Es wurde ihm umgehend geöffnet, und ich flutschte mit hinein.

Hinter die Kommode. Klein gemacht.

»Mister Cado, mir sind wieder einmal Beschwerden zu Ohren gekommen.«

»Sir?«

»Was ist gestern im Speisesaal vorgefallen? Madame Robichon war außer sich. Man habe sie auf Ihren Befehl hin brutal aus dem Raum geschleppt.«

»Ja, Sir. Sie belästigte Enrico Granvoce.«

»Herrgott, Mister Cado! Hätten Sie das nicht mit etwas mehr Diplomatie und Delikatesse behandeln können?«

»Ich versuchte es, Sir. Aber Madame gab sich einem hysterischen Anfall hin.«

»Das ist das gute Recht der Schwester unseres Reeders, Mister Cado.«

»Ay ay, Sir!«

»Sie werden sich umgehend bei ihr entschuldigen.«

»Ay ay, Sir.«

»Und zukünftig den Bordarzt in solchen Fällen benachrichtigen.«

»Ay ay, Sir.«

Der Kapitän stapfte wütend in der Kabine auf und ab.

»Das ist eine vermaledeite Überfahrt, Mister Cado. Ich kann es mir nicht leisten, den Reeder zu verärgern. Und außerdem sitzt mir dieser Granvoce im Nacken, der ständig fordert, mehr Dampf zu machen, damit er seinen verdammten Termin einhalten kann.«

»Ich habe die Waschküche da draußen nicht bestellt, Sir.«

»Nein. Aber gehen Sie zu ihm und beruhigen Sie ihn etwas. Diplomatisch, Mister Cado. Und sehen Sie nach, wo es in seiner Suite zieht. Er beklagt sich, dass ein kalter Luftzug seine Stimmbänder malträtiert.«

»Ay ay, Sir.«

»Außerdem haben sich die Passagiere der Ersten Klasse beklagt, dass sich Leute aus dem Zwischendeck auf ihrer Promenade und im Salon herumdrücken. Unterbinden Sie das!«

»Sir, ich werde kaum Monsieur Alexandrejew ins Zwischendeck verweisen können.«

»Mhm. Nein, das werden Sie kaum. Also lassen Sie sich für ihn irgendwas einfallen.«

»Ohne ihn tödlich zu beleidigen? Das könnte ebenso heikel werden, Sir, wie Madame Robichon zu verärgern.«

»Weiß ich, Mister Cado. Vermaledeite Überfahrt, diesmal. Ich fühle mich wie zwischen Baum und Borke.«

»Ich auch, Sir.«

»Ja. Na, nichts für ungut, Mister Cado. Aber dass Sie mir nicht wieder Madame Robichon unhöflich behandeln. Selbst wenn sie sich dazu berufen fühlt, die Schornsteine hochzugehen.«

»Ich werde ihr sogar helfen, die Stiege zu erklimmen«, knurrte Ron.

»Sie wollen einmal Ihr eigenes Schiff führen, Mister Cado. Lernen Sie also nicht nur Nautik, sondern auch Politik. Denn Reeder verärgert man nicht.«

»Ay, ay, Sir!«

Dann herrschte einen Moment Stille, nur das Auf und Ab der Schritte war zu hören. Plötzlich aber entfuhr es dem Kapitän: »Aber sie ist eine lästige Schnepfe!«

»Ay ay, Sir!«

»Hören Sie auf zu grinsen, Mister Cado!«

Klapp, fiel die Tür hinter dem Kapitän zu.

Neben mir quietschten die Bettfedern, was mir andeutete, dass Ron sich auf dem Lager ausgestreckt hatte. Leise kroch ich hervor, um zu sehen, was das zu bedeuten hatte.

Er trug nicht mehr seine Uniform, sondern einen dicken Pullover und hatte dunkle Ringe unter den Augen. Ein leises Seufzen kam von seinen Lippen.

Ich stellte mich auf die Hinterbeine und stützte mich auf der Bettkante ab, um ihn mir näher zu betrachten. Er hatte die Lider geschlossen, seine dunklen, kurz geschnittenen Haare wirkten ein bisschen zerrauft, um seine Lippen lag ein Hauch von Bitterkeit. Nun ja, der Kapitän hatte ihm einige ziemlich unangenehme Dinge gesagt.

Mal sehen, ob ich ihn nicht ein bisschen aufmuntern konnte. Schließlich hatte er mir ja das Leben gerettet. Und Janed auch.

Ich stieß mich ab und landete neben ihm auf der Matratze. Ein Schritt weiter, und ich stand auf seiner Brust.

Er blinzelte.

»Pantoufle? Du bist aber auch überall, Katerchen.«

Richtig, und jetzt hier.

Ich machte es mir auf dem Pullover gemütlich und schnurrte ihn leise an.

»Ronronronronron!«

Seine Hand legte sich um mein Derrière. Es fühlte sich gut und sicher an. Aber er war müde, das konnte man deutlich sehen.

»Ich habe Hundswache gehabt, Pantoufle. Ich wünschte, ich könnte ein wenig schlafen.«

Na, dann tu das doch. Wer bin ich, dich daran zu hindern? Ich schnurr dir sogar noch ein Lied vor.

»Aber jetzt muss ich mich gleich um die Eingeschnappten und die Wichtigtuer kümmern. Diesmal ist wirklich der Wurm drin. Warum musste ich nur den Posten auf diesem Dampfer annehmen?«

Das wusste ich leider auch nicht. Erzähl es mir, Ron.

»Ehrgeiz, Kleiner. Noch zwei Jahre als Erster, und ich kann mich um ein eigenes Schiff bewerben. Ich dachte, es macht mir jetzt nichts mehr aus, die Route nach Brest zu fahren. Aber das war wohl ein Fehler.«

Er streichelte meinen Kopf und meinen Rücken. Mir gefiel es, und das sagte ich ihm auch mit einem kleinen Maunzer.

»Vor langer, langer Zeit, Kleiner, hatte ich auch einmal einen Kater. Sandfarben, genau wie du. So praktisch, diese Farbe, wenn man im Strandgras unsichtbar werden möchte, nicht wahr?«

Mochtest du das Strandgras nicht mehr, Ron?

»Mehr als zehn Jahre war ich nicht mehr dort, Kleiner, und als wir in Brest anlegten, hatte ich nicht den Mut, an Land zu gehen. Ich hatte mir eingebildet, dass ich all das überwunden hätte, aber als ich die Küste vor mir liegen sah, hat es einfach zu wehgetan. Kann etwas nach so langer Zeit noch derart schmerzen, Katerchen? Und dann kamen diese drei Matelots an Bord. Mein Gott, diese Jungs bleiben sich aber auch ewig treu. Sie sind genau dieselben Typen wie die, die ich in meiner Jugend kannte. Und sie singen noch immer dieselben Lieder.«

Leise summte er die Weise der »*Trois matelots*«.

»Und dann dieses Mädchen, deine Janed, Pantoufle. Sie sprach mit mir in ihrem Bretonisch, und ich, der das seit Jahren nicht mehr gehört hatte, verstand augenblicklich jedes Wort.«

Ich kenne das, Ron. Ich kenne das. Ich denke auch oft an mein schönes Revier.

»Und seit wir in Brest waren, kleiner Sandfloh, träume ich von den Stränden, den Fischerbooten und den rauen Felsen. Ich rieche die Heide und höre die Lerchen singen über der Düne. Ich fühle, wie die Disteln meine Beine zerkratzen und die scharfen Grashalme mir über die Waden streifen. Ich sehe die Möwen in ihren wilden Flügen zwischen den Klippen tollen und ihre Jungen in den Nestern hoch über der Gischt füttern. Ich höre die Wellen an die Steine schlagen, den Wind in den gezausten Kiefern rauschen und die Glocken von ›Unserer Lieben Frau von den Blumen‹ zur Messe rufen.«

Er schwieg, aber ich sah diese Bilder auch, und namenlose Sehnsucht übermannte mich. Vorsichtig streckte ich eine Pfote aus und berührte mit dem weichen Ballen seine Wange.

»Pantoufle!«, sagte er leise.

Ich schnurrte. Ganz laut. Und lange.

»Ronronronronron!«

Und dann schliefen wir ein und träumten von unserer Heimat.

Briefe

Einer der Stewards hatte später an Rons Tür geklopft und ihn an seine Pflichten erinnert. Ron hatte mich, sowie er aufgewacht war, zu Janed zurückgeschickt.

Immerhin, er schien in etwas besserer Laune zu sein. Dazu trug auch sicher der geradezu grelle Sonnenschein bei, der durch die Fenster flutete.

Der Nebel hatte sich verzogen, und blau leuchtete der Himmel. Auch das Wasser toste tiefblau unter uns, und in einem seltsam durchscheinenden Blau schimmerte in der Ferne ein Eisberg.

Musste man gesehen haben!

Dachten sich wohl auch die Menschen. Und deswegen fand ich Lili ganz alleine auf Janeds Bett liegen. Sie hatte sich auf der rauen grauen Decke zusammengerollt, den dunkelbraunen Schwanz über ihr dunkelbraunes Gesicht und die Augen gelegt, der cremeweiße Rest bildete einen gar köstlichen Kringel.

Sie schlief abgrundtief fest. Nicht einmal ihre Ohren zuckten, als ich zu ihr hochsprang und sie mit stiller Bewunderung ansah. Was war sie für eine schöne Katze.

Und wie duftete sie so lieblich – nach nichts außer nach gut geputzter Katze.

Ich begann sie ganz leicht und vorsichtig mit meiner Zunge zwischen ihren Ohren zu bürsten.

Köstlich!

Ich bürstete weiter. Den schlanken Nacken, den Rücken, die Flanken. Dann und wann bemerkte ich ein feines Vibrieren ihres Körpers, aber wach wurde sie nicht.

Als ich das ganze Fell ordentlich abgeschleckt hatte, rollte ich mich um sie herum, sodass wir einen Doppelkringel bildeten, und döste noch ein wenig.

Dösen kann eine Katze immer!

»Mhrrrm ... Wobinichnhier?«

»Auf Janeds Bett, Lili!«

»Uhhh ...!«

Lili rollte sich auseinander, stand auf, streckte sich, vorne lang, hinten lang, Buckel gemacht, hingesetzt.

»Ich war ein wenig erschöpft.«

»Das habe ich gemerkt.«

»Es war eine grässliche Nacht, Pantoufle. Adèle ist überhaupt nicht zur Ruhe gekommen. Erst hat sie geheult, dann hat sie angefangen, Briefe zu schreiben. Die hat sie dann wieder zerrissen. Dann hat sie Champagner getrunken und geheult. Dann hat sie neue Briefe geschrieben und geheult. Dann hat sie Champagner getrunken und die Briefe zerrissen. Und so weiter.«

»Was ist Champagner?«

»Wasser mit Bläschen drin. Macht die Leute gewöhnlich lustig. Sie aber nicht.«

»Und was hat sie mit den Briefen gemacht? Ich weiß, Janed hat auch hin und wieder Briefe geschrieben – das ist die Art, wie Menschen sich gegenseitig Nachrichten zukommen lassen, glaube ich. Sie pinkeln ja selten an Ecken.«

»Ja, sie haben keine Markierungen. Aber Krickelkrakel auf Papier.«

»Das Adèle zusätzlich mit ihrem Parfüm tränkt.«

»Richtig, doppelte Botschaft.«

»Und warum hat sie die wieder zerrissen?«

»Was weiß denn ich?«

»Sie hat diesem Enrico neulich einen Brief unter der Tür durchgeschoben. Und weil der so stark nach ihr roch, dachte ich, sie wollte seine Räume für sich haben. Aber das ist es vermutlich gar nicht. Wenn sie das hätte haben wollen, hätte sie einfach nur ihr Parfüm dransprühen müssen, oder?«

»Nein, sie will keinen anderen Raum. Sie will Enrico für sich haben. Hast du doch gestern Abend gesehen.«

»Wozu? Ich meine, er singt sehr schön, und er duftet auch prächtig, aber wozu will sie ihn haben? Soll er Junge mit ihr zeugen?«

»Vielleicht, aber dann packt sie es vollkommen falsch an, finde ich.«

»Vielleicht steht in den Briefen, was sie von ihm will.«

»Wahrscheinlich. Aber ich kann das Krickelkrakel nicht deuten.«

»Janed kann es. Wir könnten ihr einen bringen.«

»Keine schlechte Idee. Komm, wir schauen, ob wir in ihre Kabine gelangen.«

Wir trabten nach oben und belauerten eine Weile Adèles Kabinentür. Sie war drin, das konnte man hören. Es wurschtelte und klapperte und klirrte dahinter.

»Sie trinkt wieder Champagner!«, erklärte Lili.

Ich strich mir über die kribbelnden Schnurrhaare und hatte plötzlich eine Eingebung.

»Weißt du was? Ich schau mal nach, ob sie wieder einen von diesen Briefen unter Enricos Tür geschoben hat.«

»Ah ja, gute Idee. Ich maunze hier und seh zu, dass sie mir aufmacht. Wer immer von uns beiden einen Brief findet, bringt ihn zu deiner Janed.«

Gesagt, getan. Ich hoch zu Enrico. Und wieder hatten meine Schnurrhaare mir den richtigen Weg gewiesen. Ein zartviolettes Zipfelchen lugte an der Schwelle hervor und dünstete Adèle aus. Ich hatte etwas Mühe, die

Ecke zu packen. Mit der Kralle ging es nicht, da kratzte man nur das Papier kaputt. Also nahm ich es zwischen die Zähne und zerrte daran. Es steckte ziemlich fest, und als ich es endlich freibekam, geschah das so abrupt, dass ich rückwärts flog und auf meinem Derrière landete. Ein Page näherte sich just in diesem Moment auch noch, also nichts wie weg.

Lili war nicht unter dem Konsölchen; vermutlich hatte Adèle sie eingelassen. Ich darum direkt zu Janed.

Die war zwar da gewesen, hatte ihr Buch auf das Bett gelegt, nun aber schien sie wieder unterwegs zu sein. Darum deponierte ich den Umschlag mitten auf der Decke. Sie würde ihn schon finden und wissen, was damit zu machen war.

Dann begab ich mich auf die Suche nach ihr.

Sie war gar nicht weit entfernt und hielt sich im Gemeinschaftsraum der Auswanderer auf, wo sie in einer Ecke saß und an ihrer Stickerei gearbeitet hatte.

Diese allerdings lag nun mit der Oberseite nach unten auf ihren Knien, denn vor ihr hatte sich Ron Cado aufgebaut. Richtig in Uniform, mit Goldtressen und allem.

Und betropftem Gesichtsausdruck.

Denn Janed fauchte.

»Es ist den Passagieren der Ersten Klasse also nicht angenehm, Mister Cado, dass ich die Atmosphäre in ihren heiligen Hallen verpeste – ist es das, was ich Ihren Worten entnehmen darf, Mister Cado?«

Hui, da hatte sie aber ein Stück des Eisbergs verschluckt, so frostig, wie ihre Stimme klang.

»Ich habe Sie ausschließlich gebeten, Mademoiselle,

möglicherweise in etwas angemessenerer Kleidung dort aufzutreten, wenn Sie sich in Monsieur Alexandrejews Begleitung befinden.«

»Mister Cado, ich besitze zwei Röcke und ein Sonntagsgewand. Keine Pariser Modellkleider, wie Sie es für angemessen halten. Und mein Sonntagskleid, Mister Cado, würde ebenfalls Ihr Missfallen finden, denn es ist die bretonische Tracht. Und da es ganz neu ist, muss ich, wie Sie sehen, das Mieder noch fertig besticken. Außerdem trage ich diese Tracht nur zu ganz besonderen Anlässen, Mister Cado!«

Mister – sehr betont. Nicht Monsieur. Der Kapitän hatte ihn auch Mister genannt. Na gut, es war ein amerikanisches Schiff, aber aus Janeds Mund klang es wie eine Beleidigung.

Ron Cado sah auch nicht sonderlich glücklich aus.

»Man könnte meinen, Mademoiselle Janed, dass die Promenade und das Essen in der Ersten Klasse für Sie durchaus besondere Anlässe wären. Selbst die Damen dort oben legen zu diesen Gelegenheiten Wert auf gepflegte Kleider.«

»Meine Kleider sind gepflegt. Sie sind sauber und neu. Und ich glaube nicht, dass mein Aussehen der Grund für Ihren Verweis ist. Sie wollen nicht, dass Pippin und ich die feinen Leute mit unserer schäbigen Gegenwart beleidigen, stimmt es, Mister Cado?«

»Mademoiselle, ich ...«

Janed faltete das Mieder zusammen, packte das Stickgarn zusammen und steckte alles in einen Beutel. Dann richtete sie sich zu ihrer ganzen Höhe auf, sodass sie dem Ersten Offizier bis fast zum Kinn reichte.

»Sie kommen damit zu mir, weil Sie sich nicht trauen, Pippin diese peinliche Forderung zu unterbreiten, nicht wahr, Mister Cado?«

»Herrgott im Himmel, Mädchen, er tritt auf wie ein abgerissener Zirkusclown.«

»Richtig, Mister Cado. Er sieht aus wie der dumme August, den er sein Leben lang gespielt hat. Was meinen Sie aber, Mister Cado, wer den dummen August gibt, wenn ich zu ihm gehe und ihm diese bezaubernde kleine Szene wiederhole?«

Der arme Ron. Wäre er ein Kater, würde er jetzt geduckt, mit Bauch am Boden gaaaanz langsam den Rückzug antreten. Doch er hielt Janeds zornblitzenden Augen stand und zeigte sogar ein schiefes Lächeln.

»Ich, Mademoiselle, würde den dummen August geben.«

»Sie, richtig. Und der Kapitän, der Sie geschickt hat, spielt den Hanswurst in dieser Posse.«

Ich trabte vor und stellte mich neben Janed.

»Verdammt, Mädchen, ich sitze zwischen zwei Mühlsteinen«, sagte Ron plötzlich in Janeds Bretonisch, und sie nickte.

»Ein schwieriger Beruf, den Sie gewählt haben. Sie müssen nicht nur das Schiff zwischen den Eisbergen durchschaukeln, sondern auch noch zwischen den Herrschaften vermitteln.« Dann legte sie ihm die Hand auf den Arm und meinte ganz sanft: »Ich bleibe die restlichen Tage hier unten, Monsieur. Und ich werde auch Pippin sagen, dass er bei uns essen soll. Er wird sowieso in der Nähe seiner Löwin bleiben wollen, Monsieur. Sie ist alt, und ich glaube, sie ist auch krank.«

»Die kennen Sie natürlich auch schon.«

Janed lachte leise und nahm mich auf den Arm.

»Pantoufle hat mich Maha Rishmi vorgestellt. Und da wurde mir irgendwann klar, dass Pippin wohl nicht ganz das ist, was er vorgibt zu sein. Wer sich ein Löwengehege in Amerika leisten kann, hat sicher auch das Geld, sich eine Überfahrt in mehr als im Zwischendeck zu leisten.«

»Soweit wir wissen, hat er ein Vermögen mit dem Zirkus gemacht. Er könnte vermutlich das Schiff einfach kaufen, wenn er es wollte.«

»Aber dummerweise möchte er sich mit mir unterhalten, warum auch immer, dabei ein wenig promenieren und manchmal ein etwas besseres Essen zu sich nehmen als den Fraß, den Sie hier unten auf den Tisch klatschen.«

»Mannschaftsessen.«

»Ich weiß.«

»Die Matelots – ich weiß auch.«

»Sie haben meine Passage bezahlt, und Sie haben sie nicht bestraft, Monsieur. Dafür habe ich mich bei Ihnen noch nicht bedankt.«

»Nicht der Rede wert. Und – ach verflixt. Wenn Monsieur Alexandrejew oben essen will, dann reserviere ich Ihnen beiden jetzt einen Tisch dort und lasse zwei Palmen davorschieben, damit die feinen Herrschaften nicht irritiert sind. Ist das in Ordnung, Mademoiselle Janed?«

»Ja, danke.«

»Und ich werde Ihnen nachher eine Extraschüssel Ragout vorbeibringen lassen. Der junge Held hier war nämlich vorhin bei mir zu Besuch, und ich war ein sehr unaufmerksamer Gastgeber.«

»Ronronronronron!«

»Aber keinen Rum, Monsieur Cado!«

Ron lachte und strich mir über den Kopf.

Warum nur, warum sagten meine Schnurrhaare mir, dass er das Gleiche auch gerne bei Janed gemacht hätte?

Als Ron sich verabschiedet hatte, klemmte sich Janed ihre Stickerei unter den Arm, und wir gingen in ihr Quartier.

»Ich könnte zumindest den blauen Rock wieder anziehen. Er ist jetzt frisch gewaschen. Ein bisschen hübscher ist er schon als dieses braune Ding. Was meinst du, Töffelchen?«

Könntest du, Janed. Und auch dies hübsche Spitzentuch auf den Kopf nehmen.

»Und vielleicht die Spitzenhaube? Ach nein, das sieht hier komisch aus. Hoppla, was ist denn das?«

Ah, sie hatte den Umschlag bemerkt. Mit spitzen Fingern hob sie ihn auf, dann kräuselte sich ihre Nase.

»Mhm, der riecht nach Adèle. Ein bisschen streng nach Moschus. Was sollte die mir wohl schreiben? Ah – ich weiß! Sie wird sich entschuldigen dafür, dass sie dich ins Wasser geworfen hat, Pantoufle.«

Na, wenn du dich da man nicht täuschst, Janed.

Sie öffnete den Umschlag, zog den gefalteten Bogen heraus und faltete ihn auseinander. Ihre Augen wurden immer größer, während sie las.

»Heilige Mutter Anne! Die ist doch nicht bei Sinnen!

Was mach ich denn damit?« Und dann fiel ihr Blick auf mich. »Woher stammt der Brief?«

Rat mal!

Sie nahm den Umschlag nochmals auf, und diesmal bemerkte sie die angekratzte Ecke und meine Zahnspuren.

»Den hast du irgendwo aufgeklaubt, was? Vermutlich lag er vor Enrico Granvoces Tür. Diese Frau hat nicht alle Tassen im Schrank!«

Tassen habe ich in ihrer Kabine nicht gesehen. Aber ein bisschen verrückt ist sie schon.

»Was mach ich nur damit? Ich kann das doch dem Opernsänger nicht in die Hand drücken. Wie peinlich. Sollte ich das Ding Ron Cado geben? Ich weiß nicht, ich will diese Adèle ja nicht vor allen bloßstellen. Mhm – ich glaube, Pantoufle, wir statten Pippin mal einen Besuch ab. Er ist ein kluger Mann, er wird zu helfen wissen.«

Eine gute Idee.

Schwanz hoch vorweg.

Pippin war in seinem engen, dürftig eingerichteten Raum, lud uns aber sogleich ein, Platz zu nehmen. Ich entschied mich für das Bett – die gleiche raue graue Decke wie bei Janed lag darüber. Sie setzte sich auf die Bettkante und er auf den einzigen Stuhl.

»Was haben Sie für ein Problem, Janed? Hat man Ihnen Vorhaltungen gemacht, dass Sie oben bei den Vornehms waren?«

»Das ist geklärt, Pippin. Nein, ich habe etwas gefunden. Also, eigentlich hat wohl Pantoufle etwas gefunden.«

Sie zeigte den Brief vor, und Pippin schnüffelte sogleich.

»Madame Robichon? Hat sie sich bei Ihnen für ihr unerhörtes Benehmen entschuldigt?«

»Dachte ich zuerst, aber dann stand etwas ganz anderes darin.«

»Lesen Sie es mir vor, dann muss ich nicht nach meiner Brille suchen.«

»Ja, also«, begann Janed und las uns vor, mit welcher Inbrunst Adèle diesen Enrico verehrte. Dass sie sich ganz sicher war, er habe ganz alleine für sie die Arie »Lunge da lei per me« gesungen.

Pippin gab einen Seufzer von sich, und Janed fragte: »Was ist das für eine Arie?«

»Aus der Oper ›La Traviata‹. Es singt Alfredo: ›Fern von ihr gibt es für mich keine Freude!‹ Ein prächtiges Liebeslied an seine Violetta. O je, wenn Adèle das auf sich bezogen hat ... ›Hier fühle ich mich bei ihr wie neugeboren und vom Atem der Liebe neu belebt ...‹ Das ist zwar sehr romantisch, aber ich kann mir nicht vorstellen, dass er es wirklich für sie gesungen hat.«

»Sie glaubt es, weil er sie dabei angesehen hat, Pippin.«

»Janed, wenn man auf der Bühne steht, kann man im Publikum kaum einzelne Gesichter erkennen, geschweige denn jemandem dabei tief in die Augen sehen.«

»Ich war noch nie in einer Oper, Pippin. Aber ich würde ja so gerne mal eine sehen.«

»In New York gibt es ein großes Opernhaus, die Metropolitan, und – wenn ich es recht überdenke, sollte ich wohl in der Lage sein, für uns beide Karten zu bekommen. Vielleicht nicht gerade zur Premiere am Dreizehnten, aber an dem einen oder anderen Tag danach. Würden Sie mich begleiten, Janed?«

Ich merkte, wie meine Menschenfreundin geradezu vor Aufregung zu schnurren begann.

»Kennen Sie ... kennen Sie Enrico Granvoce, Pippin?«

Pippin lächelte still.

»Ja, ich kenne ihn. Und darum glaube ich auch nicht, dass er ein wie auch immer geartetes Interesse an Madame Adèle Robichon hat. Seine Liebe gilt in erster Linie der Musik, in der zweiten einer Dame, deren Name nie genannt werden sollte.«

»Oh – na ja. So ist das wahrscheinlich bei Künstlern.«

»Nicht nur bei denen, aber das ist ein Kapitel für sich. Aber zurück zu Adèle. Sie scheint mir eine Frau von großer Einbildungskraft zu sein. Sie hat Enrico in seinen Rollen als Liebhaber gesehen und fantasiert sich jetzt ihre eigene Geschichte zusammen. Die glaubt sie mehr als die Wirklichkeit, und darum meint sie, Enrico müsse ihr nun auch diese Gefühle entgegenbringen. Ich frage mich, ob sie wirklich zufällig auf diesem Schiff ist oder ob sie ihm sogar nachfährt.«

Janed zupfte an ihrer Jacke.

»Ich glaube, dass sie hinter ihm her ist. Ich meine, als ich am Kai stand, da in Brest, da hat sie schon mal eine kleine Szene gemacht. Sie wollte unbedingt von einem Pagen wissen, ob Enrico Granvoce schon an Bord sei. Damals sagte der Name mir nichts. Aber sie war ziemlich hektisch deswegen.«

»Dann wird sie ihm tatsächlich hinterhergereist sein. Wie lästig für den Armen. Na, lassen Sie mir den Brief hier, Janed. Wenn sich eine Gelegenheit ergibt, spreche ich Ron Cado oder den Kapitän darauf an.«

»Danke, Pippin.«

Madames Rausschmiss

Nachdem wir diese Angelegenheit zufriedenstellend erledigt hatten, fanden wir an Janeds Lager eine zugedeckte Schüssel vor, aus der es herrlich duftete. Zwei der Mitreisenden hatten schon verlangende Blicke daraufgeworfen, aber Janed machte ihnen unmissverständlich klar, dass es mein Essen sei.

Und – hach – das war köstlich. So gut hatte ich seit den Tagen in Janeds Häuschen nicht mehr gespeist. Mein Bauch formte anschließend eine Kugel unter meinem Pelz, und ich musste dringend eine Runde schlafen.

Irgendwann spürte ich Lili, die sich an mich schmiegte. Heilige Bastet, war das schön. Früher, da hatte ich zwar ein paar Revierkollegen, mit denen ich manchmal gemeinsam durch die Gärten und die Landschaft streifte, und ja, einmal hatte ich mich auch in lustvoller Absicht einer Kätzin nähern dürfen, aber diese Art Traulichkeit, die hatte ich noch nie kennengelernt. Es war eben doch ganz anders, als mit einem Menschen das

Bett zu teilen. Diese pelzige, atmende Gegenwart, dieses untergründige Schnurren, der gelegentliche Zungenschlapp. Ich vergrub meine Nase in Lilis Bauchfell, das so herrlich weich und kuschelig war.

Doch sie war ein wenig nervös, das merkte ich nach einer Weile. Also zwang ich mich, endlich richtig wach zu werden.

»Gibt es wieder Ärger?«, fragte ich Lili, nachdem ich mich ausgiebig gestreckt hatte.

»Adèle schleicht wie ein eingesperrter Tiger in ihrer Kabine herum. Hast du einen Brief gefunden?«

Ich bejahte und erzählte ihr auch, was darin stand und was damit geschehen war.

»Das passt. Sie murmelt ständig vor sich hin, dass er sie doch erhören müsse. Und dass sie ohne ihn nicht leben könne. Und er doch so grausam nicht sein dürfe.«

»Du kannst sie nicht beruhigen?«

»Überhaupt nicht. Im Gegenteil, sie hat mich sogar rausgeworfen. Stell dir das mal vor. Das hat sie noch nie gemacht. Ich war doch sonst immer ihr Ein und Alles, und niemand durfte meinen Korb tragen, außer ihr selbst.«

»Ziemlich komisch das Ganze.«

»Mhm.«

Wir hätten gerne noch ein wenig darüber philosophiert, hier gemütlich auf Janeds Lager, aber die kam nun zurück und bat uns, ein wenig beiseitezurücken, weil sie noch ein bisschen ungestört in Pippins Buch lesen wollte.

Meine Müdigkeit hingegen war vollkommen verflogen, und auch Lili sah wieder putzmunter aus.

»Wir machen noch einen kleinen Bummel durch die Gänge«, schlug ich ihr also vor, und sie war einverstanden. Von Janed verabschiedete ich mich mit einem liebevollen Kopfstoß, und Lili rieb ebenfalls ihr Mäulchen an ihrem Arm.

»Na, dann viel Spaß bei eurem Bummel«, wünschte Janed uns und zog sich die Decke über die Ohren.

Wir huschten unter den Betten zur Tür, damit uns so wenige wie möglich bemerkten. Janed hatte den anderen Bewohnern des Zwischendecks zwar ziemlich deutlich klargemacht, dass sie uns Katzen in Ruhe lassen sollten, aber vor allem die widerlichen Bengel hielten sich nicht gerne daran. Ich hatte einem schon mal einen derben Kratzer verpassen müssen, weil er mich am Schwanz gezogen hatte.

Aber wir kamen wieder einmal unbehelligt davon und schlenderten gemütlich zu meiner Löschsandkiste, schauten noch bei Pippin vorbei, der aber nicht da war, und erklommen dann die Stiegen nach oben. Eigentlich wollte ich Lili die Brücke zeigen und ihr den Ersten Offizier richtig vorstellen, aber dort oben stand an diesem Abend ein anderer Mann an den Geräten und dem Steuerrad. Als er uns bemerkte, machte er ein hässliches Geräusch, das uns sehr deutlich machte, dass wir nicht erwünscht waren. Na gut, dann sollte der seine Hebel und Räder eben für sich behalten.

Wir unternahmen stattdessen einen Abstecher zum Speisesaal. Hier war die Fütterungszeit der Menschen bereits vorüber, und man stand plaudernd in kleinen Gruppen beisammen, während ein Herr wieder auf dem Flügel klimperte.

»Da hinten steht Enrico Granvoce. Komm, Lili, den musst du riechen.«

»Ich weiß nicht ... Hier sind so viele Menschen. Die werden uns verjagen.«

»Er hält sich ganz nahe an dem Vorhang auf. Uns wird keiner entdecken. Komm! Mich kennt er schon, und er war sehr zuvorkommend, als wir uns trafen.«

Lili zögerte noch ein wenig, aber mich lockte der Hauch von Baldrian. Wir schlängelten uns an der Wand entlang, zwischen Blumenkübeln und unter Sesseln versteckt, und erreichten den Opernsänger.

»Mhmmm!«, sagte Lili nun auch und schnüffelte. »Köstlich.«

Ich trat einen Schritt vor und setzte mich mit einem leisen Maunzer neben Granvoces Bein. Er unterbrach seine Unterhaltung mit einer jungen Dame, die nach Rosen duftete und mit ebensolchen geschmückt war, und sah zu mir herunter.

»Der kleine Pantoffelkater. Bist du wieder ausgerissen?«

Aber nein, Monsieur. Ich habe die Erlaubnis, zu promenieren.

»Wem gehört dieser hübsche Kater, Signore?«, wollte die junge Rose wissen.

»Einer Bretonin aus dem Zwischendeck. Er ist recht abenteuerlustig. Und wie es scheint, zieht ihn mein Mundwasser geradezu magisch an.«

Die Rose kicherte dümmlich, Enrico verzog das Gesicht, und ich stupste Lili an, damit sie vortrat.

»Und eine Freundin hast du auch mitgebracht. Und so eine elegante dazu. Eine Siamesin, nicht wahr?«

Der Mann wusste wahre Schönheit zu schätzen. Lilis blaue Augen funkelten, aber sie hielt sich sehr vornehm zurück. Ich hingegen drückte meinen Kopf an sein Schienbein (herrlich weicher Stoff, diese Hose) und gab ein aufmunterndes Maunzen von mir.

»Ich ahne ja, was du willst, Pantoufle, ich ahne es.«

Und tatsächlich zog er den Flakon aus der Jackentasche und sprühte ein Wölkchen Mundwasser über uns.

Lili verdrehte ihre blauen Augen, warf sich, alle Vornehmheit vergessend, vor seine Füße und rollte sich schnurrend auf den Rücken. Ich bemühte mich um Haltung, aber das Schnurren konnte ich nicht unterdrücken.

Die blöde Rosengans kicherte noch immer.

Das Geräusch schien Enrico nicht zu behagen, und er verabschiedete sich recht kühl von ihr. Als er aus dem Saal schritt, klebte Lili an seinen Fersen und ich an den ihren. Er sah sich jedoch nicht weiter nach uns um, sondern nahm Kurs auf seine Räume. Kurz vor der Tür blieb Lili plötzlich stehen, völlig ernüchtert.

»Adèle war hier!«, sagte sie und sog die Luft ein.

Ich tat es ihr gleich.

»Adèle *ist* hier.«

»Das wird Ärger geben!«

»Wie mag sie in sein Zimmer gekommen sein?«

»Genau wie wir, mit dem Kammermädchen oder dem Pagen reingeschlüpft.«

Enrico schloss die Tür auf, und ich wollte hinterher. Aber Lili patschte mich auf mein Derrière.

»Nicht.«

Und das war auch gut so, denn drinnen entwickelte

sich eine lautstarke Szene, erst mit Geheul, dann mit Kreischen, dann mit Enricos Gebrüll. Die Tür flog auf, und Adèle, nur in einem hauchdünnen, durchsichtigen Gewand, das hier und da mit ein paar rosa Federn besetzt war, stolperte aus der Tür.

Die fiel mit einem lauten Knall zu und Madame davor auf die Knie.

»Enrico, Geliebter. Öffne mir, öffne mir!«

Ihre Fingernägel kratzen über das Holz. Widerlich, das Geräusch.

»Enrico, sei nicht so hart. Du hast mir Treue geschworen, Enrico!«

Einige flaumige Federchen umwirbelten sie.

»Das liegt doch nicht nur am Baldrian, oder?«, fragte ich Lili.

»Nein, ich glaube, die hat zu viel von dem Sprudelwasser getrunken. Das Zeug macht die Menschen manchmal wirr im Kopf.«

Wirr im Kopf war sie wirklich, die Adèle. Jetzt jammerte sie nicht mehr, jetzt fing sie an zu keifen. Alle möglichen Anschuldigungen spuckte sie gegen die geschlossene Tür. Und schließlich drohte sie dem armen Enrico auch noch, sie wolle ihm derartig an die Kehle gehen, dass er nie wieder einen geraden Ton würde singen können.

Damit erhob sie sich schwankend, mit zerzausten Haaren und gerötetem Gesicht, und wankte den Gang entlang zur Treppe. Einige zarte, rosa Federchen folgten ihr.

»Nein, diesmal gehe ich nicht hinter ihr her. Nein, diesmal nicht.«

»Brauchst du auch nicht, Lili«, tröstete ich sie. »Wenn du Hunger hast, können wir zu den Matelots gehen, die haben immer ein Stück Wurst für mich übrig.«

»Hab keinen Hunger. Ich bin unglücklich.«

Das konnte ich verstehen. Ihre Menschenfrau war so sehr in ihrem Wirrkopf befangen, dass sie ihrer Katze überhaupt keine Aufmerksamkeit mehr schenkte. Ich überlegte, ob wir Pippin besuchen sollten. Der schien in schlimmen Situationen Rat zu wissen. Aber dann machten sich plötzlich meine Schnurrhaare bemerkbar.

Sehr bemerkbar.

Sie kündeten von einer gewaltigen Erschütterung.

Kein Eisberg, nein.

Etwas ganz anderes.

Lili strich sich ebenfalls über die Schnurrhaare.

Wir sahen einander an.

»Komm!«, sagte ich und lief voraus.

Löwentod

Maha Rishmi ruhte leise keuchend auf ihrem Lager. Sie öffnete die Augen nicht, als wir zu ihr schlüpften, drehte sich aber ein klein wenig zur Seite.

»Bauch«, murmelte sie.

Wir erfüllten ihr diese Bitte umgehend und rollten uns an ihrem weichen, mageren Bauch zusammen wie zwei Jungkatzen. Das war es wohl, was sie sich wünschte, denn das Keuchen wurde von einem ganz leichten Grummeln ersetzt.

So lagen wir eine lange Zeit, in der ich bemerkte, dass der Atem der Löwin immer flacher wurde. Die große alte Dame lag im Sterben. Still und würdevoll.

Doch mochte sie auch unsere Gegenwart wünschen, ich ahnte, dass sie sich von ihrem Menschen verabschieden wollte.

»Lili, ich hole Pippin!«, flüsterte ich ganz leise und stand vorsichtig auf.

»Bleib!«, grummelte es.

»Ja, Majestät.«

Ich schmiegte mich wieder an ihren Bauch und zwinkerte Lili zu. Sie erhob sich, und diesmal protestierte Maha Rishmi nicht.

Als ich aber so alleine bei ihr lag, wurde mir ganz seltsam zumute. Es war mir, als ob die Löwin mich mit ihren Gedanken und Träumen umspann. Ich sah die Zirkusarena aus ihren Augen, die farbenfrohen Podeste, die Bälle, die Gesichter im Publikum, den Dompteur, der seine Peitsche knallen ließ, die Reifen, durch die es zu springen galt, erst durch einen, dann durch mehrere, schließlich durch die brennenden Reifen. Ja, ich spürte beinahe die Hitze des Feuers auf meinem Fell. Der Tusch, dann der tosende Applaus, das frische Fleisch zur Belohnung.

Ich sah durch Gitterstäbe die Landschaft an mir vorbeirollen, sah die bunten Wagen ein Karree bilden, sah das gelbe Zelt an seinen Masten aufsteigen. Akrobaten in Flitterkostümen, weiße Pferde mit Federschmuck auf dem Kopf, ein Affe im Frack, Pudel mit roten und grünen Schleifen und der dumme August mit seinen zu großen Schuhen und der roten Knollennase in seinem traurig lachenden Gesicht – sie alle flanierten an mir vorbei.

Ich hörte die Märsche, bei denen sich die Pferde aufbäumten; die klimperigen kleinen Melodien, zu denen die Jongleure ihre Kugeln und Schlegel in die Luft warfen; die lustigen Weisen, von lauter Tuschs unterbrochen, wenn dem Clown wieder ein Missgeschick passierte; die schwingende Musik, bei der die Trapezkünstler durch die Luft flogen, und die erhabene Musik, die die Darstellung der beiden großen Raubkatzen begleitete.

»Ein reiches, buntes Leben, Majestät«, wisperte ich.

Und plötzlich war er da, ihr Gefährte. Groß war er, goldbraun sein Fell, mächtig die rötliche Mähne, die seinen Nacken umwallte. Doch nicht in der Arena stand er, sondern lag auf einem flachen Felsen. Die Sonne schien auf seinen Pelz und ließ ihn über seinen langen, starken Muskeln schimmern. Er blickte über eine weite, von goldenem Gras bedeckte Ebene. Ein leichter Wind ließ die Halme wie sanfte Wellen wogen. In der Ferne erhob sich am blauen Horizont eine Bergkette. Hier und da wuchsen dunkel belaubte Bäume in kleinen, Schatten spendenden Gruppen. Dann und wann erhoben sich Schwärme von Vögeln aus ihnen und kreisten zwitschernd unter dem hohen Himmel. Blühende Büsche säumten einen Bachlauf, der sich plätschernd in einen See ergoss. Hier würden sich in der Abenddämmerung die Herden versammeln, und der große Jäger würde unter ihnen seine Auswahl treffen. Doch noch ruhte der König der Tiere.

Plötzlich aber erhob er sein Haupt und sah zu mir her.

Nein, nicht zu mir, denn sein Blick ruhte mit großer Liebe auf Maha Rishmi.

Dann verschwamm das Bild, und eine unglaubliche Wärme breitete sich in mir aus. Sanft rieb ich meinen Kopf an Maha Rishmis Flanke. Sie hatte keine Angst vor dem, was kommen würde.

»Ihr geht zu Eurem Gefährten, Majestät. Ihr werdet erwartet, dort in den goldenen Steppen, wo alles Leid verblasst und immerwährend die Sonne scheint.«

Die Löwin sagte nichts, aber ich wusste, dass sie mich verstand. Ein Befehl ohne Worte ereilte mich, und ich befolgte ihn umgehend. Ich stand auf und setzte mich vor ihren Kopf, sodass sie mich sehen konnte.

Vor dem Verschlag kamen leise Schritte näher, ein Trippeln von Lilis Pfoten und die Schritte zweier Menschen.

Pippin öffnete die Tür und ließ sich neben Maha Rishmi nieder. Janed blieb in höflicher Entfernung stehen.

Ich spürte die Erlaubnis und maunzte Janed an. Sie verstand, meine gute Menschenfreundin verstand und setzte sich neben Pippin. Lili aber schmiegte sich wieder an den Bauch der Löwin.

Und so wachten wir, während vor dem Fenster der Sternenhimmel vorüberzog. Schweigend, versunken in Gedanken an eine große Königin.

Ihr Herz schlug langsamer und langsamer, und ich dachte schon, dass es jeden Augenblick damit aufhören würde. Aber dann öffnete Maha Rishmi noch einmal die Augen.

Bernsteinfarbene Augen, von bezwingender Gewalt. Sie blickte mich an. Mich, den kleinen Pantoffel, den Schisserkater. In meinem Kopf dröhnte es plötzlich.

»Du versuchst beständig, dich klein zu machen, junger Held. Doch darin liegt nicht der Erfolg im Leben. Pantoufle, du musst dich groß machen, nicht klein. So groß, wie du wirklich bist. Du kannst es!«

Und der Strahl aus ihren Augen bohrte sich in die meinen.

Ich wuchs, ich wurde groß und größer. Meine Pfoten dehnten sich zu Pranken aus, meine Zähne zu einem Raubtiergebiss, mein Schwanz wurde zu einem Schweif mit einer Quaste, um meinen Hals bildete sich eine wallende Mähne.

Ich richtete mich auf, zu meiner ganzen königlichen Macht.

Anerkennung und Liebe lagen in meiner Königin Blick.

Ich sammelte meinen Atem, füllte meine Lungen zur Gänze.

Und dann brüllte ich für sie.

Der Boden erbebte, das Fenster klirrte, die Luft erzitterte, die Wände wollten schier bersten.

Der Mond legte sein silbernes Licht auf Maha Rishmi.

Ihre Augen wandten sich Pippin zu, sandten ihm eine letzte Botschaft. Dann schloss sie sie endgültig.

Der Lichtstrahl erlosch.

Ich war wieder Pantoufle, und zusammen mit Lili stimmte ich die große Klage an.

Während wir sangen, hatte Pippin seinen Kopf in

Maha Rishmis Fell vergraben und Janed ihren Arm um seine Schultern gelegt. Ihr Gesicht war nass.

Schließlich war unsere Klage beendet, und wir setzten uns ruhig neben den mageren Leib der verstorbenen Königin.

Pippin richtete sich langsam auf und murmelte: »Danke.«

Er streichelte die Löwin noch einmal und dann Lili und mich. Er nahm Janeds Hand in die seine und drückte sie.

»Gehen Sie schlafen, Janed. Es war sehr lieb von Ihnen, dass Sie mich geholt haben und bei uns geblieben sind. Aber nun müssen Sie noch ein wenig ruhen.«

»Ich bleibe bei Ihnen, Pippin, außer Sie möchten wirklich ganz alleine sein. Ich weiß, wie weh Trauer tut.«

»Ja, das wissen Sie wohl. Nun, dann wachen Sie mit mir. Ich will Maha Rishmis Seele noch für eine Weile begleiten.«

Und so blieben auch wir, und während die beiden Menschen schwiegen, erzählte mir Lili ganz leise etwas, das mich in immer größeres Erstaunen versetzte.

»Sie hat dir gezeigt, wer du wirklich bist, nicht wahr? Für einen ganz kleinen Moment, Pantoufle, hast du so ausgesehen, wie ihr Gefährte Maharadsha wohl einst gewesen ist.«

»Es war ... ungewöhnlich, ja.«

»Es war ihr Geschenk an dich, Pantoufle. Es wird von nun an immer für dich möglich sein, die Gestalt eines Löwen anzunehmen. Nicht körperlich, aber geistig.«

»Woher weißt du das? Ich bin nur ein kleiner Schisserkater.«

»Du warst. Ich will dir erzählen, wie ich hierzu kam.«

Und Lili setzte sich auf, die Luft um sie herum schien zu vibrieren, und dann stand eine schlanke Gepardin vor mir. Hochbeinig, windesschnell und gefährlich.

So schnell, wie es kam, verschwand die Erscheinung auch wieder.

»Ich will die Menschen nicht erschrecken«, murmelte sie. »Die können das zwar nicht sehen, aber fühlen.«

»Aha?«

»Ja. Können sie, und wir können ihnen damit ziemlich Respekt einflößen. Deshalb muss man diese Gabe vorsichtig anwenden.«

»Und wer hat dir das gezeigt?«

»Eine andere Katze. Weißt du, Adèle zockelt ja viel herum und schleppt mich immer mit. Einmal haben wir eine Dame besucht, die ebenfalls mit einer Katze zusammenlebte. Eine Dame, die Geschichten erfand und sie in Bücher schrieb. Das heißt, eigentlich erfand Hexchen die Geschichten, und die Dame schrieb sie auf. Aber das ist eine andere Sache. Kurzum, Hexchen war eine der ganz Alten und Weisen, eine Wandererin durch viele Leben und Welten. In ihrer damaligen Gestalt aber war sie klein, rotbraun wie Schildpatt und ein bisschen cremeweiß an den Pfoten. Sie hatte ständig eine Schnupfnase und kaum noch Zähne im Maul. Aber wenn sie es wollte, konnte sie ihre Aura erweitern. Ich habe beobachtet, wie Pferde vor ihr scheuten, riesige Hunde mit eingezogenem Schwanz winselnd davonkrochen und Menschen vor ihr auf die Knie fielen.«

»Was sahen sie in ihr? Eine Löwin?«

»Nein, eine noch viel größere, weit ältere Katze – eine ausgewachsene Säbelzahntigerin. Ich muss gestehen, als sie es vor mir zum ersten Mal tat, habe ich mich unter einem Teppich versteckt vor Angst.«

»Das glaube ich dir gerne. Ich hätte mir in den Pelz gemacht.«

»Schisserkater, der du warst. Ja. Aber dann hat sie es mir erklärt, meinte, es könne auch für mich einmal wichtig sein, meine wahre Gestalt zu kennen. Und so half sie mir zu erkennen, dass die Seele einer Gepardin in mir steckt. Ich gestehe, oft wende ich das nicht an. Adèle würde hysterisch werden, wenn ihr Schmusekätzchen sich in ein gefährliches Tier verwandeln würde. Aber nach ihren letzten Auftritten fängt die Idee an, mich zu reizen.«

»Hast du es überhaupt schon mal richtig angewandt?«

»Sicher. Vor allem um ungebetene Aufmerksamkeiten abzuwehren. Kinder, Hunde, einmal ein Diener, der mich getreten hat ...« Lili kicherte. »Ich habe nur ein einziges Mal gefaucht, da hat er ein volles Tablett fallen lassen und sich mit dem Hintern in eine Sahnetorte gesetzt. Hat mir gut gefallen, die Reaktion!«

»Und du meinst, ich kann das auch wiederholen?«

»Ganz bestimmt. Aber versuch es besser erst, wenn du ganz alleine bist.«

Ich war noch immer misstrauisch, was das anbelangte, aber dann ließ ich mir noch einmal alles durch den Kopf gehen, was ich in dieser Nacht erlebt hatte.

Ja, ich hatte mich wie ein Löwe gefühlt, zusammen mit Maha Rishmi. Ich war eins mit ihr in der Arena, und ich war sogar durch die brennenden Reifen gesprungen. Aber mit ihren letzten Atemzügen, unter ihrem letzten durchdringenden Blick, hatte ich mich mit Mähne und allem in einen männlichen Löwen verwandelt.

»Pscht, Pantoufle! Ich sagte, wenn du alleine bist!«

Uups, tatsächlich, es hatte schon wieder angefangen. Ich machte mich ganz schnell ganz klein.

Darin wenigstens hatte ich Routine.

Das mit dem Großmachen, das würde ich allerdings noch üben müssen. Noch war mir nicht recht klar, wie es funktionieren sollte. Aber dann fiel mir auf einmal wieder ein, was Corsair mir in der Hafenkneipe in Brest gesagt hatte – die Angst war immer nur so groß, wie man sie machte. Weil man sich die Bedrohung größer vorstellte, als sie eigentlich war. So wie die Riesenratten und so weiter. Damit hatte er mir, wenn ich es nun recht betrachtete, den Schlüssel zu der Verwandlung gegeben.

Denn auch der Mut war so groß, wie man ihn sich machte.

Und Maha Rishmi hatte mir den Mut eines Löwen geschenkt.

Die graue Dämmerung begann durch das Fenster zu kriechen, und Pippin erhob sich steif und müde auf die Knie. Janed half ihm aufzustehen. Er stützte sich auf sie, und gemeinsam gingen sie langsam zu seiner Kabine.

»Ruhen Sie ein bisschen, Pippin. Ich will sehen, dass man Ihnen später eine warme Suppe bringt.«

»Danke, mein Kind.«

Lili war mit mir gekommen und legte sich nach Janeds Aufforderung ebenfalls auf ihr Lager. Janed streichelte uns beide und nickte dann ein. Wir taten es ihr gleich.

Lange aber konnten wir nicht schlafen, die Unruhe begann früh im Zwischendeck. Janed hatte verquollene Augen, die auch das kalte Wasser, das sie immer verwendete, um sich zu putzen, nicht wegwaschen konnte. Ich hatte einen ziemlich großen Hunger, und auch Lilis Magen knurrte.

»Wollen wir mal sehen, was uns die Kombüse liefert?«, flüsterte Janed mir ins Ohr. Heimlich, damit die anderen es nicht hörten. Das Frühstück, das hier den Menschen gereicht wurde, bestand aus Zwieback und klebrigem rotem Zeug und Haferbrei. Wenn die anderen Menschen wüssten, dass Malo uns immer mal etwas zusteckte, würde bestimmt der Futterneid ausbrechen.

Wir schlichen uns davon, und zum Glück für uns hatte wirklich unser Matelot wieder Dienst in der Küche.

»Na, meine Schöne, ein Stückchen Räucherfisch auf dunklem Brot? Und für – hoppla, da sind ja zwei Katzen!«

»Pantoufle hat eine Freundin gefunden. Hast du ein, zwei Fischköpfe für sie?«

»Wird sich schon was finden, meine Hübsche.«

»Und einen Teller Suppe für Pippin, Malo. Seine Löwin ist heute Nacht gestorben.«

»O weh. Nun, heiße Suppe hilft immer. Wartet einen Moment; wenn der Koch nicht herschaut, richte ich etwas für euch.«

Wir mussten dennoch ein wenig ausharren, denn es war eine der Hauptfütterungszeiten der Menschen und daher allerhand los in der Küche. Aber dann hatte Malo ein Tablett gerichtet und drückte es Janed in die Hand.

Wir wanderten nach unten, und vor Pippins Tür blieb Janed stehen. Sie stellte das Tablett ab, klopfte an, und er öffnete uns dreien. Müde und grau im Gesicht sah er aus. Aber er lächelte freundlich und lud uns ein, mit ihm gemeinsam zu speisen.

Aus einem Krug goss Janed ihm heiße Suppe in einen Napf – grün, was ich grässlich finde, er aber mochte es. Janeds Brot war schon besser, aber für uns gab es wirklich eine Schüssel Fischköpfe mit ganz viel dran.

Lili schauderte.

»Willst du nicht?«

»Roher Fisch?«

»Ja, und?«

»Aus einem Blechnapf?!«

»Woraus sonst?«

»Ich habe einen Porzellanteller. Mit Goldrand.«

»Ich habe schon mehr als einmal vom Boden gegessen. Schmeckt auch nicht anders als aus dem Napf. Außer wenn Sand dran ist. Aber das macht auch nichts, das reinigt den Magen.«

Lili schluckte trocken.

»Na, Lili, ist dir das Futter nicht fein genug?«, fragte jetzt auch Pippin nach.

»Ich glaube, sie isst lieber von goldenen Tellerchen«, spöttelte Janed dann auch noch.

Lili zog eine beleidigte Nase.

Ich hingegen widmete mich, weil kein anderer Wert darauf legte, schmatzend den Fischköpfen. Ganz frisch waren sie zwar nicht mehr, aber der Hunger trieb's rein.

Als ich wieder aufsah, nahm Lili einige Happen Räuchermakrele aus Janeds Hand.

Schleckermäulchen, das!

Mundwasser

Lili war dann später doch zu Adèle zurückgekehrt – vermutlich hatte der Goldrand am Futterteller ein größeres Gewicht als Madames Befindlichkeiten. Janed döste über ihrem Vokabelbuch ein und ich unter ihrem Stuhl. Als ich wach wurde, war sie fort, und mich packte die Lust, Enrico noch einmal aufzusuchen. Eine Prise von dem Duft – die hatte ich mir nach den ganzen Aufregungen doch verdient, oder?

Ich trottete also die Gänge entlang. Inzwischen kannte ich mich schon wirklich gut aus auf diesem Dampfer und war auf meine Markierungen nicht mehr angewiesen. Treppe hoch, Flauschboden weiter, nächste Treppe hoch und ein Hallo an Ron Cado, der ebenfalls auf die Suite des Opernsängers zustrebte. Das traf sich günstig.

Ron begrüßte mich freundlich, ich ihn ebenfalls. An seinem Hosenbein blieben ein paar sandfarbene Härchen hängen, was ihn jedoch nicht störte. Aber als wir an der Tür angelangt waren, wies er mich an zu verschwinden. In der allerersten Klasse habe ein Streuner wie ich nichts verloren.

Das hatten wir schon mal.

Ich versuchte ihn dadurch zu überreden, dass ich mein sauber gebürstetes Fell noch einmal kurz in Form schlappte, aber es überzeugte ihn nicht.

Gut, dann auf andere Art.

Ich machte mich klein und unsichtbar.

Und als die Tür geöffnet wurde, schlüpfte ich einfach mit hinein.

Schwupps unter einen Sessel.

»Mister Cado, danke, dass Sie vorbeikommen.«

»Natürlich, Signor Granvoce. Darf ich fragen, ob das Problem mit der Zugluft zufriedenstellend gelöst ist?«

»Ach ja, so einigermaßen.« Enrico trug ein Seidentuch um den Hals, auf das er dabei wies. »Vermutlich bin ich überempfindlich.«

»Ihre Stimme ist Ihr Kapital, ich verstehe Sie schon. Ich werde den Carpentier noch einmal vorbeischicken, um Abhilfe zu schaffen.«

»Danke, Mister Cado. Aber weit wichtiger ist mir Ihre Auskunft über unser Eintreffen in New York. Ich bemerkte heute Morgen, dass sich die Fahrt wieder verlangsamt hat.«

»Der Nebel zwang uns, die Maschinen zu drosseln, Signore. Doch ich bin guten Mutes, dass wir rechtzeitig zu Ihrem Termin ankommen werden.«

»Allerspätestens am Nachmittag des Dreizehnten muss ich in der Oper sein, Mister Cado. Ich habe es dem Kapitän mehrmals ans Herz gelegt. Wir sind doch über das Gebiet der Eisberge hinaus, oder besteht noch Gefahr?«

»Eine gewisse Gefahr besteht immer noch, doch der

Nebel ist es, der auch andere Schiffe verbirgt, Signor Granvoce. Wir befinden uns auf einer viel befahrenen Route. Eine Kollision hätte furchtbare Folgen.«

Enrico tigerte nervös auf und ab.

»Beruhigen Sie sich, wir werden die verlorene Zeit wieder aufholen, sowie es aufklart. Wenn keine weiteren unvorhersehbaren Störungen eintreten, laufen wir den Berechnungen nach bereits am Vormittag des Dreizehnten im Hafen ein.«

»Unvorhersehbare Störungen?«

»Seefahrt, Signore, ist nie ganz ohne Risiken. Aber wir haben mit der *Boston Lady* ein gutes Schiff mit starken Maschinen und einer geübten Mannschaft. Ich kann Sie nur bitten, unseren Fähigkeiten zu vertrauen.«

Ich spürte aber, dass Enrico das nicht so ganz tat. Vielleicht half es, wenn ich ihn mal beruhigend anschnurrte. Meistens entspannten sich die Menschen – genau wie wir Katzen auch – bei diesem Geräusch. Ich trat also aus meinem Versteck unter dem Sessel hervor und näherte mich ihm mit einem höflichen Maunzen.

»Pantoufle!«

Ron Cado klang empört.

»Ah, Pantoufle!«

Enrico hingegen klang amüsiert.

»Sie kennen diesen Frechdachs?«

»Er macht das ganze Schiff unsicher, wie mir scheint. Und findet immer wieder eine Möglichkeit, sich irgendwo einzuschleichen.«

»Allerdings. Ich habe ihn schon in der ersten Nacht auf der Brücke erwischt.«

Ich begann mein Schnurrkonzert, was Enrico gefiel.

Er lachte und erzählte, wie er mich kennengelernt hatte und welch eine berauschende Wirkung offensichtlich sein Mundwasser auf Katzen im Allgemeinen und mich im Besonderen hatte.

»Baldrian, ich verstehe«, meinte Ron und sah mich kopfschüttelnd an. »Wirkt bei ihnen wie Feuerwasser auf Indianer.«

Enrico griff in seine Jackentasche, und ich erhöhte in heller Vorfreude meine Schnurrfrequenz.

»Ronronronronron!«

»Dann soll es noch eine Portion Feuerwasser geben!«

Das Zischen ertönte, und – Feuer brannte in meinen Augen.

Ich schrie.

Ich versuchte zu putzen.

Ich sah nichts mehr.

Ich schrie.

Und schrie!

Und schrie!

Noch jemand schrie.

Dann wurde ich gepackt.

Wasser prasselte auf mich ein. Erst kalt, dann warm.

Ganz langsam erlosch das Feuer in meinen Augen.

»Was haben Sie sich nur dabei gedacht? Das ist Tierquälerei!«, tobte Ron, und Enrico stammelte italienische Rufe an Madonna und alle Heiligen.

Ein Tuch wurde um mich gewickelt.

»Rufen Sie den Steward, Signore. Er soll den Bordarzt umgehend herbitten.«

»Si, si, Mister Cado.«

Ich zwinkerte und zwinkerte. Tränen liefen mir über das Gesicht. Ron tupfte es weiter mit einem feuchtwarmen Lappen ab.

»Armer Kerl«, murmelte er. »Was hat der Idiot sich nur dabei gedacht.«

Der wollte nichts Böses, Ron. Ehrlich.

»Ich wollte dem Kater nichts Böses, Mister Cado. Ich habe ihm schon zweimal ein wenig von dem Mundwasser auf den Pelz gesprüht, und er hat es immer ausgesprochen genossen. Ich weiß gar nicht ...«

»Sie haben seine Augen getroffen. Vermutlich ist Alkohol in dem Zeug.«

»Nein, nein, kein Tropfen. Es ist ein Kräuterauszug. Beruhigend für die Stimmbänder und die Schleimhäute.«

Ganz langsam klärte sich der Nebel vor meinen Augen, und ich konnte verschwommen meine Umgebung erkennen. Wir waren in einem Badezimmer, in dem eine riesige rosafarbene Wanne stand. Darin hatte man mich wohl nass gemacht. Ich hasse das, aber in diesem Fall hatte es wohl geholfen. Ich befand mich in Rons Armen, eingewickelt in ein flauschiges, weißes Tuch. Er hingegen hatte nasse Ärmel und einen ziemlich grimmigen Gesichtsausdruck.

Enrico dagegen sah betreten drein.

»Ich wollte das wirklich nicht. Der Kater ist so zutraulich und so niedlich mit seinen weißen Pfötchen. Er gehört einer Auswanderin, nicht wahr?«

»Mademoiselle Janed. Richtig. Und er hat schon Schlimmes durchgemacht. Er ist nämlich gleich am zweiten Tag über Bord gegangen, und Janed ist ihm hinterhergesprungen. Ihm verdanken Sie allerdings auch eine Verzögerung von beinahe einem halben Tag. Wir mussten einen Kreis dampfen, um die beiden aufzufischen.«

»Madre de Dios, davon habe ich nichts mitbekommen.«

»Das ist wahrscheinlich auch besser so, Signore, denn sonst hätten Sie sicher alles darangesetzt, die Rettungsaktion zu verhindern.«

Peng, das war fies, Ron.

»Für welch einen Unmenschen halten Sie mich eigentlich, Mister Cado?«

»Entschuldigen Sie, Signor Granvoce, ich habe mich hinreißen lassen. Es werden auf dieser Fahrt ein paar Forderungen zu viel an uns gestellt.«

»Und ich gehöre auch zu denen, die Sie ständig kujonieren.«

»Gelegentlich, Signore.«

Es klopfte, und ein weiterer Mann trat in das feuchtwarme Badezimmer. Ziemlich erbost musterte er Ron und mich.

»Sie rufen mich wegen einer Katze? Dafür musste ich meine Patientin alleine lassen? Ich bin kein Veterinär, Mister Cado.«

»Dem Kater wurde aus Versehen ein Mundwasser in die Augen gesprüht. Ein Tier leidet ebenso wie ein Mensch, Doktor. Also sehen Sie sich ihn an und sagen Sie uns, wie man ihm helfen kann.«

Der Mensch traute sich nicht, mich anzufassen, und das war auch ganz gut so. Ich konnte ihn nicht riechen. Darum zappelte ich etwas in meinem Handtuch, aber

Ron hielt mich fest und murmelte ein paar beruhigende Worte.

»Haben Sie das ausgewaschen?«

»Das Erste, was wir taten.«

»Dann dürfte das Schlimmste vermieden worden sein. Kann das Tier sehen?«

»Woher soll ich das wissen?«

Enrico, der bislang schweigend dabeigestanden hatte, hob einen Zeigefinger und führte ihn langsam von rechts nach links vor meinem Gesicht vorbei. Ja, ich konnte ihn ganz klar erkennen.

»Seine Augen folgen meinem Finger, Dottore.«

»Na also, nichts passiert.«

»Doch, Doktor. Was ist in dem Mundwasser enthalten, das Signor Granvoce benutzt?«

Ich wurde in den Salon getragen, und der Arzt schnüffelte an dem Flakon, den Enrico ihm reichte. In seiner Miene zeichnete sich Verblüffung ab.

»Dass Sie eine ausgebildete Kehle haben, Signor Granvoce, ist mir bekannt. Dass Sie Stimmbänder aus Edelstahl haben, nicht.«

»Wie meinen Sie das?«

»Wenn Sie sich dieses Zeug in den Rachen sprühen können, ohne Verätzungen zu erleiden, muss das wohl so sein. Das ist, wenn mich nicht alles täuscht, Pyrogallol.«

Auch Enrico roch an dem Flakon und wollte auf den Gummiball drücken.

»Lassen Sie das lieber.«

»Sie haben völlig recht, das ist nicht mein Mundwasser. Aber was ist Pyrogallol, Dottore?«

»Ein Blondierungsmittel. Pflegen Sie sich die Haare zu färben, Signor Granvoce?«

Enrico hörte sich empört an.

»Aber ganz gewiss nicht. Warum sollte ich?«

Ja, warum? Er hatte schönes, glänzendes, rabenschwarzes Fell auf dem Kopf und um die Wangen.

»Nun, wenn Sie in die Rolle eines blonden Helden schlüpfen ...«

»... trage ich eine Perücke. Wie ist aber nur ein Blondiermittel in meinen Flakon geraten?«

»Das ist keine medizinische Frage, die ich beantworten könnte. Meine Herren, Sie erlauben, dass ich mich wieder meiner Patientin widme. Ich lasse Ihnen ein paar Augentropfen für dieses ... Tier ... hochbringen. Einen schönen Tag noch!«

Weg war er, und Ron legte mich Handtuchpäckchen auf dem Sofa ab.

»Das sieht mir nach einem üblen Streich aus, Signore. Oder eine Verwechslung?«

»Ich besitze derartige Chemikalien nicht. Mein Gott, nicht auszudenken, wenn ich mir das Zeug in den Mund gesprüht hätte!«

»Ihre Stimme wäre für mehrere Tage perdu gewesen, Signor Granvoce. Haben Sie sich Feinde gemacht?«

»Es hat fast den Anschein, Mister Cado.«

Enrico nahm den Flakon noch einmal in die Hand und betrachtete ihn.

»Das ist nicht meiner«, stellte er mit Staunen in der Stimme fest. »Sehr ähnlich, aber nicht der meine.«

»Was nur heißt, dass man nicht den Inhalt, sondern gleich den ganzen Behälter ausgetauscht hat.«

Ein Page klopfte, wurde eingelassen und brachte ein kleines Fläschchen.

Ron nahm es ihm ab und träufelte mir, trotz meiner Gegenwehr, etwas davon in die Augen.

Es tat unerwartet gut. Das Brennen linderte sich weiter, das Tränen hörte fast ganz auf, und ich schnurrte erleichtert.

»Siehst du, mein Kleiner, du hättest mich gar nicht kratzen müssen.«

'tschuldigung. Die Nerven, Ron, die Nerven.

Er kraulte mich zwischen den Ohren und war wieder gut mit mir. Ich spürte das in den Schnurrhaaren. Dann aber wandte er sich erneut Enrico zu.

»Es muss jemand in Ihre Räume gelangt sein, der den Flakon ausgewechselt hat.«

»Pagen, Stewards, das Zimmermädchen?«

»Wo bewahren Sie den Flakon üblicherweise auf?«

»In meiner Jackentasche. Allerdings lege ich die Jacke erst an, wenn ich den Raum verlassen oder mich jemand besucht. Morgens, während ich Toilette mache, hängt sie über der Stuhllehne hier im Salon.«

»Hat während dieser Zeit jemand die Räume betreten?«

»Der Steward mit dem Frühstück. Später, als ich meine Atem- und Stimmübungen machte, das Zimmermädchen. Ich hörte sie, kümmerte mich aber nicht darum.«

»Ich werde sie befragen. Hatten Sie Besuch, seit Sie dieses Mundwasser zuletzt benutzten?«

Der Tenor setzte sich in einen Sessel und schien sich unbehaglich zu fühlen. Natürlich, Adèle war gestern

Abend bei ihm gewesen. Und wie Lili ganz recht bemerkte, war sie wirr im Kopf.

»Madame Robichon hat mich gestern nach dem Diner noch einmal aufgesucht«, bemerkte er.

Mich wunderte es, dass Enrico nichts dazu sagte, unter welchem Getöse er sie wieder aus seinen Räumen expediert hatte. Aber Ron bemerkte sein Unbehagen auch und nickte.

»Ich verstehe, Signore. Seien Sie vorsichtig im Umgang mit Madame Robichon.«

»Reden Sie dieser Verrückten ins Gewissen, Mister Cado. Sollte sie es gewesen sein, geht dies hier zu weit.«

»Es wird schwer werden, ihr ein solches Vorgehen nachzuweisen, denke ich. Sie wird leugnen und von ungerechtfertigten Anschuldigungen sprechen, Signor Granvoce. Was weiteren Ärger verursachen wird. Der Kapitän möchte nicht, dass sie auch nur einen Hauch von Beschwerde ihrem Bruder gegenüber äußert, und ich habe mich schon sehr unbeliebt bei ihr gemacht, als ich sie neulich so rüde aus dem Speisesaal entfernt habe. Aber ich werde mit ihm noch einmal darüber reden. Ansonsten kann ich Ihnen nur empfehlen, Ihre Tür immer verschlossen zu halten und Ihr Mundwasser-Flakon an einem sicheren Ort aufzubewahren.«

»Madame ist Ihnen wichtiger als meine körperliche Unversehrtheit?«

»Ihr Bruder ist der Reeder.«

»Verstehe. Und Sie wollen Karriere machen.«

»Ich versuche einigermaßen unbeschadet zwischen Scylla und Charybdis zu navigieren, Signore.«

Enrico schnaubte verächtlich.

Wer oder was Scylla und Charybdis waren, entzog sich meiner Kenntnis, vermutlich benannte man wohl so zwei Eisberge, die aufeinander zutrieben und das Schiff, oder in diesem Fall Ron, zwischen sich zu zermalmen drohten.

»Sprechen Sie mit dem Kapitän. Ich werde es ebenfalls tun. Und nun lassen Sie mich alleine.«

Enrico war ausgesprochen sauer, und Ron verabschiedete sich kühl.

Ich krabbelte aus dem Handtuch und lief hinter ihm her.

An der Tür roch es wieder nach Adèle, aber das beachtete ich nicht besonders.

Ron war ebenfalls sauer, weshalb ich nach der ersten Treppe abbog und meine Janed suchte.

Auch ein Kater bedarf manchmal des Trostes.

Janed saß mit Pippin zusammen im Aufenthaltsraum und übte Vokabeln. Sie nahm mich ohne große Worte auf den Schoß und streichelte mich.

»Du bist ja ganz feucht, Pantoufle. Du hast doch wohl hoffentlich nicht wieder ein Bad im Meer genommen?«

Niemals, Janed. Freiwillig bade ich nie, das weißt du doch.

»Oder hat dich einer dieser grässlichen Bengel nassgespritzt?«

Ich würde es dir ja gerne erzählen, Janed, aber das hier übersteigt meine Fähigkeiten.

Resigniert rollte ich mich zusammen.

»Er ist sehr umtriebig, der kleine Held!«, sagte Pippin.

»Manchmal möchte man zu gerne wissen, was in ihnen vorgeht, nicht wahr? Katzen, große wie kleine, sind sehr aufmerksam und sehr intelligent. Das darf man nie vergessen. Sie können sich auch sehr gut verständlich machen, wenn man ihre Reaktionen zu deuten gelernt hat. Pantoufle hat etwas erlebt, das er nicht mit seinen Worten ausdrücken kann, aber ihm wird schon etwas einfallen, um es Ihnen zu zeigen.«

Gute Idee, Pippin. Ich werde darüber nachdenken.

Mit geschlossenen Augen!

Überredungskünste

Ich wurde zwar wach, aber meine Augen gingen nicht auf. Entsetzlich!

Panik schlich mich an, und ich zuckte mit Pfoten und Schwanz.

»Pantoufle, was ist?«

Besorgte Stimme von Janed.

Klägliches Maunzen.

»O je, Kleiner, deine Augen sind ja ganz verklebt. Warte, ich wisch sie dir ab!«

Noch mal ein ekelig nasses Tuch. Aber es half, ich konnte wieder blinzeln.

»Was ist dir nur passiert? Erst kommst du ganz feucht hier an, dann verklebt Schleim deine Augen. Hast du dich erkältet?«

Nein, das wird wohl noch von dem widerlichen Sprühzeug sein.

Ich feuchtete meine Pfote mit der Zunge an und wischte ebenfalls noch mal gründlich über meine Augen.

Du solltest unseren Ron mal fragen, was mir geschehen ist, Janed. Außerdem könnte der noch mal so einen schönen Napf Fleisch mit Sauce spendieren.

Ich zeigte meiner Menschenfreundin, dass ich hungrig war, indem ich vom Lager sprang und an dem Blechnapf klapperte.

»Na, so ganz schlecht kann es dir nicht gehen, wenn du schon wieder Hunger hast, Töffelchen.«

Geht's mir ja auch nicht.

»Du meinst, ich sollte noch mal zur Kombüse gehen und ein wenig Futter schnorren? Vielleicht keine ganz schlechte Idee, Pantoufle. Vor allem sollte ich darauf achten, dass Pippin etwas zu sich nimmt. Der Ärmste ist so traurig, dass er das Essen ganz vergisst.«

Ja, das geht den Menschen wie den Tieren so, Janed. Gut, dass du dich darum kümmerst. Auf, gehen wir zur Kombüse.

Ich Schwanz hoch vorweg.

Janed mit dem Napf hinterher.

Die mittägliche Hauptfütterzeit stand mal wieder kurz bevor, und es dampfte und zischte, brutzelte und blubberte in Töpfen und Pfannen. Es brauchte einige Zeit, bis Brieg uns diesmal bemerkte. Aber er war weit geschickter als Telo oder Malo, etwas aus den Schüsseln und Körben abzuzweigen, und schon bald hatten wir ein paar Brötchen, Käse, Wurst und zwei Hühnerbeine erbeutet.

Pippin murrte ein wenig und wollte nichts anneh-

men. Er sah grau und unglücklich aus und hatte rot ge-
ränderte Augen.

Wahrscheinlich brannten sie wie meine vorhin.

»Doch, Pippin, Sie müssen ein Häppchen von dem
Huhn probieren. Auf einem halben Brötchen. Bitte.«

»Ach Janed, mir ist jeder Appetit vergangen. Stellen
Sie sich vor, die wollen Maha Rishmi heute Nacht einfach über Bord werfen. Heimlich, damit niemand etwas
davon merkt.«

»Was?«

Wie bitte???

Ich merkte, wie mir die Mähne schwoll, und Janed begann vor Wut zu glühen.

»Wer hat das gesagt, Pippin? Dieser Erste Offizier?«

»Nein, der Oberbootsmaat.«

»Der hat hier überhaupt nichts zu sagen. Augenblick!«

Janed konnte zur Furie werden, stellte ich gerade fest,
so wie ich zum Löwen.

Wir stürmten die Gänge entlang, oben übernahm ich
die Führung, weil ich wusste, wo Ron wohnte, und blieb
an seiner Tür stehen, um herzhaft daran zu kratzen.

Janed donnerte mit der Faust dagegen.

Die Tür ging auf, und ein zerzauster Ron, wieder in
Pullover und zerknitterten Hosen, stand vor uns.

»Wie können Sie es zulassen, Mister Cado? Wie kön-
nen Sie es zulassen, dass man Pippin dieses Leid antut?
Es ist schlimm genug, dass Maha Rishmi gestorben ist.
Aber sie einfach über Bord werfen, das geht zu weit!«

»Was ist? Ich verstehe nicht. Wer soll über Bord geworfen werden?«

»Maha Rishmi!«

»Eine Inderin?«

Armer Tropf! Gleich versengte Janeds Blick ihm die Haare.

Janed aber schnaufte und setzte dann noch mal von vorne an.

»Pippin hat eine Löwin. Das wissen Sie doch.«

»Ja, natürlich. Die alte Zirkuslöwin, weshalb er im Zwischendeck Quartier genommen hat.«

»Sie ist heute Nacht gestorben.«

Ron rieb sich die Augen.

»Davon wusste ich nichts. Kommen Sie rein, Mademoiselle Janed, und keifen Sie nicht den ganzen Gang zusammen.«

»Ich keife nicht, ich bin außer mir.«

»Ich sehe es. Darum treten Sie bitte ein. Und auch du, Pantoufle. Geht es dir wieder besser?«

Ron beugte sich zu mir und sah mir in die Augen.

Ich zwinkerte ihm zu. Gut gemacht, Ron. Erzähl es ihr, dann wird sie sanfter.

»Was heißt besser gehen? Haben Sie etwa auch damit zu tun, dass er feucht und strubbelig bei mir ankam? Und dass seine Augen ganz verklebt waren? Haben Sie ihn ins Wasser geworfen?«

»Mademoiselle, beruhigen Sie sich doch!«

Janedgriff nach mir, aber ich sprang auf Rons Bett und tretelte ein bisschen auf dem Kopfkissen herum.

»Ich kann mich nicht beruhigen, Mister Cado. Sie haben den Ruf, alles und jedes, was Ihnen nicht gefällt, über Bord zu werfen. Von blinden Passagieren bis zu toten Löwen.«

Ron sah seltsam betreten aus.

»Mademoiselle Janed, Sie wissen gar nicht, was für eine bittere Wahrheit Sie aussprechen. Aber nicht auf dem Schiff pflege ich Lästiges über Bord zu werfen. Hier fische ich, wie Sie sich sicher erinnern werden, blinde Passagiere, menschlich wie tierisch, sogar wieder auf.«

»Ja, na gut, stimmt. Aber trotzdem, ich finde es einfach nur entsetzlich, dass Sie Maha Rishmi wie ein Stück Müll ins Wasser kippen wollen.«

»Janed, hören Sie mir doch mal zu. Ich wusste bis eben doch gar nicht, dass die Löwin gestorben ist, und es tut mir sehr leid für Monsieur Alexandrejew. Wie kommen Sie darauf, dass ich sie über Bord werfen lassen sollte?«

»Weil Ihr Oberbootsmaat das zu Pippin gesagt hat.«

»Ich werde den Oberbootsmaat entsprechend zurechtweisen. Die Löwin bleibt erst einmal da, wo sie ist. Aber dennoch müssen wir eine Lösung finden, was wir mit ihrem ... ähm ... ihrer Leiche machen.«

»Was würden Sie denn bei einem Menschen tun, Mister Cado?«

»Wenn die Angehörigen es wünschten, würden wir ihn feierlich der See übergeben. Der Kapitän hat die Befugnis dazu. Aber ob er eine christliche Zeremonie für ein Tier durchführen wird, wage ich zu bezweifeln.«

»Ich denke, mit einer Seebestattung würde sich Pippin zufriedengeben. Feierlich ist das Wort, auf das es ankommt.«

»Dann werde ich sehen, was sich machen lässt.«

»Danke. Und nun verraten Sie mir bitte, warum Pantoufle heute Mittag so feucht zu mir kam.«

»Ein Missgeschick, Janed. Das wir sehr bedauern.«

Ich erhob mich von meinem Lager und sprang auf Rons Schoß, um ihm zu zeigen, dass ich es ihm nicht übel nahm. Er hob mich hoch, stützte mein Derrière, sodass ich mich an seine Schulter lehnen konnte. Netter Kerl. Ich schnurrte leise in sein Ohr, und er lachte, weil ihn meine Barthaare kitzelten. Dann erzählte er von Enricos Mundwasser.

»Heilige Mutter Anne!«, entfuhr es Janed. »Dann hat Monsieur Granvoce aber Glück gehabt.«

»Das kann man wohl behaupten.«

»Blondierungsmittel, sagten Sie?«

»Pyrogallol nannte es der Bordarzt.«

»Madame Robichon scheint es zu verwenden, wenn man sich so ihre Haare anschaut. Ist Ihnen das schon mal aufgefallen?«

Ron brummelte etwas Unverbindliches, aber Janed nickte nur wissend.

»Ich sollte Ihnen dazu etwas erzählen, Mister Cado.«

»Was haben Sie oder dieser kleine Held hier angestellt?«

»Pantoufle hat mir einen Brief gebracht. Eigentlich wollte Pippin dieses Schreiben Ihnen übergeben, aber ich denke, durch die ganze Trauer um Maha Rishmi hat er vergessen, es zu tun.«

Und dann erzählte sie von dem Umschlag, den ich unter Enricos Tür vorgezerrt hatte. Ron lauschte, und ich merkte, wie er innerlich wütend wurde.

»Sie ist verrückt, Mister Cado. Pippin glaubt, dass sie sich einbildet, Monsieur Granvoce sei ihr Geliebter, und jetzt ist sie ständig hinter ihm her.«

»Das stimmt leider. Wir haben schon eine recht peinliche öffentliche Szene erlebt. Mein Gott, werde ich auf-
atmen, wenn diesmal die Passagiere von Bord gehen.«

Alle, Ron?

Seine Hand streichelte meinen Rücken.

»Na ja, nicht alle, Pantoufle.«

Ich linste über meinen Rücken und bemerkte Janeds
verwunderten Ausdruck.

»Sie mögen meinen Kater, nicht wahr?«

»Ja, ich mag den Kleinen. Er ... Janed, ich muss Ihnen
etwas erzählen. Aber bitte schweigen Sie darüber anderen gegenüber.«

»Versprochen.«

»In der ersten Nacht an Bord hat mich Ihr Pantoufle
vor einem bösen Fehler bewahrt.«

Und dann berichtete er, wie er während der Hundswache eingedöst war und ich ihn mit meinem Maunzen und Kratzen geweckt hatte, sodass er gerade noch die
Kollision mit einem Fischkutter hatte vermeiden können.

»Autsch, das hätte Sie das Patent gekostet«, war Janeds nüchterner Kommentar.

»Richtig. Und darum hat die kluge Weißpfote bei mir
auch immer einen Teller Futter gut. Ich sorge nachher
dafür.«

»Und für Maha Rishmis Seebestattung.«

»Und dafür. Aber das wird die nächste Auseinandersetzung mit dem Kapitän geben. Na, ich werd's über-
leben.«

»Danke, Mister Cado.«

Ron setzte mich zu Boden und sah Janed an.

»Was werden Sie tun, wenn Sie in Amerika sind?«

Janeds Schultern sackten plötzlich nach unten.

»Versuchen, einen wirren Traum wahr zu machen. Die Matelots meinen, ich solle ein Fischrestaurant aufmachen. Das erschien mir noch vor ein paar Tagen eine wundervolle Idee. Aber je näher wir dem Gelobten Land kommen, desto mehr Zweifel habe ich. Ich weiß noch nicht einmal, wo Pantoufle und ich wohnen sollen.«

»Da wird man Ihnen schon weiterhelfen, aber ... Janed?« Rons Stimme wurde ganz warm und sanft. »Dieses Schiff fährt auch wieder zurück nach Brest. In der Bretagne haben Sie doch ein Heim, oder?«

»Nein, nicht mehr.«

»Nicht mehr?«

»Mein Haus stürzte die Klippen hinunter. Ich habe ... Ach, hören Sie mir nicht zu, ich bin in selbstmitleidiger Stimmung. Komm, Pantoufle, wir gehen zu Pippin und teilen ihm die guten Nachrichten mit.«

»Janed?«

»Ja, Mister Cado?«

»Sie und Pantoufle sind sehr tapfer.«

Und dann strich er Janed schnell mit einem Finger über die Wange. Sie machte ganz, ganz große Augen, schubste mich dann aber mit dem Fuß an, und wir verließen den Raum.

Im Gang merkte ich, dass sie heftig atmete und sehr rote Ohren hatte.

Als wir bei Pippin ankamen, waren sie aber wieder normal, und er teilte sich mit mir sogar ein Hühnerbein, nachdem Janed ihm von der feierlichen Bestattung Maha Rishmis berichtet hatte. Ich putzte mir den leckeren Geschmack aus dem Fell, dann bat ich um die Erlaubnis, nach Lili zu schauen. Ich hatte nämlich vage ihren Duft wahrgenommen, als wir vorhin durch die Flauschgänge gelaufen waren.

Ich fand sie vor Enricos Tür, die sie gerade äußerst gründlich abschnüffelte.

Ich schnüffelte Lili gründlich ab, was sie zum Kichern brachte.

»Ich habe nichts von Adèles Rolligkeitsparfüm verwendet, mach dir keine Hoffnungen.«

»Das eine ist gut, das andere ist schade. Gibt es hier Neuigkeiten?«

»Einige. Meine wirrköpfige Menschenfrau scheint sich vorhin recht lange vor dieser Tür aufgehalten zu haben. Wahrscheinlich hat sie auf Enrico gewartet. Sie hat schon heute Vormittag ständig vor sich hin gemurmelt, er würde es noch bereuen, dass er sie so schnöde hat abblitzen lassen. Und dann ist sie aus dem Zimmer gestürmt. Als ich hinterher wollte, hat sie die Tür dermaßen zugeknallt, dass ich mit einem Barthaar drin hängengeblieben bin. Schau mal, das ist ganz abgeknickt.«

Eines auf der rechten Seite hatte an der Spitze einen Knick, das stimmte. Ich nahm es zum Anlass, ihr mit der Zunge darüber zu fahren. Zweimal. Dreimal, wenn man es genau nimmt.

Fühlte sich so hübsch an.

Viermal.

Naja, fünfmal.

Dann erzählte ich ihr von dem Blondiermittel, und sie fauchte.

»Könnte sein. So wie sie gegen den Mann gewütet

hat. Aber warum? Erst fährt sie ihm monatelang hinterher und säuselt um ihn herum, und plötzlich will sie ihm wehtun?«

»Er will sie ja nicht haben.«

»Mh, ja.«

»Wo ist sie jetzt?«

»Sie ist zur Abfütterung, denke ich. Jedenfalls hat sie sich wieder mächtig aufgebürstet, und als sie raus ist, bin ich hinterher. Bei dem ganzen Seidengeraschel hat sie es nicht bemerkt.«

»Vielleicht sollten wir mal schauen, was sie jetzt anrichtet. Irgendwie ist mir deine Adèle ein wenig unheimlich. Nicht, dass die wieder jemanden über Bord wirft.«

»Na, dann schauen wir mal im Futterzimmer vorbei.«

Das taten wir auch und fanden dort die Menschen hungrig vor ihren leeren Tellern sitzen und auf Atzung warten.

Adèle war nicht unter ihnen.

Aber ihre Duftspur zeigte uns, dass sie da gewesen war und nun den Raum verlassen hatte. Das Parfümwölkchen stand noch im Gang und mischte sich allmählich mit dem Geruch von Knoblauchbutter und Gorgonzola.

Wir folgten ihrer Fährte, und als wir an die Metalltreppe kamen, die in die unteren Gefilde führten, hielten wir verdutzt inne.

»Was will die denn bei den Maschinen?«

»Was weiß ich? Vielleicht musste sie mal und will auf die Kiste Löschsand?«

»Blödsinn, Pantoufle. Menschen nutzen das Wasser-klosett dafür.«

»Ja, aber ...«

Verschwörung

An meiner speziellen Löschsandkiste war Adèle nicht. An den anderen auch nicht. Aber ihr Geruch schweb-te auch hier durch die rußige, nach Öl stinkende Luft. Lili, das spürte ich, wollte umkehren. Ich hieß sie war-ten und schlich mich vorsichtig weiter. Die Maschinen stampften hier unten sehr laut, der Boden vibrierte, es war warm und ziemlich dunkel. Offensichtlich fuh-ren wir jetzt mit Höchstgeschwindigkeit. Ein Blick in die große Kesselhalle zeigte mir, dass die Kohleschipper mächtig zu tun hatten, das schwarze Zeug in die offe-nen Schlünde der Heizungen zu schaufeln, aus denen rote Glut leuchtete.

Von Adèle aber keine Spur mehr. Sie musste irgend-wo abgebogen sein.

Ich konzentrierte mich auf meine Nase und kehrte an die Stelle zurück, wo ich das letzte Mal ihr Parfüm gerochen hatte.

Ein schmaler Gang, wie so viele, von Lampen spär-lich erhellt, ohne Flausch auf dem Boden, nacktes Me-tall, grau gestrichen.

Lilis schmaler spitzer Schwanz vorweg.

Ich zu ihr hin.

»Hab sie!«, meinte Lili stolz.

»Hier?«

»Hinter dieser Tür.«

»Holla, das ist aber seltsam. Hier wohnen, glaube ich, die Maschinenmenschen.«

»Ja, das ist sehr komisch. Solche Leute mag sie nämlich gar nicht. Sie findet schon den Schornsteinfeger grässlich, und mit der Dienerschaft tut sie immer sehr hochnäsig.«

Wir setzten uns vor die Tür und spitzten die Ohren.

»Es wird sich für Sie lohnen, Jock«, hörte ich Adèle sagen, dann ein Gebrummel von dem Mann, abwehrend, zögerlich.

Jock? Jock – den kannte ich doch. Das war doch der Maschinist, der gleich am ersten Tag Janed so dumm angegangen war. Den Pippin mit seinem Stock gepiekt hatte. Ein unangenehmer Kerl, der mir meine Kiste nicht gegönnt hatte.

Was mochte die vornehme Adèle mit dem zu verhandeln haben.

»Es wird keiner etwas merken, Jock. Und wenn es gut läuft, könnte ich natürlich meinem Bruder ...«

Wieder ein Gebrummel, diesmal weniger ablehnend.

»Andererseits, Jock, kann mein Bruder auch dafür sorgen, dass Sie auf keinem seiner Schiffe jemals wieder eine Anstellung finden.«

Das Gebrummel wurde beinahe ängstlich.

»Das ist doch ein ansehnlicher Betrag für eine solche Kleinigkeit, Jock.«

Das Gebrummel drückte Zustimmung aus.

»Heute Nacht also. Ich verlasse mich auf Sie.«

Schritte näherten sich der Tür von innen, und wir schlüpften hinter eine Rohrleitung.

Adèle trat in den Gang, sah sich ein bisschen nervös um und verduftete dann.

»Was mag das zu bedeuten haben?«, fragte ich Lili.

»Das wüsste ich auch mal gerne. Wer ist dieser Jock?«

»Der beaufsichtigt die Männer, die die Öfen füttern und an den Maschinen drehen.«

»Ich kann mir keinen Reim darauf machen, Pantoufle. Menschen verhalten sich manchmal so komisch. Ob sie jetzt hinter dem her ist, statt hinter Enrico?«

»Könnte sein. Jedenfalls wollte sie etwas von ihm.«

»Uhh, hoffentlich bedeutet das nicht, dass wir zukünftig hier unten Wohnung beziehen. Es gefällt mir überhaupt nicht.«

»Mir auch nicht. Gehen wir nach oben. Ron hat mir einen Napf Futter versprochen. Ich lade dich ein – ist zwar nicht von einem Goldrandtellerchen, aber noch besser als Fischköpfe.«

Der Erste Offizier hatte Wort gehalten, und Janed stellte uns das Ragout auf den Boden. Ich ließ Lili den Vortritt.

Es reichte für uns beide. Na ja, knapp.

Janed allerdings saß auf ihrem Bett und sah wieder ein bisschen traurig aus. Und das lag nicht an Maha Rishmis Tod. Ich sprang in ihren Schoß, und Lili legte sich an ihre Seite.

»Ihr zwei habt euch gesucht und gefunden, was?«

Ja, Janed. Lili ist nett, findest du nicht auch?

Janed streichelte Lilis Rücken, und die schnurrte beglückt.

»Das macht Adèle nie«, meinte sie zu mir. »Bah, ich habe so gar keine Lust, zu ihr zu gehen.«

»Wird sie dich nicht suchen?«

»Sie ist in den letzten Tagen sehr unaufmerksam. Sogar diese blöde Leine legt sie mir nicht mehr an, um mit mir zu promenieren.«

Janed kratzte Lili nun zwischen den Ohren, was diese ihr mit einem dankbaren Blick aus ihren schönen blauen Augen dankte.

»Du magst zu deiner Madame gar nicht mehr zurückgehen, was, Lili? Die ist aber auch eine komische Schnepfe. Ach, wenn ich nur wüsste, was aus mir werden soll, ihr Lieben. Ich würde dich ja mitnehmen, Lili. Schon weil Pantoufle dich so mag. Aber ich weiß immer weniger, was nun werden soll. Die Matelots sagen, ich kann in einer Pension ein Zimmer finden. Aber die anderen hier erzählen wahre Schauergeschichten von diesen Unterkünften. Eng und schmutzig sollen die sein, teuer außerdem. Und in der Stadt sind die Häuser furchtbar hoch und haben keine Gärten. Die Straßen sind immer voller Menschen und Kutschen und Omnibussen und Autos und Hunden. Ihr müsstet den ganzen Tag in einem kleinen Zimmerchen bleiben.«

Sie seufzte, und ich sah Lili fragend an.

»Hat sie recht, das ist in Städten so. Da kann man nicht einfach rauslaufen. Höchstens mal in einem Park promenieren. Aber das habe ich nie gerne gemocht.«

»Nur im Haus ...« Die Aussicht machte auch mich nicht glücklich.

»Haus ist ja in Ordnung. Adèle hatte immer viele Zimmer. Ich habe gerne aus den Fenstern geguckt und mir allerlei hübsche Liegeplätze ausgesucht. Aber nur einen Raum zu haben, das wird langweilig.«

Janeds trübe Stimmung übertrug sich auf uns, und nun redete sie weiter von ihren Sorgen.

»Ich werde erst einmal Arbeit suchen müssen. Um ein Restaurant aufmachen zu können, muss man erst mal wissen, wo sich das lohnt. Und woher man die Lebensmittel bekommt und alles. Ich kenne doch so gar nichts in New York. Was bin ich dumm und übermütig gewesen, Pantoufle. Ich kann ja noch nicht mal richtig die Sprache. Und Frauen alleine werden immer wieder belästigt.«

Gedankenverloren kraulte sie jetzt meinen Pelz.

»Wir könnten Pippin fragen, ob er uns mitnimmt. Jetzt, wo er das Revier für Maha Rishmi nicht mehr braucht«, murmelte Lili.

»Das stimmt natürlich, aber würde er statt seiner großen Löwin einen kleinen Kater – und vielleicht sogar noch eine Katze bei sich aufnehmen? Vielleicht ja, aber das würde bedeuten, dass ich Janed verlassen muss. Und, Lili, das kann ich nicht.«

»Nein, das kannst du nicht. Das verstehe ich inzwischen. Sie ist ein seltener Mensch, nicht?«

Wir kuschelten uns dichter an sie heran, und sie seufzte noch mal.

»Vielleicht, Pantoufle, vielleicht hat Ron Cado recht. Vielleicht sollte ich einfach wieder umkehren. Das nächste Schiff nehmen und nach Hause zurückkehren. Dann wären die Matelots allerdings enttäuscht. Und ich hätte so gut wie kein Geld mehr. Denn als blinder Passagier würde ich nie wieder fahren wollen.«

»Also ich hätte nichts dagegen, wenn sie zurückfahren würde«, sagte ich zu Lili, und diesmal putzte sie sich verlegen den Schwanz. Ich ahnte, was sie dachte. »Wenn du mitkommen würdest, müsstest du dich daran gewöhnen, draußen zu leben.«

»Mhmhm.«

»Das ist gar nicht so schlimm, wenn man ein bisschen wegen der Möwen aufpasst.«

»Und Fischköpfe vom Sandboden essen mag.«

»Nicht immer. Ich hatte auch einen Teller. Mit blauem Rand und roten und blauen Blumen drauf. Und Janed kann richtig gut kochen. Ihre Rilettes sind sehr lecker, ehrlich.«

»Wahrscheinlich lässt Adèle mich auch nicht so einfach gehen.«

Wir alle drei verfielen in ein trübsinniges Dösen, aus dem mich erst wieder mein Inneres weckte. Ein Gang zur Kiste war angeraten.

Janed war weg, vermutlich bei den Matelots oder bei Pippin. Lili machte, als ich mich streckte, ebenfalls ein Auge auf.

»Ich muss mal.«

»Ich auch.«

Der Löwe ist los

Die Maschinen wummerten mit voller Kraft, als wir uns den unteren Etagen näherten. Es war heißer als sonst. Ich hüpfte, weil es pressierte, als Erster in die Sandkiste, scharrte, und gut war's.

Lili folgte, und ich sah mich höflich an anderer Stelle um.

Deshalb bekam ich den Anfang des Dramas nicht mit. Erst ein grelles Kreischen ließ mich herumfahren. Gerade noch sah ich, wie Jock Lili packte, aus der Kiste hob und mit Schwung in den Gang warf. Sie schlug mit dem Kopf gegen die Wand und blieb regungslos liegen.

Ich wollte zu ihr, aber zwischen uns stand der Mann. Er stellte eine große Kanne neben die Löschsandkiste.

Ich sah zwischen seinen Beinen hindurch, dass Lili schwankend wieder auf die Pfoten kam. Aber sie schien benommen und schielte. Noch immer versperrte der Mann mir den Weg zu ihr. Jetzt langte er in die Kiste und füllte eine Hand voll Sand in die ölstinkende Kanne.

Lili schüttelte den Kopf, das Schielen legte sich.

Der Mann griff noch einmal ins Klo und in die – ähm. Ja, genau da rein.

Er fluchte und machte einen Schritt auf Lili zu. Holte zu einem Fußtritt aus.

Es ging in Windeseile!

Ich wurde zum Tier!

Zu einem großen Tier.

Zu einem riesigen Löwen.

Gerade noch rechtzeitig sprang ich ihn von hinten mit ausgefahrenen Krallen an.

Er brüllte auf, als meine Pranken seinen Arm entlangfuhren, drehte sich um und erkannte mich in meiner wahren Gestalt.

Er keuchte, ließ Kanne und Sand fallen, rannte los.

»Der Löwe ist los!«, schrie er und hetzte die Stufen hinauf.

Ich hinterher.

»Der Löwe ist los! Rette sich, wer kann!«

Der Ruf wurde aufgenommen, heiser weitergegeben. Panik brach aus! Kohleschipper warfen ihre Schaufeln fort, Maschinenschmierer ließen ihre Ölkannen fallen, Heizer rutschten auf dem schmierigen Boden aus. Eine Sirene jaulte auf, Kohlen prasselten aus den Schütten, schwarzer Ruß staubte.

Jock stürmte die Treppe hoch.

Ich hinterher.

»Der Löwe ist los! Rette sich, wer kann!«

Panik im Zwischendeck. Essschüsseln flogen vom Tisch, Kinder heulten, Männer brüllten, Teller, Becher und Krüge zersplitterten, Frauen kreischten, Bündel platzten, Kisten barsten. Alles stolperte in jede Richtung, manche zogen sich Decken und Laken über den Kopf oder krochen unter die Betten.

Jock raste weiter und erreichte die Kombüse.

»Der Löwe ist los! Rette sich, wer kann!«

Ein Tohuwabohu entstand. Wüste Flüche erklangen, Töpfe rutschten vom Herd, Bestecke schepperten zu Boden, der Koch rempelte einen Küchenjungen an, der ein Schlachtermesser ergriffen hatte, rutschte aus, Suppe ergoss sich über beide, die Hilfsköche suchten in der Speisekammer Zuflucht, Türen knallten, Hilferufe gellten durch den Gang, das Trillern der Bootsmannspfeife schrillte mir in den Ohren.

Jock hechtete die nächste Treppe hoch.

Ich noch immer hinter ihm her. Es begann, mir Spaß zu machen.

Er erreichte den Speisesaal.

»Der Löwe ist los! Rette sich, wer kann!«

Das blanke Chaos brach los! Stewards ließen Tabletts fallen, Serviermädchen quiekten, Herren warfen Tische um, einige Frauen erklommen andere. Weinflaschen zerbrachen, Champagner schäumte über, man drängte sich an die Wände, eine Dame sank ohnmächtig gegen den Flügel auf der Bühne, und ein donnernder Akkord erklang.

Dann aber trat Ron auf den Plan. Er hatte eine Flüstertüte in der Hand und donnerte von der Tür her »Ruhe!« in den Raum. »Ruhe, Herrschaften!«

Dann knallte er die Flügeltüren hinter sich zu, und ganz allmählich gelang es ihm, sich Gehör zu verschaffen.

Die Passagiere kamen von den Tischen runter oder unter den Tischen hervor, die Stewards, Pagen und Serviermädchen versammelten sich um Ron, die Ohnmächtige wurde auf ein Sofa gelegt, man richtete umgeworfenen Stühle auf und setzte sich nieder. Alles schwieg.

Jock stand mitten im Raum, verschmiert von Öl, Kohle, Blut und – ähm.

Ich war in der ganzen Aufregung auf der Anrichte gelandet und saß neben einem Teller mit dünnen Roastbeefscheiben. Plötzlich entdeckte ich, dass ich hungrig wie ein Löwe war.

Köstlich, das Zeug!

Währenddessen sprach Ron mit normaler Stimme zu den Leuten, die Flüstertüte war jetzt nicht mehr nötig.

»Es besteht kein Grund zur Aufregung, meine Herrschaften!«

Stimmt, Ron. Überhaupt keiner.

»Beruhigen Sie sich, bitte. Es gibt keinen lebenden Löwen an Bord.«

Diese Sahnesauce roch auch sehr appetitlich. Ich stippte die Pfote hinein und leckte sie ab. Richtig gut.

»Aber der Zirkuslöwe ...«, begehrte ein dickwanstiger Herr auf, der sich noch immer hinter einem umgestürzten Tisch verbarrikadiert hatte.

»Der Zirkuslöwe ist letzte Nacht gestorben, meine Herrschaften. Ich fürchte, dass unser Maschinist seinen eingebildeten Ängsten erlegen ist. Und nun, Stewards, sorgen Sie für Ordnung!«

Ron löste sich vom Eingang und ging auf Jock zu. Seine Miene verhieß nichts Gutes. Ich nahm noch einen Happen Entenbrust. Auch nicht schlecht, nein, kann man nicht sagen.

»Kerl, was ist nur in Sie gefahren?«, fauchte er den Mann an.

»Da war ein Löwe. Ob Sie's glauben oder nicht. Der ist nicht tot. Der hat mich angefallen. Von hinten angesprungen hat der mich. Mir die Pranken in den Arm geschlagen.«

Ron ließ einen verächtlichen Blick auf Jocks bloßen Unterarm fallen. Da, wo die hochgerollten Ärmel endeten, hatten meine Krallen vier schöne, lange Striemen hinterlassen.

»Wenn Sie ein Löwe dort getroffen hätte, wäre von dem Arm nichts mehr übrig, Idiot. Das sind Kratzspuren einer kleinen Katze.«

Und schon schweifte Rons Blick durch den Raum.

Verstohlen zog ich die Pfote aus der Vanillecreme und schleckte sie schnell ab.

Er hatte es bemerkt.

Ich sah es in seinen Augen. Die hatten plötzlich ganz viele Fältchen drumherum.

Jock lamentierte noch immer.

Ron wandte sich von mir ab und schnauzte ihn an.

»Wo ist Ihnen der angebliche Löwe begegnet?«

»Unten, vor dem Kesselhaus, Sir.«

»Gut, schauen wir uns das näher an!«

In den Gängen herrschte noch immer wilde Hektik und Getriebe, aber schon versuchten die Stewards, hier und da die Leute zu beruhigen und in ihre Zimmer zu schicken. In der Küche kniete der Bordarzt neben dem Koch und verband eine blutende Wunde an dessen Arm. Das übrige Personal war bereits dabei, Verschüttetes aufzuwischen, Scherben zusammenzukehren und Bestecke zu sortieren. Allerdings roch es etwas scharf nach verbranntem Fleisch, und ein angekohlter Braten stand noch qualmend auf einem Bord. Die Matelots hatten offensichtlich auch hier die Gemüter besänftigt. Sie wussten von Janed, dass Maha Rishmi nicht mehr unter uns weilte.

Im Zwischendeck stellte ich fest, dass Pippin und Janed versuchten, die Ruhe wieder herzustellen, aber das

Geheul war hier noch immer ziemlich laut. Vermutlich hatten die Auswanderer ganz besonders erschreckende Vorstellungen von einem Löwen, und darum war ihre Angst auch so groß. Ron warf einen Blick in das Durcheinander in dem Schlafraum und nickte Janed aufmunternd zu. Dann aber führte er Jock weiter mit eisernem Griff zum Niedergang. Er war ausgesprochen vergrätzt, wie mir schien.

»Das wird Folgen für Sie haben, das kann ich Ihnen versprechen!«, knurrte er.

Die Maschinen waren langsamer geworden, die Heizer und Schipper nicht auf ihren Posten. Ein Brüllen aus der Flüstertüte, fast dem eines Löwen gleich, scheuchte sie an ihre Plätze zurück.

»Wenn ihr Knallpfeifen nicht sofort wieder an die Arbeit geht, dann lasse ich euch samt und sonders kielholen!«, fauchte Ron sie an. »Und die Heuer könnt ihr auch vergessen.«

Die Sirene verstummte, man gehorchte geschwind.

»Und nun zu Ihnen, Maschinist! Wo war der Löwe?«

Jock trottete mit hängenden Schultern zur Löschsandkiste. Offensichtlich war ihm klar geworden, dass ihn ein Trugbild genarrt hatte.

Ron musterte die Umgebung und entdeckte Lili, die noch immer verstört halb hinter einer Rohrleitung saß. Ich lief zu ihr und setzte mich an ihre Seite. Sie zitterte an allen Gliedern und sagte kein einziges Wort. Ich hätte sie tröstend anschnurren müssen, aber noch musste ich wissen, wie es mit Jock weiterging.

»Was, Sie Volltrottel, haben Sie hier getan?«, fuhr Ron

den Maschinisten an. »Und was hat alles das mit diesen beiden Katzen zu tun?«

»Die hat in die Kiste geschissen, Sir.«

»Ach ja?«

»Ich hab sie rausgehoben.«

»Ach ja?«

»Und dann war – glauben Sie mir –, dann sprang ein riesiges Tier auf mich zu. Vielleicht war's auch nur 'ne große Katze.«

»Ach ja?«

Ron sah sich den Maschinisten von oben bis unten an.

»Sie haben Öl an den Händen, das ist wohl nicht zu vermeiden. Sie haben aber auch Sand an den Fingern. Und etwas, das ziemlich streng riecht. Was hatten Sie in der Löschsandkiste zu suchen?«

Jock machte ein blödes Gesicht.

»Los, Mann! Antworten Sie!«

»Hab die Katze rausgehoben, Sir.«

»Dabei mussten Sie weder in den Sand noch in die Scheiße fassen. Noch mal, Kerl!«

Ich schlappte Lili einmal zärtlich über die Nase und versuchte, meinen Teil zur Aufklärung beizutragen. Denn da war ja noch die Ölkanne. Warum Jock nicht sagte, dass er sie mit Sand gefüllt hatte? Ich musste ihm wohl mal auf die Sprünge helfen.

»Hab sie wohl ein bisschen derb angefasst.«

»Und da hat sie Sie gekratzt?«

»Das hat die andere gemacht. Die große, Sir.«

Ich schlenderte zu der Kanne, und Ron bemerkte mich.

»Diese große etwa, Jock?«

Jock zuckte zusammen, als ich mich demonstrativ neben der Ölkanne niederließ.

Ron hingegen merkte auf. Ich sah, wie er seine Augen zusammenkniff und dann auf mich zukam.

»Was, Jock, hat die Ölkanne hier zu suchen?«

»Was weiß ich? Die stand schon da. Hat wohl einer der Schmierer vergessen.«

»Ach ja?«

Ron beugte sich vor und betrachtete die Kanne gründlicher.

»Schmieröl, für die Getriebe. Sie wollen Maschinist sein?«, fuhr er Jock plötzlich an. »Und Ihnen ist nicht aufgefallen, dass hier Sand am Rand der Kanne ist? Wissen Sie eigentlich, was passiert, wenn Sand in das Getriebe der Maschine gerät?«

Jock wurde erst rot, dann weiß, dann drehte er sich um und wollte weglaufen.

Ron erwischte ihn am Kragen, und was folgte, war nicht hübsch.

Aber sehr wirkungsvoll. Ron war ein feiner Raufer. Musste ich anerkennen.

Zwei Matrosen aus der Gruppe, die sich schweigend, aber neugierig auf dem Gang versammelt hatten, bekamen den Befehl, den am Boden liegenden Jock zu fesseln und in die Bilge zu schaffen. Die Ölkanne nahm Ron mit.

Er sah ziemlich zerrupft aus, der Erste Offizier. Sein schöner weißer Anzug hatte lauter schwarze Schmierstreifen, und die Fingerknöchel seiner rechten Hand waren blutig aufgeschrammt.

Ich wandte mich wieder Lili zu.

»Süße Lili«, schnurrte ich ganz leise.

»Ich bin nicht süß. Du bist süß. Du riechst nach Vanillecreme.«

»Oh. Ja richtig, oben. Da war vielleicht was los. Aber wie geht es dir?«

»Mein Kopf brummt ein bisschen.«

»Kannst du mit zu Janed kommen?«

»Denke ich schon.«

Wir trotteten nebeneinander her durch die nun wieder stillen Gänge.

Erinnerungen an ein Unglück

Im Zwischendeck hatte man sich allerdings immer noch nicht beruhigt, obwohl inzwischen auch der Zweite Offizier, der Purser und zwei Stewards versuchten, den Leuten gut zuzureden und ihnen irgendwelche Getränke einzuflößen. Janed war nicht mehr bei ihnen.

»Versuchen wir es bei Pippin.«

Lili trabte schweigend neben mir her und überließ es mir, an der Tür zu kratzen und zu maunzen.

Pippin öffnete sogleich, und wir wurden freundlich in seine Kabine gebeten.

Janed saß auf der Bettkante und streckte ihre Hände nach uns aus.

Ich ließ Lili den Vortritt.

»Arme Kleine. Das ganze Gelärm hat dich bestimmt furchtbar erschreckt.«

Sie hob Lili hoch und setzte sie sich auf den Schoß. Erschöpft rollte die Schöne sich zusammen und ließ sich streicheln.

Ich hielt mich an Pippin. Er wusste auch, wie man Katzen behandelt.

Wir waren eine schweigende Gesellschaft, denn ich musste ebenfalls die hektischen Ereignisse erst einmal verkraften. Es war alles ziemlich durcheinandergegangen. Und ich wurde und wurde das Gefühl nicht los, dass etwas ziemlich Dramatisches passiert wäre, hätte ich Jock nicht so erschreckt. Warum sonst mochte Ron wohl so wütend über den Sand in der Ölkanne gewesen sein?

Janed hingegen hatte die ganze Aufregung wohl schon wieder vergessen. Ihre Gedanken kreisten um ganz andere Themen, das spürte ich in meinen Schnurrhaaren.

Na gut, sie wusste nicht, was ich wusste, und im Augenblick sah ich auch keine Möglichkeit, ihr von Adèles komischem Gespräch mit Jock zu berichten. Also spitzte ich lieber erst mal die Ohren, als sie sich an Pippin wandte. Vielleicht wollte sie ja Maha Rishmis Revier ansprechen und fragen, ob wir das für uns haben konnten.

»Pippin?«

»Ja, Janed?«

»Sie ... Sie haben mal gesagt, dass Sie Erkundigungen über den Ersten Offizier eingeholt haben.«

Möwenschiss, das ging ja in eine ganz andere Richtung.

»Ja, das habe ich getan.«

»Weil ... wegen der Gerüchte?«

»Wegen welcher Gerüchte?«

»Dass er seine – mhm – Geliebte umgebracht habe.«

»Nein, davon habe ich nichts munkeln gehört. Wer sagt das, Janed? Das ist eine böse Anschuldigung.«

»Einer der Matrosen und auch einige aus dem Zwischendeck.«

»Wann soll das gewesen sein?«

»Bevor er seine Heimat verließ. Sie meinen, das sei auch der Grund, warum er in Brest nicht an Land gegangen sei.«

»Eine sehr ungehörige Spekulation, Janed.«

»Ja, finde ich auch. Er kann sehr barsch sein. Wahrscheinlich mögen ihn manche deshalb nicht.«

»Das kommt immer wieder vor. Aber soweit ich weiß, wird er nicht von den Behörden gesucht, und es liegt auch keine Anklage gegen ihn vor. Weder auf französischer noch auf amerikanischer Seite.«

»Dann ist ja gut.«

Janed zog Lili sanft an den Ohren, was diese zu einem leisen Gurgeln veranlasste. Ohrenkneten ist etwas Köstliches, aber ich hatte den Eindruck, dass meine Menschenfreundin es tat, weil sie sich nicht traute, weitere Fragen zu stellen. Aber Pippin war ein kluger Mann. Er sah ihren geschäftigen Fingern einen kurzen Augenblick zu und fragte dann: »Wollen Sie nicht wissen, was ich sonst noch über unseren bretonischen Offizier herausgefunden habe?«

»Mhm ... na ja, eigentlich schon.«

Na also, ich auch. Erzähl, Pippin!

»Ron Cado ist der Sohn eines Notars aus Carnac. Er ist dreiunddreißig Jahre alt und hat mit einundzwanzig bei dieser amerikanischen Schifffahrtslinie angeheuert, zu der auch die *Boston Lady* gehört. Vorher hat er ein paar Semester Jura studiert. Ich nehme an, auf Wunsch seines Vaters. Aber vermutlich fand er die Seefahrt dann doch aufregender. Das ist bei jungen Männern nicht ungewöhnlich. Er hat sich schnell hochgearbeitet und wurde von den Kapitänen, unter denen er gefahren ist, sehr gelobt. Obwohl er die meiste Zeit auf See verbracht hat, besitzt er eine Wohnadresse in New York. Und er ist auch immer nur die Strecke London–Amerika gefahren. Diese Reise ist die erste, die ihn über Brest geführt hat.«

Janed knabberte an ihrer Unterlippe. Das tat sie manchmal, wenn ihr etwas durch den Sinn ging, das sie nicht ganz fassen konnte. Dann sagte sie plötzlich: »Cado, nein Kercado. Und nicht Ron, sondern Ronan. Ronan Kercado, so hieß der Mann.«

»Janed? Was meinen Sie damit?«

»Dass es möglich wäre. Das, was das Gerücht sagt. Mademoiselle de Lanneville war mit einem jungen Mann namens Ronan Kercado aus Carnac verlobt. Und Mademoiselle de Lanneville ist vor meinen Augen von der Klippe gestürzt.«

»Ist sie gestürzt oder wurde sie von der Klippe gestoßen?«

»Soweit ich das beurteilen kann, ist sie gestürzt. Aber viele Leute behaupteten etwas anderes.«

»Sie haben es auch gesehen, die vielen Leute?«

»Nein, Pippin. Und darum bin ich ja so unsicher.«

»Sie vermuten aber, dass unser Erster Offizier Ron Cado mit jenem Ronan Kercado identisch ist?«

»Von der Zeit her und von allem anderen auch würde es passen, Pippin. Er ist jetzt dreiunddreißig, sagten Sie. Vor zwölf Jahren, als mein kleiner Bruder und ich dieses Unglück beobachteten, war er einundzwanzig, wenn ich richtig rechnen kann.«

»Das können Sie, Janed. Und es wäre just der Zeitpunkt gewesen, an dem Ron Cado sich entschloss, sein Heim zu verlassen und zur See zu gehen. Aber wollen wir ihm deshalb unterstellen, dass er es tat, um einer Mordanklage zu entgehen?«

»Nein, Pippin. Aber es könnte doch einen Zusammenhang gegeben haben.«

»Vorausgesetzt, aber nur vorausgesetzt, meine Liebe, unser Ron wäre jener Ronan, dann hätte er zu jenem Zeitpunkt seine Verlobte unter tragischen Umständen verloren. Menschen in Trauer und Schmerz über einen Verlust treffen manchmal unerwartete Entscheidungen. Beispielsweise, von heute auf morgen ihr Heim zu verlassen, um woanders ein neues Leben zu beginnen.«

Janed sah betroffen aus.

»Ja, Pippin. So wie ich, meinen Sie?«

»So wie Sie und so wie ich auch, Janed. Auch ich habe nach dem Tod meiner Frau den Zirkus verkauft und beschlossen, in Amerika bei meiner Tochter zu leben.«

»Oh, das wusste ich nicht.«

»Ich habe es ja auch nie erwähnt. Meine Olga war eine wundervolle Artistin. Doch die Arbeit am Trapez fordert ihren Tribut. Ihre Gelenke und Knochen schmerzten ihr mehr und mehr, aber sie vertraute sich niemandem an.

Nicht einmal mir, Janed. Nur einem Quacksalber, der ihr starke Schmerzmittel verabreichte. So stark, dass sie ihre Wahrnehmung störten. Sie fiel vom Trapez, Janed. Bei einer Probe, nicht vor Publikum, wofür ich dankbar bin. Aber die Kuppel ist hoch, und sie verfehlte das Sicherheitsnetz. Sie war sofort tot. Sie war erst achtunddreißig.«

Es klang so traurig, dass ich meinen Kopf ganz heftig an seinem Arm reiben musste.

Pippin streichelte mich, und ich merkte, dass es ihn ein klein wenig tröstete.

»Das tut mir leid, Pippin«, sagte Janed leise, aber dann nagte sie schon wieder an ihrer Unterlippe. »Ihre Tochter ...«

»Meine Tochter stammt aus meiner ersten Ehe. Ein ebenfalls nicht sehr hübsches Kapitel in meinem Leben. Ihre Mutter zog es vor, mit einem ungarischen Grafen dubioser Herkunft durchzubrennen. Er hatte schöne schwarze Haare und einen brennenden Blick, weshalb er ihr weit attraktiver vorgekommen sein musste als der dumme August, den ich darstellte. Aber lassen wir meine klägliche Geschichte und wenden wir uns wieder Ron Cado zu. Sie könnten sich also auch vorstellen, dass er aus Gram über den Verlust seiner Verlobten seine Heimat verließ?«

»Ja, denkbar wäre es. Aber, Pippin, das ist zwölf Jahre her. Und Trauer vergeht mit der Zeit. Warum hat er seine Eltern nie wieder aufgesucht, warum hat er die Bretagne gemieden? Das erscheint mir doch seltsam.«

»Ein bemerkenswerter Einwurf. Den Kontakt zu seinen Eltern, wenn sie sich denn nicht als rechte Rabeneltern erweisen, bricht man so ohne Weiteres nicht ab.«

Rabeneltern? Konnten Raben Eltern von Menschen sein? Hatte Ron Vögel als Eltern? Aber wahrscheinlich war das wieder so ein komisches Wort wie Hundswache, wo ja auch kein Hund bewacht wurde. Menschen eben ...

»Dann hat er vielleicht doch Angst, dass man ihn des Mordes an seiner Verlobten beschuldigt. Das würde auch erklären, warum er seinen Namen verändert hat.«

»Das würde es, und dann müssten wir den Gerüchten Glauben schenken.«

»Das möchte ich aber gar nicht, Pippin.«

»Nein, und warum nicht? Weil Ihnen der Erste Offizier ein bisschen mehr gefällt als andere Männer?«

Janed bekam rosa Wangen und kraulte sehr intensiv Lilis Nacken.

»Tut er das, Janed?«

»Nein. Eigentlich nicht. Oder vielleicht ein ganz, ganz kleines bisschen. Aber er ist sowieso nichts für mich. Ein feiner Herr wie er.«

»Sind Sie weniger wert, Janed?«

»Wenn sein Vater Notar ist, denke ich, ja. Meiner war Fischer.«

»Und Ihre Mutter Gastwirtin. Sie haben eine recht ordentliche Bildung und nette Manieren und können Ihren Lebensunterhalt als Köchin verdienen. Aber lassen wir das beiseite. Meine Frage war ein bisschen zu persönlich. Ich formuliere sie noch einmal anders, weil mich Ihre Meinung dazu wirklich interessiert. Sie haben einen gesunden Menschenverstand. Was sagt Ihnen, dass Ron

Cado nichts mit dem Tod von Mademoiselle de Lanneville zu tun hatte?«

»Tja«, meinte Janed und sah aus dem runden Fenster. Es spiegelte sich die Lampe an der Decke darin, denn draußen war es dunkle Nacht geworden. »Tja, das liegt wahrscheinlich daran, dass mir damals dieser Gedanke nie gekommen ist.«

»Können Sie sich denn noch genau an das Ereignis erinnern?«

»Ich versuche es gerade, Pippin.«

Er schwieg, Janed ebenfalls, und ich linste zu Lili hinüber. Die hatte die Augen geschlossen, und ihre Flanken hoben und senkten sich gleichmäßig in tiefem Schlaf. Das war gut so, dann würde sie diesen hässlichen Zwischenfall unten im Gang bald vergessen haben. Nichts fördert die Heilung mehr als ein geruhsamer Schlaf. Nicht einmal eine Ohrenspitze zuckte, als Janed begann: »Also, ich versuche es mal zusammenzubekommen, Pippin.«

»Erzählen Sie.«

»Ich war zwölf, mein kleiner Bruder Lukian acht. Es war ein herrlicher Sommertag, und wir waren am Nachmittag zum Felsbogen hinuntergewandert. Sie müssen wissen, das Meer hat an der Felsküste ein richtiges halbrundes Tor ausgewaschen. Davor liegt eine kleine Bucht mit einem Sandstrand, und es führt ein schmaler Pfad von den Klippen dort hinunter. Wir hielten uns gerne dort auf, man war völlig ungestört. An diesem Tag wollten wir Muscheln sammeln. Es gibt viele dort, an den Felsen die schwarzen Miesmuscheln, Herzmuscheln im Sand, die man bei Ebbe ausgraben kann, und gar nicht so selten werden auch Austern angespült. Wir hatten jeder einen Eimer dabei, die beide nach kurzer Zeit voll waren.«

Ich hob meinen Kopf und sah sie vorwurfsvoll an.

Siehst du, Janed, ich hab's dir doch gesagt, es gibt genug zu essen.

Janed lächelte mir plötzlich zu.

»Pantoufle hat über eine Woche ganz alleine an diesem Strand überlebt, aber das ist eine andere Geschichte.«

Die du ihm aber ganz bestimmt auch noch erzählen wirst, Janed!

»Die erzählen Sie mir hoffentlich später auch noch, Janed.«

»Natürlich. Aber jetzt will ich sehen, woran ich mich noch erinnere. Ach ja: Oben auf dem Felsplateau stand damals eine Schäferhütte. Sie ist dem Sturm nun auch zum Opfer gefallen. Ein wackeliges Holzding, in dem vor Zeiten mal ein kleiner Bauer gehaust hatte. Seine Schafe fanden aber wohl nicht genug Nahrung, der Boden ist sandig und sehr karg, und er zog fort. Aber diese Hütte diente hin und wieder einigen Leuten als Treffpunkt. Ich hatte ein paar Mal beobachtet, wie zwei Pferde davor grasten. Damals, Pippin, machte ich mir nicht viele Gedanken darüber, aber heute glaube ich, dass es wohl heimliche Stelldichein waren, die man da abhielt.«

»Eine einsame Schäferhütte an einem schönen Strand – sehr wahrscheinlich.«

»An diesem Nachmittag war nur ein Pferd da, aber Lukian, der unter dem Felsbogen Miesmuscheln gesammelt hatte, erzählte mir, dass in der Bucht auf der anderen Seite ein Segelboot am Strand lag. Die *Stella*, sagte er. Auch darüber machte ich mir wenig Gedanken.«

Jetzt sah Janed plötzlich sehr versonnen drein.

»Ich habe vieles vergessen, Pippin, so vieles, weil ich nicht an Lukian denken wollte. Er war so ein kluger kleiner Bursche. Abenteuerlustig, mutig, stur und frech, aber man konnte ihm nie böse sein, weil sein Grinsen so breit war und seine Antworten so schlagfertig. Nur zweiundzwanzig Jahre ist er alt geworden.«

Sie seufzte leise. Dann strich sie Lili wieder über den Rücken und fuhr fort:

»Das Boot – das war es, woran ich mich besser schon früher erinnert hätte. Jedenfalls hatte ich mich in den Sand gesetzt, um ein bisschen auszuruhen. Die Sonne schien so schön warm, das Meer rauschte leise, und ich war schon seit dem Morgengrauen auf den Beinen. Erst musste ich meiner Mutter in der Küche helfen, dann zur Schule gehen, dann den Abwasch machen – so war unser Tagesablauf. Aber den späten Nachmittag hatte ich oft frei. Lukian war munterer als ich; er tollte mit aufgekrempelten Hosenbeinen im Wasser herum und versuchte, irgendwelche Fischchen zu fangen. Als ich dann einmal nach oben sah, vielleicht weil ich ein Geräusch gehört hatte, da stand auf einmal ein zweites Pferd an der Hütte. Auch das machte mich noch nicht besonders stutzig. Erst als ich die drei Menschen am Rand der Klippe erkannte, wurde ich richtig aufmerksam. Eine Frau und zwei Männer waren es. Und so wie es den Anschein hatte, stritten sie sich. Die beiden Männer gingen sich an die Jacken, es gab ein Gerangel. Die Frau stand daneben, händeringend. Und dann passierte es. Ja, dann. Die beiden ließen für einen Moment voneinander ab. Große Gesten zeigten aber, dass sie sich weiter beschimpften. Verstehen konnte ich nichts, die Worte trug der Wind in die andere Richtung. Der eine Mann schlug den anderen plötzlich nieder. Der fiel rücklings zu Boden, sprang aber gleich wieder auf, ging auf seinen Angreifer los. Die Frau warf sich dazwischen – und dann verschwand sie. Ich hörte sie schreien – Pippin, ein entsetzlicher Schrei, der einfach abbrach. Lukian kam auf mich zugerannt und schrie ebenfalls. Als ich wieder nach oben sah, war keiner der Männer mehr zu sehen.

Zusammen mit meinem Bruder kletterte ich die Felsen hoch, in der Hoffnung, oben jemanden zu finden, der helfen konnte.«

»Zu der Abgestürzten sind Sie nicht gegangen?«

»Nein, das war nicht mehr möglich. Die Flut war hereingekommen und das Wasser in dem Torbogen gestiegen. Es ist tückisch dort, sehr tückisch, denn die Felsen verursachen heftige Strömungen, und es hätte nichts genutzt, wenn Lukian oder ich dabei auch noch abgetrieben worden wären.«

»Verstehe. Dann war Ihr Handeln vermutlich sehr sinnvoll.«

»Ja, nur dass die Gegend eben sehr einsam ist. Es führt ein Karrenweg die Küste entlang, und zu dem eilten wir, weil ich die größte Hoffnung darauf setzte, hier ein Gefährt, einen Reiter oder Lastträger zu treffen. Wir begegneten auch einem Mann, einem Korbmacher aus dem Nachbarort, den ich kannte. Ich musste mehrmals ansetzen, um ihm zu erzählen, was passiert war. Eine Bäuerin mit ihrem Karren kam dazu, zwei Netzflicker, und sie alle machten sich sofort auf, den Leuten an der Klippe zu Hilfe zu eilen. Man ist hilfsbereit an der Küste, Pippin. Jedem kann dort etwas passieren. Lukian und mich aber schickten sie nach Hause. Und, ehrlich gesagt, war ich ganz dankbar dafür.«

»Ein zwölfjähriges Mädchen und ein achtjähriger Junge hätten wohl auch nicht viel ausrichten können. Aber nun erzählen Sie, was dieser Vorfall mit unserem Ron Cado zu tun hat.«

»Ich hörte es am nächsten Tag. Da war der Vorfall das einzige Gespräch in unserer Gaststube. Die Frau, die von dem Felsen gestürzt war, war Mademoiselle de Lanneville. Sie war die Tochter eines Gutsherrn, eines ziemlich reichen Mannes, und entsprechend hochnäsig. Sie und ihre Familie wohnten in einem großen Landhaus, fast ein kleines Schloss, besaßen schöne Pferde, eine elegante Kutsche, und sie und ihre Mutter trugen immer feine Seidenkleider. Wir trafen sie eigentlich immer nur bei der *kermesse* und manchmal, wenn wir in die Kirche von Carnac gingen. Jedenfalls – den Sturz vom Felsen hatte sie nicht überlebt. Die Leute, die wir um Hilfe gebeten hatten, konnten nichts mehr ausrichten. Sie war mit dem Kopf auf die spitzen Steine geschlagen. Bei ihr war ihr Verlobter gewesen, Ronan Kercado. Von dem anderen Mann hatte niemand etwas gesehen.«

»Welcher der beiden Männer war zu Pferd gekommen?«

»Mademoiselle de Lannevilles Pferd stand vor der Hütte und das von Ronan Kercado, so sagte man.«

»Weshalb wohl der andere das Boot benutzt haben musste.«

»Ja, und das Boot war weg.«

»Und die Leute beschuldigten den, den sie bei der Leiche vorfanden, diesen Unfall verursacht zu haben, richtig?«

»Ja, so war es. Ich habe mich darum nicht besonders gekümmert, Pippin. Ich kannte Mademoiselle de Lanneville nur vom Sehen und Ronan Kercado nur vom Hörensagen. Ich war ihm nie begegnet, oder wenn, dann wusste ich nicht, dass er es war. Es gab wohl noch einige offizielle Untersuchungen. Ich glaube, die lautesten Anschuldigungen gegen Ronan Kercado hat der Vater, der Gutsbesitzer, erhoben. Aber Genaues weiß ich nicht, und bald wuchs dann auch Gras über die Angelegenheit.«

Janeds Geschichte hatte die Bilder in mir wieder wachgerufen. Ich dachte an die kleine Bucht, die kleinen, feuchten Höhlen, die köstlichen Fische und die schrecklichen Möwen. Auch ich war dort gewaltsam hingeraten, und wie es schien, hatte ich ein ungeheures Glück gehabt, dass die Wellen meinen bewusstlosen Pelz nur auf den Strand gespült und mich nicht gegen die scharfkantigen Felsen geschmettert hatten.

Interessant fand ich, dass Ron diese Bucht offensichtlich auch kannte. Als ich letzthin bei ihm war, hatte er sich so sehnsüchtig dazu geäußert, fast als hätte er das gleiche Heimweh wie ich. Und trotzdem wollte er nicht zurück. Ob er die Frau wirklich von der Klippe gestoßen hatte? Und wenn ja – warum? Töten Menschen andere Menschen? Ich meine, wir Katzen töten unsere Beute, und ja, wir verprügeln schon mal unsere Rivalen. Aber wir töten sie nicht. Und erst recht nicht die Kätzin, um die wir uns balgen.

Ob Ron und der andere Mann Rivalen waren?

Hatten sie sich um diese Mademoiselle geprügelt?

Pippin hatte sich die Geschichte schweigend angehört und, auch als Janed geendet hatte, nur stumm meinen Pelz gestreichelt. Konnte er wirklich gut. Genau mit der richtigen Festigkeit, genau an den richtigen Stellen. Jetzt aber räusperte er sich.

»Zwei Männer, die sich um eine Frau streiten. Sie will es verhindern, und durch eine unglückselige Bewegung stürzt sie, rutscht aus, verliert den Halt und fällt die Klippen hinunter. Beide Männer sind entsetzt, stellen ihren Streit sofort ein und klettern hinunter.«

»Ja, das vermute ich auch. Ron blieb bei seiner Verlobten, der andere Mann stieg in sein Segelboot und machte sich davon.«

»Und niemand weiß, wer der andere war?«

»Doch. Bestimmt wussten das die Leute damals. Und, ja, ich glaube, die Matelots wissen es auch. Die Jungs kennen alle Schiffe und Boote an der Küste. Wir könnten sie fragen, wem die *Stella* gehörte. Aber was nützt es, Pippin?«

»Wissen ist immer nützlich.«

»Sie interessieren sich sehr für Ron Cado, nicht wahr? Warum, Pippin?«

»Weil ich mir so meine Gedanken mache. Und nicht alle binde ich einer hübschen jungen Frau auf die Nase. Auch wenn die noch so neugierig ist.«

»Schade.«

Aber Janed lächelte dabei, und ich war ganz froh, dass er ihr nichts an die Nase band, denn die war für einen Menschen ziemlich niedlich. Aber Pippin war auch furchtbar neugierig, fast schon katzenhaft. Denn er meinte gleich anschließend: »Morgen, Janed, werden wir uns mit den Matelots unterhalten. Denn es wäre doch ganz aufschlussreich zu erfahren, wer der zweite Mann war und was mit ihm passiert ist. Schließlich war er Zeuge des Unfalls, nicht wahr?«

»Und jemand, der sich heimlich zu einem Stelldichein mit Mademoiselle de Lanneville eingefunden hat.«

»Ein Grund, Janed, für Ron oder Ronan, recht ungehalten zu sein.«

»Darüber habe ich noch nie nachgedacht, Pippin.«

»Sie waren ja auch erst zwölf Jahre alt. Welche Beziehungen zwischen den Verlobten und möglicherweise einem Geliebten jener Mademoiselle bestanden, haben Sie damals vermutlich noch nicht durchschaut. Aber nun, meine Liebe, ist es sehr spät geworden. Kommen Sie, nehmen Sie die hübsche Lili mit, ich trage diesen kleinen Schlummerpelz zu Ihrem Lager.«

Schlummerpelz? Mein Herr, ich bin hellwach!

Ich sprang auf den Boden und zeigte ihnen, wie lang ich mich machen konnte. Und wie weit ich mein Maul aufreißen konnte, wenn mich ein mächtiges Löwengähnen überkam.

Und dann zu Bett.

Post für Ron

Das Wetter war wieder schön geworden, und darum begleiteten Lili und ich am nächsten Morgen Janed nach oben, um uns schon vor dem Frühstück eine Nase voll Salzluft zu gönnen. Noch waren nur wenige Passagiere an Deck, wahrscheinlich schliefen die anderen alle nach der gestrigen Aufregung länger als wir. Janed lehnte an der Reling und schaute zum blauen Horizont. Die Sonne stand noch ganz tief und warf lange Schatten über das Schiff. Das Wasser wirkte dunkelgrün und schäumte um den Kiel. Aus den beiden Schornsteinen wehten schwarze Rußfahnen, aber an den Seilen flatterten bunte Stofffetzen. In der Ferne dümpelten einige Fischerboote, die ihre Netze einholten. Das hatten wir schon lange nicht mehr gesehen. Offensichtlich näherten wir uns der Küste, und unsere Reise ging tatsächlich ihrem Ende entgegen.

Lili drückte sich an Janeds Rock und ich mich an sie.

»Geht es dir wieder gut?«

»Ja, ist alles in Ordnung. Ich hätte sogar einen kleinen Appetit.«

»Da sagst du was.«

»Aber nicht auf Fischköpfe.«

»Ich glaube, das weiß Janed jetzt.«

»Worüber haben die Menschen eigentlich so lange gesprochen gestern Abend? Ich habe eigentlich nur so ein Stimmengemurmel gehört, war ein bisschen weggetreten. Hat Janed mit Pippin über das große Revier gesprochen?«

»Nein, über den Ersten Offizier. Das erzähle ich dir nachher. Jetzt müssen wir uns erst mal ums Frühstück kümmern.«

»Gut. Mach mal.«

Machte ich. Janed verstand mein Maunzen ganz genau, doch als wir uns zur Kombüse aufmachten, wurde unser Plan von Adèle jählings durchkreuzt.

Madame begegnete uns nämlich auf dem Gang, fauchte Janed böse an, was eine Zwischendeckschlampe hier zu suchen habe, entdeckte Lili und krallte sich meine süße Freundin unter Schmähworten, die den Zustand meines Pelzes unvorteilhaft beschrieben.

Janed kochte vor Wut, wollte etwas sagen, doch Adèle fegte, die protestierende Lili unter dem Arm, an uns vorbei und knallte die Tür ihrer Kajüte zu.

Lili verwendete übrigens einen ungewöhnlich derben Wortschatz, den ich nicht bei ihr erwartet hatte.

Janed stand ihr in nichts nach.

Dagegen waren ja Möwenkacke und fauliger Makrelenschwanz noch harmlos.

Und sauer war ich auch. Diese Schnepfe in Rüschen sorgte doch für nichts als Ärger! Am liebsten hätte ich ihr die Tür zerkratzt, und Janed sah ebenfalls aus, als wolle sie diesem Teil der Schiffseinrichtung nachhaltige Schäden zufügen, aber dann entspannten sich ihre Krallen und wurden wieder zu Fingern.

»Da können wir nichts machen, Pantoufle. Madame Robichon ist ihre Besitzerin. Und ... na, du weißt doch, unsere Zukunft ist ziemlich ungewiss.«

Ja, das enge Zimmerchen und die lauten Straßen und das Nicht-raus-Können.

Und verhungern?

Janed zog die Schultern zusammen, straffte sich dann aber wieder und sah mir in die Augen.

»Wir werden schon nicht verhungern. Vor allem im Augenblick nicht.«

In der Küche herrschte eine seltsam ruhige Arbeitsstimmung. Telo brachte uns ein paar Reste von dem Büfett, das am vergangenen Abend bei dem Tumult zu Bruch gegangen war.

»Eigentlich wollten sie das Zeug wegwerfen, aber ich dachte, der Kater mag das Roastbeef auch, selbst wenn es schon mal auf dem Teppich lag.«

Da kannste aber für!

Janed nahm die Gabe dankbar an und fragte, warum so erstaunlich wenig Hektik herrschte.

Telo gab ein leises Schnauben von sich.

»Der Koch ist ausgefallen. Gestern, als der durchgedrehte Maschinist mit seinem ›Der-Löwe-ist-los!‹ alle verrückt gemacht hat, ist er ausgerutscht und mit dem Kopf gegen den Herd geknallt. Außerdem hatte der Küchenjunge, auf den er gefallen ist, ein Messer in der Hand, das ihm in den rechten Arm gefahren ist. Jetzt liegt er in seiner Koje und kann hier niemanden drangsalieren.«

»Aber ihr braucht doch einen Koch, oder? Ich meine, Frühstück zubereiten geht wohl ohne ihn, aber das Mittagessen und das Dinner? Bekommt ihr das hin?«

»Ist doch nicht mein Problem. Ein paar Kartoffeln oder Nudeln werden wir schon gekocht bekommen.

Und der zweite Koch versteht sich ganz gut auf Süßspeisen.«

»Na fein. Aber Pippin und ich haben ein paar Fragen an euch, Telo. Wann habt ihr heute Freiwache?«

»Brieg und Malo ab Mittag, ich erst am Nachmittag.«

»Dann bitte die beiden doch, zu uns nach unten zu kommen.«

»Mach ich, meine Schöne.«

Wir zockelten zurück, um unsere Beute zu verschlingen. Also ich schlang, Janed aß recht zierlich. Danach unterhielt sie sich mit einer der Auswandererfrauen, deren Schwester in Amerika lebte. Sie wollte sich mehr Informationen über das Revier dort verschaffen, was ich für klug hielt. Ich hingegen fand das hiesige Revier weiterhin ganz interessant und beschloss, ein paar Gänge zu besuchen, die ich noch nicht kannte. Vielleicht ergab sich ja etwas.

War ich nicht richtig mutig geworden?

Mein Mut wurde auf eine harte Probe gestellt.

Ich stromerte nämlich weiter nach hinten, zum Derrière des Schiffes. Die Lagerräume waren langweilig; außer zwei Mäusen, die ich im Vorbeigehen mitnahm, gab es nichts Besonderes. Menschen hielten sich hier nicht auf, nur Kisten und Kästen und Säcke und Packen. Dann aber fand ich einen Raum, in dem ein Mann, der ziemlich verstaubt und knochig aussah, zwischen Bergen von Papieren saß, die er aus Säcken fischte. Er betrachtete die Umschläge eingehend und steckte sie dann in ein Regal mit vielen Fächern. Ich beobachtete ihn eine Weile von der offenen Tür aus, weil mir das komisch vorkam. In den Raum selbst mochte ich nicht eintreten. Dieser Mensch verströmte eine unangenehm säuerliche Ausstrahlung.

Ein zweiter Mann kam dazu und leerte die Fächer, um den Inhalt wieder in andere Säcke zu stecken. Er tat es sehr langsam und umständlich, und der erste Sortierer pflaumte ihn gehörig an, weil er sich so trantütig anstellte.

Andererseits – was für ein Blödsinn, diese Briefe von einem Sack in den anderen zu stecken. Das war ja, als ob Janed ihre Kleider ständig von einer Tasche in eine andere packen würde. Das machte sie aber nie. Warum taten diese Leute das nur?

»John, hier ist wieder Post für die Besatzung, die verteilt werden muss«, sagte der Knochige.

»Ich nehme sie nachher mit!«

»Diese Briefe sind für den Kapitän und der hier für den Ersten.«

»Ich kümmere mich ja schon drum!«

Aha, Briefe. Das hatte ich nun gründlich gelernt – in Briefen teilten sich Menschen ihre Nachrichten mit. In Briefen herumzuschnüffeln war genauso interessant, wie Reviermarken abzuschnüffeln. Und seit gestern hatte ich noch ein weit größeres Interesse an all den Dingen, die Ron Cado betrafen. Ich überlegte, ob ich den, der für ihn bestimmt war, nicht einfach schnappen und zu ihm tragen sollte. Diese menschliche Transuse pokelte nämlich pedantisch an den Verschlüssen des Postsacks herum.

Ich schlich mich näher an den Tisch heran, auf dem drei einzelne Umschläge lagen. Doch noch bevor ich entscheiden konnte, wie es mir gelingen würde, herauszufinden, welcher davon für Ron bestimmt war, bemerkte mich der verstaubte Sortierer.

»Mistviech, weg hier!«

Huch!?

Und da kam auch schon der Fuß auf mich zu.

Nur weil ich noch einen kleinen Hopser zur Seite machen konnte, streifte er mich lediglich. Ich flog trotzdem Richtung Tür, rappelte mich auf und verzog mich schnellstens hinter der nächsten Biegung im Gang. Dort machte ich mich ganz klein und hoffte, der Papiertiger würde mir nicht folgen.

Manchmal war ich eben noch immer ein Schisserkater.

Aber er blieb in seiner staubigen Bude sitzen und blaffte den Langsamen nun wieder ordentlich an, er solle endlich die Briefe zum Kapitän bringen.

Gut, auch eine Lösung. Ich würde mich an dessen Fersen heften.

Das war ziemlich einfach, denn der Tropf trottete, ohne viel um sich herum wahrzunehmen, die Stiegen hoch und hielt als Erstes an Rons Tür. Es dauerte eine Weile, bis Ron ihm öffnete, und er sah recht unwirsch aus. Als er den Umschlag entgegennahm, schlüpfte ich an seinen Beinen vorbei in seine Kajüte. Ron trug eine weite, grau-weiß gestreifte Hose und eine ebensolche lose Jacke, hatte zerzauste Haare und ein stoppeliges Kinn. Offensichtlich hatte der Bote ihn aus dem Bett geholt. Die Decken waren zerwühlt, und dem konnte ich nicht widerstehen. Ich sprang hinein, gerade als Ron sich auf die Bettkante setzte.

»Hoppla, Pantoufle! Du bist aber früh auf den Pfoten.«

Und du hast wieder Hunde bewacht?

»Ich habe erst vier Stunden geschlafen. Oh Mann, zwei Stunden hätte ich noch gehabt. Na, sei's drum.«

Er kraulte mich kurz, dann betrachtete er den Umschlag.

Ich drängte mich an ihn. Schön weich war der Stoff seiner Jacke, und ich spürte die Wärme seines Körpers darunter.

Zögernd riss er den Umschlag auf und las dann das Krickelkrakel auf dem Bogen. Dabei wurde der Ausdruck auf seinem Gesicht immer ungläubiger.

»Heilige Mutter Anne«, stieß er dann hervor. »Ein weißer Elefant!«

Ich fuhr auf.

Elefant? Wo?

»Ah, ruhig, Pantoufle, ruhig.«

Er strich mir wieder über den Nacken, und ich legte mich beruhigt nieder. Kein Elefant. Gut so.

»Himmel, was soll ich mit der Bude nur anfangen, Pantoufle? Das ist das Letzte, was ich jetzt brauchen kann.«

Bude? Was für eine Bude?

Ron lachte müde, aber es klang Verzweiflung darin.

»Katerchen, das Schicksal hat beschlossen, mir ein weiteres Beinchen zu stellen. Da ist doch tatsächlich mein Onkel gestorben und hat mir das Hotel hinterlassen. Was soll ich damit? Ich kann doch nicht zurück. Und selbst wenn ich es könnte, habe ich überhaupt keine Lust, ein Gästehaus zu führen. Ich will als Kapitän zur See fahren, nicht verwöhnten Sommerfrischlern feine Häppchen servieren und ihnen die Zimmer aufräumen.«

Vermutlich nicht. Ein Hotel, das war so was wie das Gasthaus, in dem wir in Brest übernachtet hatten. Mir würde das gefallen, Ron. Eine große Küche, ein Futterzimmer, in dem man den Gästen um die Beine gehen konnte, einen Kräutergarten – o ja, einen Kräutergarten mit Baldrian und Mäusen.

Ron legte sich jetzt wieder hin und verschränkte die Arme hinter dem Kopf.

Ich fragte höflich, ob ich auf seine Brust klettern durfte.

Ich durfte.

Gemütlich streckte ich mich auf dieser warmen, sich leicht hebenden und senkenden Unterlage aus und schnurrte ihn auffordernd an, mir seine Sorgen mitzuteilen.

»Ronronron?«

»Was soll ich nur machen, Pantoufle? Das Haus ist hübsch, es liegt auf der Landenge zwischen dem Festland und der Halbinsel. ›Entre deux mers‹ hat Onkel Mathieu es genannt, was sehr passend ist. Ein Pinienwald umgibt es, auf der einen Seite erstreckt sich ein langer Sandstrand, an dem sich die Wellen des Atlantiks brechen, auf der anderen Seite befindet sich eine sanfte Bucht, in der die Boote der Ausflügler schaukeln. Ach, Mist. Noch nie in den vergangenen Jahren hatte ich solch ein Heimweh, Pantoufle. Warum weckst du das nur ständig auf?«

Ich? Bin ich jetzt daran schuld?

»Aber nein, Pantoufle, das war nicht nett von mir.«

Eine Hand legte sich um mein Derrière, und ich maunzte besänftigt.

»Ich kann es noch nicht mal verkaufen, bei dieser blöden Klausel darin. So ein Murks, ehrlich. Sowie ich Zeit habe, werde ich meinem Vater schreiben müssen.« Er schwieg, und seine Gedanken schienen düsterer und düsterer zu werden.

»Er ist nicht gut auf mich zu sprechen, ich verstehe es ja. Ich hätte meine Eltern besuchen müssen, als wir in Brest lagen. Aber ich habe es einfach nicht über mich gebracht. Auch wenn er mir in seinen Briefen versichert hat, dass der alte Lanneville die Anklage zurückgezogen hat. Zwölf Jahre habe ich sie nicht mehr gesehen, meine Maman und Papa, Pantoufle. Ich habe sie ohne Abschied, bei Nacht und Nebel verlassen und mich jahrelang nicht gemeldet. Bin ich ein Feigling, Katerchen?«

Du? Ein Schissermann? Nein, das glaube ich nicht. Aber wovor hast du denn Angst, Ron?

»Ich hätte mich stellen sollen. Heilige Mutter Anne, ich habe sie nicht umgebracht. Aber Auguste war der einzige Zeuge, und er hat sich aus dem Staub gemacht. Verräter, der!«

Rons Brust bewegte sich heftiger, er schien sich über diesen Fall aufzuregen. Dann aber beruhigte er sich wieder.

»Ich hatte gedacht, ich hätte die Erinnerung an die Schmach und die Demütigung vergessen, Pantoufle. Aber mit dem Heimweh kommt alles zurück.« Und ganz leise fügte er dann hinzu: »Und mit deiner Janed.«

Ja, Janed ist ein liebes Mädchen, nicht? Sie gefällt dir?

»Sie ist eine kleine Furie.«

Na und?

»Früher hätte ich auf ein Fischermädchen herabgesehen, Pantoufle. Ich arroganter Gimpel hatte mir in den Kopf gesetzt, dass der Sohn eines kleinen Notars für Höheres bestimmt sei. Keine Geringere als die Tochter des Gutsherrn de Lanneville musste es sein, die mir gesellschaftlichen Glanz verleihen sollte. Was habe ich mich angestrengt, sie zu umwerben, die kleine Ziege. Na gut, man soll nicht schlecht über Verstorbene reden, aber sie war wirklich ein recht hohlköpfiges Geschöpf. Heute würde ich sie keiner weiteren Aufmerksamkeit würdigen. Derartige junge Frauen finden sich nur zu oft in der Ersten Klasse ein, führen ihre hübschen Kleider spazieren, schmücken ihre leeren Köpfchen mit allerlei Putzwerk und flattern verlockend mit den Wimpern. Ihre Konversation dreht sich um Mode und gesellschaftliche Pikanterien. Sie leben vom Geld ihrer Väter und wissen nicht, wie es verdient wird, sondern nur, wie sie es ausgeben können.«

Und Katzen haben sie vermutlich auch nicht, was? Und schöne Fischpasteten können sie sicher nicht herstellen?

»Sie sind hübsch und langweilig, und wenn sie älter werden, werden sie schrullig wie Madame Robichon. Tja, wenn man es so betrachtet, hat es etwas Gutes, dass das Schicksal unsere Verbindung beendet hat. Obwohl, die Ehe wäre sowieso nicht zustande gekommen. Dass sie mit Auguste angebandelt hat, hat mich zutiefst getroffen. Mit Auguste, meinem besten Freund. Ach verdammt, ich wollte das vergessen, Katerchen.«

Ich krabbelte ein Stückchen nach vorne und rieb tröstend meinen Kopf an seiner Wange. Angenehm kratzig war sie heute Morgen.

»Manchmal, Pantoufle, könnte ich beinahe annehmen, dass du jedes Wort verstehst, was ich sage.«

Nur weil meine Zunge nicht deine menschlichen Worte formen kann, heißt das noch lange nicht, dass ich nicht verstehe, was ihr Zweibeiner so erzählt.

Aber jetzt schwieg er, und nach einer Weile war er sogar noch einmal eingeschlafen.

Ich passte mich den Gegebenheiten an.

Überredungskünste

Irgendwie musste ich weit tiefer in den Schlaf gesunken sein, als ich gewollt hatte. Denn als ich wieder wach wurde, zog Ron gerade seine weiße Uniformjacke an. Seine Wangen waren wieder glatt, seine Haare gebürstet, sein Gesicht verschlossen und energisch.

Ich reckte mich, machte einen Buckel, gähnte und maunzte.

»Ah, Schlafmütze! Wach geworden?«

Richtig, wach geworden. Und was machen wir jetzt, Ron?

»Ich muss dich jetzt leider aus dem Bett werfen, ich

habe eine Besprechung mit dem Kapitän. Und dich wird bestimmt Janed suchen.«

Vielleicht, vielleicht auch nicht.

Den Kapitän hatte ich ja nur einmal kennengelernt, da war er ziemlich grantig gewesen, weil Ron Madame wie einen Muschelsack in ihr Zimmer hatte schleifen lassen. Ich beschloss, mich Ron anzuschließen. Allerdings nicht zu offensichtlich. Meine Fähigkeit, mich klein zu machen, half mir dabei. Außerdem kannte ich die Gänge recht gut und wusste um alle möglichen Verstecke. Und durch schmale Türspalten zu flutschen, die Kunst beherrschte ich inzwischen auch perfekt.

Kurzum, es gelang mir, ungesehen in die Wohnung des Kapitäns zu gelangen. Tatsächlich eine Wohnung. Ganz oben auf dem Schiff, hinter der Brücke, hatte er seine Räume.

Er und ein weiterer Offizier, den ich als den Zweiten kennengelernt hatte und der mir nicht gewogen gewesen war, saßen bereits an einem gedeckten Tisch, als Ron eintrat. Ich suchte Unterschlupf unter einem Sessel und ignorierte standhaft den Essensgeruch, der zu mir drang.

Zunächst kreiste das Gespräch zwischen den Männern um eine ganze Menge unverständliches Zeug, das mit Kursen und Geschwindigkeiten, Maschinenleistung und Kohleverbrauch und anderen Dingen zu tun hatte. Ich wäre darauf fast wieder eingenickt, wäre nicht plötzlich der Name Jock gefallen.

»Er ist verstockt, Sir, und beharrt darauf, dass die Ölkanne dort von jemandem vergessen worden ist«, sagte der Zweite Offizier.

»Entweder gibt es dann einen anderen Saboteur an Bord, oder er lügt.«

Es war Ron, der antwortete, und seine Stimme klang verbittert.

»Ich denke, er lügt, Sir. Er hatte Sand an den Händen, und abgesehen davon – es war seine freie Schicht, da sollte man meinen, dass er sich ausruht und nicht die Löschsandkisten kontrolliert. Allerdings glaube ich nicht, dass er aus eigenem Antrieb die Maschinen lahmlegen wollte. Wir sollten in Erwägung ziehen, dass er es im Auftrag eines anderen tun wollte.«

»Ein übler Gedanke, Mister Cado. Sollte etwa die Konkurrenz dahinterstecken? Auf welchen Schiffen hat der Maschinist zuvor gearbeitet?«

Der Zweite Offizier nannte zwei Namen, und der Kapitän grummelte: »Auf unserer eigenen Linie. Kaum denkbar, dass einer meiner Kollegen uns so einen Streich zu spielen plant.«

»Wem aber könnte daran gelegen sein, uns technische Probleme zu machen?«

»Wir haben Madame Robichon an Bord. Vielleicht wünscht jemand, dass sie ihrem Bruder, dem Reeder, ein schlechtes Bild von uns zeichnet. Sie, Mister Cado, haben ja schon einiges dazu beigetragen.«

»Madame Robichon leidet meiner Meinung nach unter geistigen Störungen, Sir. Ich bezweifle, dass selbst ihr Bruder ihr Glauben schenken wird«, knurrte Ron.

»Ja, ja, ja, aber trotzdem kann sie uns schaden. Mir als Kapitän und Ihnen als Offiziere, meine Herren. Gut, die Sabotage wurde verhindert, aber ich will Aufklärung darüber haben, wer sie geplant hat. Setzen Sie den Maschinisten weiter unter Druck. Und durchsuchen Sie auch sein Quartier.«

»Ay, ay, Sir!«

Da würde ich ganz bestimmt gerne mithelfen, überlegte ich mir. Das war möglicherweise eine Gelegenheit, Rons Aufmerksamkeit auf die gerüschte Schnepfe Adèle zu lenken.

»Hat sich unser Opernheld inzwischen beruhigt, Mister Cado?«

»Signor Granvoce hat, dem heiligen Nick sei Dank, von der gestrigen Aufregung nichts mitbekommen. Er speiste in seinen Räumen. Und ich konnte ihm versichern, dass wir noch immer im Zeitplan liegen.«

»Wenigstens von dort keine Beschwerden. Wie geht es dem Koch? Wird er für das Captain's Dinner sorgen können?«

»Wir hoffen es.«

»Sorgen Sie dafür, dass er am Herd steht, Mister Cado. Das Dinner ist den Passagieren heilig. Es darf hier kein schlechtes Licht auf uns fallen.«

»Ay, ay, Sir.«

»Und was ist mit Mister Alexandrejew? Sie haben ihm und dem Mädchen einen Tisch hinter den Palmen reserviert, hörte ich. Gibt er sich damit zufrieden?«

»Er hat seinen Platz dort noch nicht eingenommen, Sir.«

»Nicht? Und das Mädchen?«

»Bleibt unten.«

»Gut gemacht.«

»Nein, Sir, das habe ich nicht gut gemacht. Es sind Umstände eingetreten, die beide dazu brachten, sich zurückzuziehen. Wie ich Ihnen berichtete, ist die Löwin von Mister Alexandrejew verstorben.«

»Ah ja. Hat man den Kadaver entsorgt?«

»Nein, Sir. Ich bin aufgefordert worden, Sie zu bitten, für Maha Rishmi eine feierliche Seebestattung vorzunehmen.«

Da daraufhin Schweigen herrschte, linste ich unter meinem Sessel vor. Der Kapitän starrte Ron entgeistert an. Dann donnerte er los: »Um Himmels willen, Mister Cado, eine solche Posse weigere ich mich mitzumachen. Wem haben Sie einen solchen Unsinn zugesagt?«

»Ich habe zugesagt, Ihnen diese – in meinen Augen nicht unlautere – Bitte vorzutragen.«

»Von Mister Alexandrejew?«

»Nein, Sir, von Mademoiselle Kernevé.«

»Das Fischermädchen aus dem Zwischendeck. Sie wagen es, mir von solch einer Person ...«

Die Stimme des Kapitäns wollte sich schier überschlagen.

Doch er kam nicht dazu, seine Tirade zu beenden, denn ein Steward klopfte an der Tür und verkündete, Signor Granvoce wünsche den Kapitän zu sprechen.

Der, rot im Gesicht, dämpfte sein Gebrüll, rollte mit den Augen und nickte dann.

Enrico betrat die Bühne, und er tat es mit Grandezza.

»Capitano, was muss ich hören? Mein guter Freund Pippin befindet sich an Bord? Er reist unten bei den Aussiedlern? Und dann höre ich von meinem Steward, dass gestern Abend ein Tumult entstand wegen seiner Löwin. Wegen der großen Maha Rishmi?«

»Ähm«, sagte der Kapitän.

Der Zweite Offizier hatte dasselbe Talent wie ich – er machte sich ganz klein.

Ron erhob sich und verbeugte sich vor Enrico. Ich konnte sehen, dass sich eine Art von Belustigung in seinem Gesicht breitmachte. Aber ganz schnell setzte er wieder eine ernste Miene auf.

»Signore, Sie haben völlig recht. Mister Pippin Alexandrejew befindet sich an Bord, auf seinen eigenen Wunsch allerdings in einer Kabine weiter unten, denn er wollte in der Nähe der Löwin sein.«

»Verstehe, verstehe, Mister Cado. Doch warum treffe ich ihn nicht beim Dinner?«

»Weil er, Signor Granvoce, seit Maha Rishmis Tod in seiner Kabine bleibt. Die Löwin ist vorgestern Nacht leider gestorben.«

»Madre de Dios, das betrübt mich. Das betrübt mich sehr. Wo finde ich Pippin? Und – wann werden Sie die Trauerfeier abhalten? Oder habe ich sie bereits verpasst? Wir kommen doch morgen in New York an, oder?«

Der Kapitän sah aus, als ob er gleich ein Haarknäuel hochwürgen müsste. Geschah ihm recht!

Ron blieb jedoch völlig gelassen.

»Ja, wir werden pünktlich ankommen, und nein, Maha Rishmi ist noch nicht der See übergeben worden. Gerade eben, als Sie hereinkamen, sprachen wir darüber, dass wir heute Abend die Zeremonie vornehmen werden.«

»Wunderbar, dann werde ich für sie singen. Sie müssen verstehen, meine Herren, ich habe ihr und ihrem Gefährten Maharadsha einen großen Dank abzutragen.«

Enrico setzte sich gemütlich in den Sessel, unter dem

ich lag, und plauderte drauflos. Der zarte Hauch von Baldrian umwehte meine Nase wieder.

»Sehen Sie, ich kenne Pippin schon lange. Vor vielen Jahren, da war ich noch ein ganz unbekannter Sänger, tingelte ich auf kleinen Bühnen und verdiente mir so recht und schlecht mein Geld mit kleinen Rollen in Opern. Eines Tages, es war eine Aufführung der ›Aida‹, begegnete ich Pippin. Der Theaterdirektor hatte ihn, den Zirkusbesitzer, gebeten, für die Vorstellungen einen zahmen Löwen zur Verfügung zu stellen. Wir freundeten uns an, Pippin, Maharadsha, Maha Rishmi und ich. Und als der Zirkus für ein halbes Jahr nach Amerika ging, begleitete ich die Truppe. Ich war jung und ehrgeizig und dachte, ich schaue mir mal an, welche Chancen ich in diesem Land hätte. Während der Überfahrt, meine Herren, hatte ich eine schäbige Kabine gleich über den Verschlägen der Zirkustiere. Und in der Nacht begann Maharadsha zu brüllen. Haben Sie mal einen Löwen brüllen gehört?«

»Ja, Signor Granvoce«, sagte der Kapitän. »Wir haben auch schon Löwen an Bord gehabt. Ich nehme an, Ihre Überfahrt damals gestaltete sich sehr unruhig.«

»Tatsächlich. Aber in der zweiten Nacht überkam mich der brennende Wille, mich mit dem König der Tiere zu messen. Und so ging ich zu ihm an seinen Verschlag und brüllte gegen ihn an. Arien, meine Herren, schmetterte ich. Er brüllte lauter, ich sang lauter, und in unserem Wettstreit erkannte ich den wahren Umfang meiner Stimme.«

Ich legte die Ohren an. Das war ja der Brüller!

»Bemerkenswert!«, meinte Ron. »Auch ich habe Löwen brüllen gehört. Ich nehme an, diese Erkenntnis brachte Ihnen den Erfolg?«

»So war es, Mister Cado. Auf den Bühnen Amerikas übte ich noch, doch als ich nach einem weiteren Jahr heimkehrte, hatte sich meine Fähigkeit fertig entwickelt. Ich bekam mehr und mehr Engagements, änderte meinen Namen und wurde zu dem, was ich heute bin – Granvoce.«

»Und diese große Stimme würden Sie heute erklingen lassen, Signore? Zu Ehren der toten Löwin?«

»Es wäre mir ein Anliegen, Mister Cado.«

»Die Passagiere werden hingerissen sein«, fügte auch der Zweite Offizier hinzu. »An mich sind schon unzählige Bitten herangetragen worden, ob wir nicht den großen Tenor dazu überreden könnten, eine Kostprobe seines Könnens zu geben.«

»Ich muss meine Stimme schonen, doch heute will ich eine Ausnahme machen. Ich werde Pippin sogleich davon unterrichten. Mag sein, es lindert seinen Schmerz über den Verlust ein wenig. Wann, Capitano, planen Sie die Zeremonie?«

»Ähm«, sagte der Kapitän.

»Nach dem Captain's Dinner heute Abend, nicht wahr, Sir?«, sagte Ron.

»Ähm – ja, nach dem Dinner.«

»Wunderbar, genau der richtige Zeitpunkt. Ich danke Ihnen, meine Herren.«

Enrico erhob sich und ging zur Tür; ich folgte geschwind. Vielleicht war sein Mundwasser heute wieder das richtige. Aber ganz abgesehen davon musste ich mich nun auch unbedingt wieder um Janed kümmern.

Enrico bemerkte mich, als ich ihm um die Hosenbeine schnurrte. Er grüßte mich freundlich, aber sein Sprühzeug holte er leider nicht aus der Tasche. Na, man kann nicht alles haben. Ich lief, Schwanzflagge hoch, vor ihm her und begleitete ihn nach unten zu Pippins Kabine.

Die überschwängliche Begrüßung zwischen den beiden Herren hörte ich noch, dann trabte ich zum Zwischendeck und fand Janed mit zwei der Matelots im Aufenthaltsraum sitzen. Sie sah mich ein bisschen vorwurfsvoll an, als ich mich ihr näherte.

»Pantoufle, wo warst du so lange?«

Nicht böse sein, Janed. Ich habe nur ein paar Angelegenheiten geregelt. Wirst schon sehen.

Hopp auf ihren Schoß und zusammengerollt.

Augen zu und Ohren aufgestellt!

Verpflegung

»Das ist so lange her, meine Schöne, ich weiß nicht mehr, ob ich mich noch richtig erinnern kann.«

»Ich muss auch etwas nachdenken, meine Hübsche, und an Ronan Kercado kann ich mich kaum erinnern. Nicht meine Kragenweite, wenn du verstehst, was ich meine.

»Versucht es trotzdem, mir zuliebe.«

»Na gut.« Telo schwieg aber dann, und ich hörte das Schaben, wie er sich an seinem Bart kratzte. Dann meinte er: »Das Segelboot, die *Stella,* gehörte Mathieu Bodevin, dem Besitzer des Hotels am Isthmus. Er hat es oft an die Gäste vermietet. Könnte also sein, dass der Mann, der damit untergegangen ist, in dem Hotel gewohnt hat.«

»Ja, das könnte wohl sein. Aber passt auf – die *Stella* lag am Tag des Unglücks in der Bucht unterhalb der alten Schäferhütte. Das würde bedeuten, dass sich dieser Gast mit Mademoiselle de Lanneville getroffen hat, nicht wahr?«

»Das könnte schon sein. Die Mademoiselle war ein keckes Ding, sagte man, ein lustig bunter Schmetterling. Wenn auch ein bisschen hochnäsig zu unsereinem. Aber ein feiner Pinsel aus Paris mochte da bessere Chancen haben.«

»Dann war er wohl ihr Liebhaber?«

Malo mischte sich ein.

»Es gab Getuschel, jetzt fällt's mir wieder ein. Es gab Geschwätz, weil Ronan Kercado seinen Freund aus Paris mitgebracht hat. Die beiden waren häufig mit dem Segelboot seines Onkels unterwegs. Und dieser Freund war wirklich ein geschniegelter Kerl. Hab ihn ein paar Mal am Hafen gesehen. Und jetzt, wo du es sagst – ja, der Ronan Kercado, das könnte unser Erster sein. Er hatte damals einen feschen Bart und war ein wenig pummelig. Aber wenn ich es mir recht betrachte – ja, es könnte hinkommen, meine Schöne. Es hieß, er stupidierte in Paris.«

»Studierte.«

»Sagte ich doch.«

»Ja, natürlich.«

»Und das Segelboot gehörte seinem Onkel? Und dem Onkel gehört das Hotel?«

»Wenn man's genau betrachtet, stimmt das wohl.«

»Gut, ich fasse zusammen: An dem Tag, an dem Mademoiselle de Lanneville verunglückte und die *Stella* in der Bucht lag, stand ihr Pferd vor der Hütte und ein zweites kam dazu. Danach stritten sich zwei Männer in ihrem Beisein auf der Klippe. Aber als die Helfer kamen, war nur noch Ron bei ihr, das Boot und der Mann waren fort.«

Wieder schabte sich Telo den Bart, dann räusperte er sich, und endlich grummelte er: »Da soll mich doch der Klabautermann holen, wenn das kein Zufall ist.«

»Was, Telo?«

»Das mit der *Stella,* meine Schöne.«

»Jau, jetzt wo du's sagst, Telo! Beim heiligen Nick, ja.«

»Was denn, Malo?«

»Die *Stella,* meine Hübsche, die war es.«

»Was? Herrgott noch mal, lasst euch doch nicht jeden Sandwurm aus der Nase ziehen!«

Igitt, die hatten Sandwürmer in der Nase? Im Hirn, das konnte ich glauben. Aber kamen die denen dann aus der Nase raus? Doch bevor ich dieses Problem endgültig klären konnte, fuhr Telo fort.

»Die *Stella* war es doch, die wir einige Tage später auf dieser kleinen Vogelinsel vor dem Hafen von Quiberon zerschellt auf den Klippen gefunden haben.«

»Richtig, nicht aber den Mann, der damit rausgefahren war, nicht wahr?«

»Stimmt, Janed, einen Ertrunkenen hat man nie gefunden. Aber du weißt selbst, wie das da mit den Strömungen ist. Und wenn er weit rausgefahren ist, kann er Gott weiß wo angespült worden sein. Die kleinen Inseln betritt doch kaum ein Mensch.«

»Seine Leiche ist verschollen, das ist nicht ungewöhnlich, aber seltsam ist es doch eigentlich, dass niemand diesen Mann vermisst hat, Telo.«

»Du stellst Fragen! Das ist doch alles schon Jahre her!«

»Zwölf Jahre. Ich meine ja nur – wenn von den Sommerfrischlern jemand nicht zurückkommt –, ich meine, wenn er im Hotel gewohnt hat ...«

»Vielleicht hat er nicht im Hotel gewohnt.«

»Oh, ja, natürlich. Aber wo sonst?«

»Bei seinem Freund Ronan, denke ich.«

»Wenn es denn sein Freund war – wobei –, das wird ja immer schlimmer. Wenn es Rons Freund war, der sich mit Mademoiselle, seiner Verlobten, getroffen hat.«

»Autsch, da hast du recht, meine Feine. Das wäre arg.«

»Würde aber den Streit erklären, den du beobachtet hast.«

»Nur – warum hat Ron Cado das niemandem erzählt?«

»Der ist einen Tag nach dem Unglück verschwunden, Telo. Erinnerst du dich nicht? Das gab einiges Gerede, weil der alte Lanneville getobt hat wie ein wütender Stier.«

»Jau!«, sagte Telo. »Jau. Mörder hat er ihn genannt. Und unser ehrenwerter Ron Cado ist damit entlarvt. Ronan Kercado, der seine Verlobte die Klippen runtergeworfen hat! Komm, Malo, wir machen Meldung an den Käpt'n!«

»Nichts da, ihr bleibt sitzen und hört mir zu. Ron Cado ist sicher Ronan Kercado, aber er hat seine Verlobte nicht umgebracht. Ich war dabei, ich habe nur gesehen, dass die zwei Männer sich um sie geprügelt haben. Und das ist jetzt auch erklärbar.«

»Aber Ronan ist verduftet.«

»Der andere auch.«

»Mhm.«

Ich hob ein Lid und betrachtete mir die beiden Matelots. Sie mochten ja gutmütige Kerle sein und immer für einen Wurstzipfel und einen Fischkopf gut, aber die Hellsten waren sie wirklich nicht. Klar war Ron kein Mörder. Er hatte es mir ja selbst gesagt. Und meine Schnurrhaare bestätigten das. Jau!

»Warum hat er dann einen anderen Namen angenommen, wenn er unschuldig ist, meine Schöne?«

»Der ist doch gar nicht so anders. Wisst ihr denn, wie er unterschreibt?«

Wussten die beiden nicht, so wie sie dreinblickten. Aber Malo wollte immer noch das Schlimmste glauben und nörgelte herum.

»Und du hast selbst gesagt, er war bei der Frau, als die Leute kamen.«

»Das beweist nicht, dass er sie umgebracht hat, sondern eher, dass er sie retten wollte.«

»Aber wenn er sie doch runtergestoßen hat, meine Hübsche?«

»Das habe *ich* nicht gesehen. Die beiden Männer haben sich geprügelt, und sie ist dazwischengeraten.«

»Vielleicht war ihm das ganz recht?«

»Wenn er sich ihretwegen geprügelt hat? Malo, du spinnst. Würdest du dich um ein Mädchen prügeln und sie dann die Klippe runterstoßen?«

»Ähm ... nö.«

»Also! Ich glaube, es war ein Unfall. Aber weil der andere Mann verschwunden ist, konnte Ron das nie beweisen.«

»Könnte sein. Vielleicht, weil der mit dem Boot verunglückt ist?«

Janed gab ein ungeduldiges Geräusch von sich und meinte: »Ich dachte, ihr habt das Wrack ein paar Tage später gefunden.«

»Ja, das haben wir. Telo, hat Brieg nicht sogar mal gesagt, wie der hieß, der mit Ronan Kercado rumgezogen ist und das Boot geliehen hatte?«

»Kann sein, kann nicht sein.«

»Brieg hat jetzt Dienst in der Kombüse?«, fragte Janed.

»Ja, meine Feine.«

»Dann fragen wir ihn!«

O ja, das machen wir. Und dann schauen wir mal, ob noch eine Portion Teppich-Braten übrig ist.

Runter von Janeds Schoß und hinter den dreien her.

In der Küche allerdings war die Stimmung auf dem Tiefstpunkt angekommen. Ron stand vor dem Herd und ein verzweifelter zweiter Koch vor ihm.

»Nein, er kann nicht aufstehen, Sir. Es wird ihm schwarz vor Augen.«

»Man erwartet ein fünfgängiges Menü. Was haben *Sie* für einen Vorschlag?«

»Ich ... ich ... Fünf Gänge, ja?«

»Nötigenfalls auch vier, Mann. Aber nun sagen Sie endlich, ob Sie das hinbekommen!«

Der arme Kerl schwitzte, dass ihm die Wassertropfen unter der weißen Mütze hervorquollen. Kein schöner Anblick.

Er rang auch die Hände.

»Ich bin normalerweise für die Süßspeisen zuständig, Sir.«

»Schön, dann hätten wir ja schon mal ein Dessert. Und sonst?«

Pfui, was konnte Ron kalt und fies klingen.

»Wir ... ich glaube, wir haben nur noch Schweinefüße da. Weil wegen gestern. Da sind doch die vorbereiteten Kalbsbraten verbrannt.«

»Schweinefüße?«

Ich hörte Janed glucksen.

»Die sind fürs Zwischendeck. Aber die müssen dann eben Kartoffeln essen.«

»Das Zwischendeck bekommt Schweinefüße!«

Janed begann zu kichern, und Ron drehte sich um.

»Mademoiselle ...?«

Janed zog ihren Rock ein Stückchen hoch und betrachtete vielsagend ihre hübschen Füße.

Ron gab ebenfalls einen Laut von sich, der an ein Glucksen erinnerte.

»Ich sagte ›bekommt‹, nicht hat, Mademoiselle.«

»Ich würde aber die meinen gerne behalten, Mister Cado. Ich bin sehr zufrieden mit ihnen.«

»Tatsächlich? Ich glaube, es gäbe da noch Kalbshaxen ...«

Ich strich Janed mit ebenfalls bewunderndem Schnurren um ihre sehr ansehnlichen, weißbestrumpften Waden.

»Auch Pantoufle ist mit der jetzigen Ausführung zufrieden, Mister Cado!«

Der Koch räusperte sich vernehmlich, offensichtlich gefiel ihm das Geplänkel nicht.

»Wenn die Schweinefüße nicht gut sind, haben wir nur noch Käse und Fischkonserven, Sir.«

»Das geht für das Captain's-Dinner auf gar keinen Fall!«

Jetzt mischte sich Janed ein bisschen ungehalten ein und meinte: »Entschuldigung, Mister Cado, aber kann denn der Kapitän nicht in der Ersten Klasse mitessen? So schlecht ist das Essen dort doch nicht.«

Ron drehte sich wieder zu ihr um und schüttelte den Kopf.

»Es geht nicht um die Mahlzeiten des Kapitäns, sondern um das festliche Essen für die Passagiere, an dem der Kapitän teilnimmt. Es sollte heute Abend stattfinden.«

Und Telo, der hinter uns stand, erklärte: »Ja, Janed, und gestern, als dieser Geisterlöwe los war, da ist es hier zu ... Unordnung gekommen, und die Vorräte ... Na ja, einiges ist verschüttet worden, anderes im Rohr verkokelt.«

»Und der Koch ist ausgefallen, weil er sich den Kopf angeschlagen hat und in ein Messer gefallen ist«, fügte Brieg hinzu.

»Heilige Mutter Anne!«

»Wenn die einen Rat wüsste ...«

»Mister Cado, sie nicht, aber ich.«

»Sie, Janed?«

»Ich kann ganz gut kochen.«

»Ohne Vorräte, ein fünfgängiges Menü für fünfzig Personen?«, schnaubte der zweite Koch.

Brieg, der die ganze Zeit in der Küche gestanden und Gemüse geputzt hatte, legte das Messer hin und sagte laut und vernehmlich: »Janed kann. Sie hat mit ihrer Maman und der Grandmère eine Taverne geführt, Sir. Und was sie aus Fisch zaubert, macht ihr so schnell keiner nach. Vor allem nicht der Koch hier.«

Stimmt Ron, ich habe selbst das Vergnügen mehrfach gehabt. Um meine Meinung beizusteuern, schlich ich Ron um die Beine und maunzte ihn aufmunternd an.

»Sie könnten wirklich?«

»Meine Bouillabaisse war ziemlich begehrt.«

»Ihr gedünsteter Rotbarsch unter Kräuterkruste war ein Gedicht.«

»Nach dem gegrillten Kabeljau mit Zitronensauce haben sich sogar die Pariser die Finger geleckt.«

»Ihr Muschelkuchen war märchenhaft.«

»Und erst die Krabben in Knoblauchtunke ...«

»Könnten Sie so etwas hier herstellen, Janed?«

»Geben Sie mir den Fisch und ein paar Helfer, dann ja.«

Der verzweifelte Koch wand jetzt seine Mütze in den Händen.

»Wir haben keinen Fisch, Sir. Nicht nach sieben Tagen Reise.«

»Bitte? Wir befinden uns mitten auf dem Atlantik, und Sie haben keinen Fisch?«

Janed klang vollkommen fassungslos. Ich war es eigentlich auch. Überall Wasser und keinen Fisch?

»Das ist hier leider ein Postfrachtdampfer, Mademoiselle, und kein Fischerboot«, klärte Ron sie mit einem kleinen Lachen in der Kehle auf.

»Klar doch, Mister Cado.« Janed trat an das Fenster und schaute hinaus, dann winkte sie Ron zu. »Schauen Sie da. Ich habe sie heute Morgen schon gesehen, Mister Cado. Die Trawler dort draußen. Rufen Sie einen an und kaufen Sie ihm den Fang ab. Den Rest erledige ich.«

Brieg hatte inzwischen ein kleines Döschen aufgemacht und den Inhalt – er duftete so herrlich vertraut nach Lachs und Zeugs – auf ein Stückchen Brot gestrichen. Das reichte er dem Ersten Offizier.

»Das sind die Fischpasteten, die unsere Janed zu Hause gemacht hat. Die Fabrik hat sie dann hergestellt. Und die großen Schiffe haben sie für die vornehmen Passagiere gekauft. Nicht für die Mannschaften, Sir.«

Ron probierte den Happen und nickte dann anerkennend.

»Köstlich. Aber was ist mit den anderen Zutaten?«

»Lassen Sie mich einen Blick auf die Vorräte werfen, Mister Cado.«

»Koch!«

»Ay ay, Sir. Mademoiselle, hier entlang, bitte!«

Der arme Wicht wischte sich den Schweiß von der Stirn, und ein Hoffnungsschimmer lag in seinen Augen. Janed folgte ihm, und ich bekam heimlich ein Stück von dem verkokelten Kalbsbraten zugesteckt. Also, ein Stück, das nicht angebrannt war, natürlich. Brieg wusste schon, was mir schmeckte.

Schmeckte!

Dann kam Janed zurück und grinste.

»Besorgen Sie mir frischen Fisch, Mister Cado. Ich verspreche Ihnen ein anständiges Menü. Mit fünf Gängen.«

»Janed?«

Rons Stimme klang ein wenig wackelig, ich fragte mich, warum.

»Ja, Mister Cado?«

»Ich bin Ihnen zu unendlichem Dank verpflichtet. Und nicht nur ich. Sie sollten wissen, dass der Kapitän nach dem Essen Maha Rishmi der See übergeben wird. Und Granvoce wird für sie singen.«

Meine Janed hatte Tränen in den Augen, aber sie lächelte.

»Sie sind ein guter Mann, Ron Cado. Und nun sehen Sie zu, dass Sie einen der Trawler dort draußen längsseits bekommen!«

»Ay, ay, Mademoiselle.«

Das stimmte wirklich, er war ein guter Mann. Meine Schnurrhaare trogen mich nie.

Ich suchte mir ein Plätzchen auf einem leeren Mehlsack in einer Ecke der Kombüse und widmete mich, nachdem nun einige wesentliche Angelegenheiten zu meiner Zufriedenheit geklärt waren, dem dringend benötigten Schlummer. Katzen brauchen das für ihre seelische und körperliche Gesundheit. Die anderen Probleme – Lili, der blöde Jock, die Frage nach Rons verschwundenem Freund –, das musste erst einmal warten. Prioritäten musste man setzen.

Ich ratzte weg.

Vorbereitungen

Mich weckte Janeds Stimme und eine ungeheure Geschäftigkeit. Ein Blick zum Fenster sagte mir, dass es später Nachmittag war. In der kleinen Kombüse werkelten fünf Leute, und mein erster Eindruck war, dass hier das blinde Chaos waltete. Zunächst wollte ich mich klein machen, um mich den Gefahren durch blitzende Messer, Hackbeile, blutige Fischgedärme und kochendes Wasser zu entziehen, aber dann fiel mir auf, dass alles ganz friedlich ablief und eigentlich einem sehr geordnetem Tanz glich. So wie manche Vögel sich in Gruppen über den Strand bewegten, was erst unordentlich wirkte, dann aber auch nach ganz eigenen Gesetzen ablief. Hier picken, da laufen, da flattern, hier sitzen – alles in einem Schwarm, ohne sich gegenseitig in die Quere zu kommen.

So war es hier auch, und als einer der Matelots anfing zu singen, ging es noch besser. Fische wurden geschuppt, Gemüse geputzt, Kräuter gehackt, in Töpfen gerührt, der Ofen geheizt, Flaschen geöffnet, Sud durch Siebe gegossen, Eier geschlagen und in Schüsseln gerührt. Janed gab mit freundlicher Stimme Anweisungen, und die Männer taten flugs, was sie sagte. Selbst der zweite Koch schwitzte jetzt nicht mehr vor Angst, sondern weil er angestrengt arbeitete. Der Duft von Zimt und Nelken, Schokolade, Honig und gebrannten Mandeln mischte sich mit dem von Zwiebeln, Salbei und Brotteig. Wein, Zitrone, Butter und Öl konnte ich riechen, der Wohlgeruch von Sahne, frischem Fisch und fettem Käse umschmeichelte meine Nase, und plötzlich stand ein Tellerchen mit ein paar Leckerbissen vor mir.

Janed. Meine geliebteste Freundin.

Aufgenascht und gestreckt, dann eine Entscheidung getroffen.

Hier nahm alles seinen geregelten Lauf, jetzt war es an der Zeit, Erkundungen zu Lilis Verbleib anzustellen.

Ich verabschiedete mich höflich aus der Küche und schlüpfte ungesehen durch die Gänge. Das war heute etwas schwieriger, weil die Passagiere irgendwie aufgeregter waren als sonst. Ständig verlangten sie nach Pagen, Stewards oder Zimmermädchen. Die trugen dann Kleider über den Armen, die irgendwo aufgebürstet werden sollten, wenn ich es recht verstand. Die Rohrleitungen in den Wänden des Schiffes ächzten, kleine Parfümwolken standen vor den Türritzen, hier und da roch es ein wenig nach verbrannten Haaren. Kurzum, die Menschen machten ihren Pelz rein, und vermutlich hatte das etwas damit zu tun, dass sie Janeds Leckerchen bekommen sollten.

Verständlich, oder?

Vor Lilis Tür kam mir der wohlbekannte Rolligkeitsduft entgegen. Ich kratzte an dem Holz, leise natürlich, und hörte ein zartes Maunzen.

Plumps! Ein Stein fiel mir vom Herzen. Lili war dort drin und offensichtlich gesund und munter.

Ich maunzte ebenfalls, und dann kratzte es auch von innen an der Tür. Aber sie ging nicht auf. Also mussten wir uns etwas überlegen. Normalerweise unterhalten wir Katzen uns ja nicht mit Worten, sondern haben allerlei andere Mittel zur Verfügung, uns auszudrücken – die Stellung der Schnurrhaare und Ohren, die Blicke, unsere Gerüche und Bewegungen des Schwanzes (obwohl der oft ein widerlicher Verräter ist und seine eigene Meinung vertritt – nicht immer die unsere) und natürlich unsere Gedanken.

Nicht Auge in Auge und Nase an Nase fielen viele dieser Möglichkeiten fort. Was blieb, waren die Laute. Sagte ich nicht schon, dass wir zwar Menschen beispielsweise verstehen, aber leider nicht ihre Sprache sprechen können? Auch unsere eigene Lautsprache untereinander eignet sich nur für einige wenige, meist sehr kurze und konkrete Aussagen. Beispielsweise für Warnungen, Beschimpfungen, Befehle, aber auch für Begrüßungen und schlichten Trost. Fakten zu übermitteln fällt uns damit schwer.

Aber natürlich war es möglich, und so erfuhr ich, dass Madame sich aufschminkte, Lili strengen Stubenarrest verpasst hatte, sie aber alles daransetzte zu entkommen. Und dass sie ziemlich stinkig über Adèle war. Das natürlich auch. Aber dazu hätte es nicht so deutlicher Worte bedurft.

Die führten nur dazu, dass unsere Unterhaltung jäh unterbrochen wurde, denn Adèle giftete Lili an, sie solle endlich mit dem blöden Miauen aufhören und die Tür nicht zerkratzen.

Die Strümpfe waren ihr aber auch nicht recht.

Und ich kam noch einmal in den Genuss von Lilis ausgeprägtem Schimpfwortschatz.

Einigermaßen zufrieden trottete ich zum Zwischendeck zurück, um zu sehen, was Pippin so trieb. Er ließ mich auf mein Kratzen sofort ein, und ich bestaunte ihn nicht wenig. Der schäbige schwarze Anzug war verschwunden, ein anderer, aus matt schimmerndem Stoff, ersetzte ihn, dessen Hosenbeine sich genauso weich und glatt anfühlten wie die von Enrico. Er hatte sich die Haare schneiden lassen, sein Gesicht war frisch rasiert und nicht mehr so grau, Gold blitzte an seinen Ärmeln, und ein Duft wie von frisch geschlagenen Pinien umgab ihn. Ich beschnüffelte ihn ausgiebig.

»Es gefällt dir, Pantoufle? Du bist ein Kater von Stil, das muss ich sagen. Und die schönen sandfarbenen Haare an meinen Hosenbeinen lassen wir einfach dran, dann kann jeder gleich sehen, dass ich deine Billigung habe.

Gute Idee. Aber sag mal, was ist denn das da für ein Zeug?

Ich sprang auf das Bett, auf dem ein bunter Anzug lag, ähnlich dem, wie Ron ihn im Bett getragen hatte – weite Hose, weiter Kittel mit Pompoms und Quasten dran (musste ich gleich mit spielen) –, ein komischer kleiner Hut und eine Kiste mit bunten Stiften, Pinseln und Schwämmchen.

»Das ist mein Kostüm, Pantoufle. Ich werde es nachher noch einmal anziehen. Für Maha Rishmi, verstehst du. Aber zum Essen habe ich mich fein gemacht. Ich will doch unsere Janed nicht blamieren.«

Das will ich dir auch geraten haben.

»Sie ist ein ungewöhnliches Mädchen, Pantoufle, so wie du ein ungewöhnlicher Kater bist.«

Er streichelte mich, und ich sprang hoch und setzte mich auf die blau-weiß karierten Hosen auf dem Bett.

Er ließ sich neben mir nieder und kraulte mich sehr gekonnt im Nacken.

»Meine Maha Rishmi, Pantoufle, bei ihr habe ich oft gedacht, dass ich sie wirklich verstanden habe. Und ich glaube, ich konnte ihre Gedanken auch nachvollziehen. Sie hat den Tod ihres Gefährten so sehr betrauert, weißt du. So wie ich den Tod meiner lieben Olga. Aber sie hat mir auf ihre Weise Mut gemacht. Mit ihr zusammen fühlte ich mich stark genug, mein Leben neu zu ordnen. Den Zirkus zu verkaufen, das Haus in Amerika zu kaufen, meine Tochter zu bitten, es mir zu führen, das große Gehege anzulegen. Verantwortung, Pantoufle, war es, die mir half weiterzuleben. Verantwortung für ein königliches Tier.«

Und nun ist sie tot, Pippin.

Ich drückte mich fest an ihn.

»Und nun ist sie tot, ja. Aber dennoch hat sie mir etwas geschenkt, mein Kleiner. Genau wie dir und deiner Janed. Wir beide wissen schon davon, aber deine Freundin wird es noch entdecken müssen.«

Du weißt davon, Pippin?

Verdutzt sah ich ihn an.

Er lachte leise.

»Ich weiß, dass sie dir Größe verliehen hat. Ich glaube, sie konnte das. Sie war eine sehr weise alte Königin, und ihren Namen trug sie nicht von ungefähr. Wie war das neulich mit: ›Der Löwe ist los!‹, was?«

Uups, na ja ...

»Siehst du, und mir hat sie Vertrauen geschenkt. Das Vertrauen, dass ich mit meinem Leben noch etwas anfangen kann. Dass ich noch immer die Kraft und den

Mut habe, etwas Neues aufzubauen. Nicht nur Kraft, Pantoufle, ich habe auch das Geld. Etwas, das man nicht unterschätzen sollte.«

Das mit dem Geld verstehe ich nicht so ganz, aber es scheint die Unterschiede zwischen schäbigem Zwischendeck und grauen rauen Decken und Erster Klasse und Samtkissen auszumachen. Wobei sich Samtkissen eben schöner anfühlen. Also, dann ist Geld wichtig, und nicht jeder hat es.

»Geld, Pantoufle, fliegt einem gewöhnlich nicht zu, außer man erbt es. Man verdient es sich mit harter Arbeit, und das habe ich mein Leben lang getan. Nun ist es an der Zeit, es auszugeben. Hah!«

Gut, aber was ist mit Janed? Was hat Maha Rishmi ihr mitgegeben?

Wieder kraulte Pippin mich höchst fachmännisch, und ohne dass er etwas sagte, spürte ich wieder Janeds Schmerz und Trauer. Und dann sah ich die bernsteinfarbenen Augen der Löwin vor mir. Ach ja, natürlich.

Danke, Majestät.

»Katerchen, ich brauche noch eine Weile für mich alleine, auch wenn deine Gesellschaft sehr angenehm ist. Aber lauf zu deiner Freundin. Ich bin sicher, sie wird sich vor dem Essen noch mal hier unten einfinden und sich bestimmt über deine Gesellschaft freuen.«

Das tat sie auch. Sie hatte sich mit Wasser gewaschen – na ja, jedem das seine –, und dann durfte ich zuschauen, wie sie aus ihrer Tasche ihr Sonntagskleid holte und es anlegte. Es war ganz neu, und sie hatte inzwischen die Stickerei auf dem Mieder fertiggestellt. Drei weiße

Unterröcke zog sie an, und ich wuselte ihr dazwischen durch die Beine, weil die gestärkten Spitzen und das Leinen so nett rochen und mein Fell angenehm streiften. Sie lachte leise und zog dann den schwarzen Wollrock darüber. Auch er hatte am Saum rote und gelbe Streifen und kleine Blumen und Herzen aufgestickt. Ihre ebenfalls strahlend weiße Bluse hatte weite Ärmel, darüber zog sie das schwarze, bunt bestickte Mieder. Davor band sie eine weiße Schürze mit gerüschten Rändern. Dann drehte sie sich, dass die Röcke flogen, und ein paar Frauen klatschten begeistert. Eine von ihnen half Janed dann, die Haare aufzustecken und die hohe, aus durchbrochener Spitze bestehende Haube darauf zu befestigen. Eine breite Schleife hielt sie im Nacken, aber ich durfte leider nicht mit den Enden spielen.

Hätte ich aber gerne!

So durfte ich nur gucken, aber sie war so hübsch, meine Janed. Viel, viel hübscher als Adèle mit ihren glitschigen Seidenkleidern und dem Stroh auf dem Kopf. Janeds Wangen schimmerten rosig, ihre Haare glänzten gesund, ihre Augen leuchteten, sie duftete nach Rosen und Lavendel wie ein Sommertag im Garten.

Ich spürte es in meinen Schnurrhaaren – sie war stolz auf sich. Stolz darauf, was sie in der Küche geleistet hatte, und darauf, dass sie das Seebegräbnis für die Löwin durchgesetzt hatte.

Und ich war stolz auf meine Menschenfreundin.

Pippin wartete an der Tür, und durch die Zwischendeckpassagiere ging ein leises Raunen. Er sah sehr nobel aus, und er verbeugte sich anmutig vor Janed. Ja, er zog sogar ihre Hand an seine Nase und schnüffelte daran. Dann reichte er ihr den Arm und geleitete sie nach oben.

Ich hinterher wie nix!

Die Kübel mit den Palmen, die den Tisch verdeckt hatten, waren fortgeräumt, ein Steward geleitete die beiden zum Tisch des Kapitäns. Der Stoffel wollte mich rüde aus dem Raum werfen, aber Pippin sagte einfach: »Pantoufle bleibt!«

Also blieb ich.

Am Tisch saß ebenfalls Enrico, der sich erhob, als er Janed sah, und genauso erfreut an ihrer Hand schnüffelte, mir jedoch zuzwinkerte. Ron, Adèle und eine andere Dame mit weißen Haaren, die vom Kapitän sehr höflich behandelt wurde, bildeten den Rest der Gesellschaft.

Adèle sah säuerlich aus und ignorierte Enrico, aber sie dünstete rollig wie gehabt, und Ron rückte ein wenig von ihrer Seite ab. Dennoch gurrte sie unablässig auf ihn ein, was er nur mit sehr trockenem Grummeln beantwortete.

Ich kuschelte mich an Janeds Unterröcke und gönnte mir eine kleine Runde Halbschlaf. Man kam auf diesem Dampfer ja wirklich nie so recht zur Ruhe. Meinen Ohren gab ich den Befehl, wachsam zu bleiben, der Rest von mir versank in eine andere Welt.

Celeste Mah' Rishmi

Auf meine Ohren konnte ich mich verlassen, genau wie auf meine Schnurrhaare. Deshalb wurde ich hellwach, als der Kapitän aufstand, klingelnd an sein Glas schlug und eine Lobrede auf meine Janed hielt. Sie habe das Dinner gerettet und diese wundervollen Gerichte hergestellt. Man klatschte, und im Licht der großen Lampen funkelten die Gläser, als man ihr zutrank. Janeds Füße neben mir scharrten vor Verlegenheit, aber als ich zu ihr hochsah, hatte Pippin ihre Hand genommen, und sie wurde wieder ruhig. Ich half ihr ebenfalls dabei, indem ich ihr auf den Schoß sprang. Von da hatte ich vor allem eine weit bessere Sicht auf die Lage der Dinge und bekam außerdem einen Finger voll Sahne zum Abschlecken gereicht.

Pippin aber sagte dann zu der Runde: »Meine Damen und Herren, ich muss mich für einige Minuten entschuldigen. Es sind ein paar Vorbereitungen zu treffen. Darf ich die Herrschaften dann in ungefähr einer halben Stunde auf das Oberdeck bitten?«

»Ich werde dafür sorgen, dass man sich dort einfindet, Mister Alexandrejew.«

»Auch die Zwischendeck-Passagiere, Herr Kapitän.«

»Wenn Sie es wünschen, Mister Alexandrejew.«

Begeistert hörte sich der Kapitän nicht an, aber Enrico schloss sich an: »Die Zwischendeck-Passagiere selbstverständlich auch, Capitano!«

Adèle murrte etwas vor sich hin, und die alte Dame

zischte sie leise an, dass Snobismus hier nicht am rechten Platz sei. Madame zog eine Schnute und stocherte in ihrem Schokoladenkuchen herum, als wäre er mit ranzigem Fischmehl gebacken.

Wir blieben noch einen Moment sitzen, dann standen auch die anderen auf, und eine rege Geschäftigkeit ließ mich schnurstracks den Raum verlassen, um niemandem unter die Füße zu kommen.

Das war, wie sich zeigte, eine kluge Entscheidung, denn als ich auf den Gang trat, bemerkte ich schon gleich eine ganz frische Nachricht von Lili. Sie war der Schnepfe also erfolgreich entwischt.

Und schon sah ich die zuckende Schwanzspitze hinter einem Blumenkübel und sprang zu ihr. Nase an Nase, und – ach, wie gut sie roch. Schlapp und drüber. Nicht einfach so die Pfoten anschnüffeln, wie Pippin und Enrico es mit Janed gemacht hatten. Wenn schon, dann richtig.

Sie schnurrte.

»Alles in Ordnung, Lili?«

»Jetzt ja. Ach Pantoufle, die ist eine so dumme Pute, die Adèle. Sie wollte unbedingt, dass ich in ihrem Bett schlafe und sie tröste, dann wieder war sie giftig, weil ich ihr im Weg war, das Futter war vertrocknet, weil ich angeblich nicht pünktlich zum Essen erschienen war, und schließlich wollte sie mir auch noch das dumme Halsband anlegen. Aber da habe ich sie angefaucht und nach ihr getatzt. Mit Krallen raus.«

»Blut gezogen?«

»Nee, nur Spitze zerrissen. War sie auch wieder giftig. Und wie ist es dir ergangen?«

Ich gab Lili eine kurze Zusammenfassung der Ereignisse und der neuen Erkenntnisse zu Ron, bis wir merkten, dass die Leute alle durch die Gänge zum Oberdeck eilten.

Wir drückten uns an die Wand, bis sie endlich alle vorbei waren. Dann aber hörte ich Janeds Stimme.

»Pantoufle! Pantoufle? Töffelchen, komm raus, wo immer du dich versteckst. Es geht um Maha Rishmi und Pippin und alles.«

»Kommst du mit, Lili?«

»Ist Adèle dabei?«

»Vermutlich. Aber Janed hat schöne weite Röcke an, dahinter kannst du dich prima verstecken.«

»Na gut, dann komme ich mit.«

Janed hatte uns fast aufgespürt, sie schaute gerade unter einer Konsole nach. Ich maunzte, und sie drehte sich um.

»Hab ich dich, Kleiner. Und – oh – deine Freundin hast du auch wiedergefunden. Hallo, Lili, meine Hübsche.«

Sie streichelte Lili über den Rücken, und die drehte verzückt ihren Kopf in Janeds Händen.

»Dann bleibt ganz in meiner Nähe, ihr beiden Helden, es könnte ein Gedränge geben da draußen. Und dass mir keiner von euch über Bord geht!«

Aber ganz gewiss nicht.

Mit dem Gedränge hatte sie natürlich recht. Auf dem Deck unter dem klaren Nachthimmel wimmelte es nur so von Menschen, aber für Janed hatte Ron einen Platz frei gehalten, sodass wir ganz dicht an dem Rund saßen, um das zwei Reihen Stühle gestellt waren. Hier saßen die vornehmen Leute, die anderen standen dahinter. Aber alle waren gleichermaßen aufgeregt und gespannt auf das, was nun kommen würde. Ich auch.

Drei bunte, mit Flitter und Flimmerzeug geschmückte Podeste waren in diesem Rund aufgestellt worden, was mich ein bisschen wunderte. Das waren die Dinger, die unten in Maha Rishmis Verschlag an der Wand aufgestapelt waren. Hier, von starken Lampen angestrahlt, wirkten sie sehr eindrucksvoll.

Alle tuschelten und raunten, aber niemand schien sich zu trauen, laut zu sprechen.

Dann spielte jemand auf dem Klavier eine Melodie, die Matrosen machten einen Gang zwischen den Zuschauern frei, und ein Mann trat in die Runde.

Hätte ich die Kleider zuvor nicht bei Pippin gesehen, hätte ich nicht gewusst, dass er sich hinter der Maske verbarg. Sein Gesicht war weiß angemalt, mit einem großen, lachenden roten Mund und riesigen blauen, traurigen Augen. Seine Nase war rot, ebenso seine Haare, auf denen der komische kleine Hut saß. Die karierten Hosen und das gestreifte Hemd flatterten um ihn herum, riesengroße Schuhe wölbten sich über den Zehen nach oben.

Ein erfreutes Kichern ging durch die Menge.

»Ein Clown, oh, ein Clown!«

»Eine Zirkusvorführung!«

»Was für eine herrliche Überraschung!«

Pippin machte eine übertriebene Verbeugung ringsum zu dem Publikum, lüpfte dabei sein Hütchen und vollführte dann eine ausladende Handbewegung über die Runde mit den Podesten.

Komischerweise sagte er dabei kein einziges Wort.

Dann aber griff er nach der roten, goldverzierten Peitsche, verhedderte sich darin, stolperte über seine Füße und benahm sich so tapsig wie ein junges Kätzchen bei seinen ersten Ausflügen. Die Leute grinsten, lachten, glucksten vor Spaß, und ich bewunderte Pippin, wie beweglich er war. Ebenfalls wie eine Katze.

Dann aber machte er erneut eine theatralische Geste, und wieder öffnete sich die Gasse zwischen den Menschen.

Es war ganz still geworden, die Musik schwieg, alle Blicke richteten sich auf diese Öffnung zwischen den Zuschauern.

Niemand kam.

Oder doch?

Pippin ließ die Peitsche knallen, und – ja, es wirkte, als ob eine Löwin das Rund betrat. Eine schlanke, schöne, goldfarbene Löwin mit bernsteinfarbenen Augen. Und Pippin kraulte sie zwischen den Ohren. Sie setzte sich neben ihn und schaute ins Publikum. Mit beredten Gesten stellte er sie vor und gab ihr dann den Befehl, auf das niedrigste der Podeste zu springen.

Sie tat es und peitschte mit dem Schwanz.

Ich war vollends gefangen von der Vorführung, und die Menschen waren es ebenfalls. Pippin zeigte uns, zu welchen Kunststücken Maha Rishmi in der Lage war. Er tat es ohne Worte, ohne Löwin.

Und dennoch hörten und sahen wir sie alle.

Hin und wieder ging ein »Ahhh!« durch die Reihen, oft brandete Applaus auf, manchmal hörte man aber auch ein angstvolles Stöhnen.

Ich lernte voller Staunen dazu, dass auch Menschen fähig waren, sich gänzlich ohne Lautäußerungen zu verständigen, nur mit ihrem Gesicht, ihren Händen, ihrem Körper.

Mehr noch, Pippin war sogar in der Lage, die Gegenwart seiner Löwin zu beschwören, indem er sie streichelte und kraulte, ihr nicht vorhandene Fleischstückchen zusteckte, wenn sie ein Kunststück vorgeführt hatte.

Und dann kam der erste Höhepunkt. Pippin griff nach einem bunten Reifen, und Maha Rishmi sprang auf das hohe Podest. Dann hielt Pippin den Reifen zwischen sie und das andere Podest und forderte sie auf hindurchzuspringen.

Sie weigerte sich erst ein bisschen, dann tat sie es aber doch. Und auch wieder zurück. Wieder auf das niedrige Podest, dann auf das hohe, immer dorthin, wo Pippin den Reifen hielt.

Ein Stückchen Fleisch zur Belohnung, eine kleine Pause, in der Pippin mit heftigem Händewedeln von Janed eine übergroße Streichholzschachtel erbat.

Mit viel lustiger Unbeholfenheit gelang es ihm schließlich, das lange Streichholz zu entzünden, dann hielt er es an den Reifen.

Der flammte auf.

Er ergriff ihn an der Stelle, die nicht brannte, und hielt den Reifen wieder zwischen die beiden höchsten Podeste.

Ich sah Maha Rishmi dort sitzen, und ihre bernsteinfarbenen Augen funkelten mich herausfordernd an.

O nein, das war nichts für einen Schisserkater wie mich, nein, nein, nein.

»Du bist kein Schisserkater, Pantoufle«, wisperte Lili. »Los!«

Nein, nein, nein!

Oder?

Maha Rishmis Augen ruhten auf mir, und ich fühlte, wie ich wuchs und größer wurde. Pranken bekam, eine gewaltige Mähne, ein mörderisches Gebiss.

Die Löwin war fort, das Podest leer.

Pippin knallte mit der Peitsche.

Ich sprang hinauf.

Pippin sah mich an, und seine Augen weiteten sich.

Dann wirkte sein Lächeln unter all seiner Schminke erstmals vollkommen fröhlich. Auf das Podest reckte ich mich, schaute hochmütig über die Menge.

Ja, sie erwarteten es von mir.

Der brennende Reif flackerte.

Da hindurch?

Durch die Flammen?

Nun, es war nicht das erste Mal.

Für Pippin! Für Maha Rishmi!

Die Peitsche knallte noch einmal, und Pippin erhob zum ersten und einzigen Mal seine Stimme.

»Allez hop!«, befahl er laut.

Ich sprang, und die Hitze berührte meine Mähne, meinen Rücken, meinen Schweif. Dann saß ich auf dem anderen Podest und erhob meine Stimme zum Triumphgebrüll.

Donnernder Applaus füllte das Deck.

Der Reif war erloschen, Pippin wies mich an, auf das niedere Podest zu springen. Er kraulte meine Mähne, wies mit großen, stolzen Gesten auf mich.

Noch einmal genoss ich den Beifall, dann hüpfte ich gebührend geehrt hinunter und kroch wieder unter Janeds Stuhl.

»Gut gebrüllt, mein kleiner Löwe«, flüsterte sie, und Lili leckte mir die Ohren.

Doch das zu genießen blieb mir keine Muße, denn schon gab Pippin dem Publikum zu verstehen, dass er nun die Geste größten Vertrauens durchzuführen gedachte, die zwischen Mensch und Tier denkbar war – den Löwenkuss.

Er würde seinen Kopf in das aufgerissene Maul des todbringenden Raubtiers legen, bedeutete er mit Gesten und Augenrollen.

Man hielt den Atem an, als er sich langsam der Löwin näherte, die nun wieder mitten im Rund saß. Er beugte die Knie vor ihr. Sie riss ihr Maul auf, und voll Zuversicht, dass sie ihm nicht schaden würde, legte er seinen Kopf so hinein, dass sie mit einem Biss seinen Hals hätte durchtrennen können.

Sie tat es nicht.

Die Stille an Deck war greifbar.

Doch als Pippin sich von der Löwin löste und von den Knien hochkam, wurde der Applaus noch heftiger als nach dem Sprung durch den brennenden Reifen.

Noch einmal führte er uns vor, wie Maha Rishmi über alle Podeste sprang, anschließend verneigte er sich großartig, ließ die Peitsche knallen und stolperte über seine großen Schuhe.

Dann wies er seine Helfer an, die Podeste fortzuräumen, begleitete die Löwin zu der Gasse, die sich gebildet hatte, und blieb alleine im Rund stehen.

Leises Klavierspiel erklang, diesmal eine getragene Weise, ein trauriges Stück. Und vier Matrosen in ihren blauweißen Anzügen trugen eine Plane herbei. Sie legten sie mitten in der Runde nieder und falteten sie auf.

Maha Rishmi, wie schlafend, den Kopf auf ihre Pranken gebettet, lag auf den Planken.

Alles schwieg.

Der Kapitän trat vor, nahm seine Mütze ab, und alle anderen Männer taten es ihm gleich.

Mit wenigen wohl gewählten Worten verkündete er, dass die bewundernswerte Löwin, die Begleiterin von Pippin Alexandrejew, dem berühmten Zirkusbesitzer, nun feierlich der See übergeben würde.

Dann trat auch er zurück.

Das Klavierspiel wurde lauter, die Melodie änderte sich. Und als Enrico Granvoce vortrat, ging ein Seufzen durch die Menge.

Aufrecht stand er da, seine Augen auf die schlafende Königin gerichtet.

Und er erhob seine Stimme.

»*Celeste Mah' Rishmi, forma divina,*
Mistico serto di luce e fior ...«, erklang es.
Holde Mah' Rishmi himmelentstammend,
Von Duft und Strahlen zaubrisch verklärt.
Janed schluchzte auf.
»*Del mio pensiero tu sei regina,*
Tu di mia vita sei lo splendor.«
Du bist die Königin meiner Gedanken,
Durch Dich allein ist das Dasein mir wert.

Lili zitterte, die weißhaarige alte Dame drückte sich ein Tüchlein an die Lippen.

»Il tuo bel cielo vorrei redarti,
Le dolci brezze del patrio suol.«
Möchte in die Heimat Dich wieder bringen,
Dort, wo die Luft und der Himmel so schön.
Pippin kniete neben Maha Rishmi nieder, barg seinen
Kopf an ihrem Hals.
»Un regal serta sul crin posarti,
Ergerti un trono vicino al sol.«
Möchte ins Haar eine Krone Dir schlingen,
Ach, Deinen Thron bis zur Sonne erhöhn! Ach!
Enricos göttliche Stimme erfüllte die Nacht.
Ich konnte nicht anders, ich musste vortreten. Lili
folgte mir.
Wir standen vor Maha Rishmi. Und mit dem Ausdruck tiefster Verehrung drückte ich noch einmal meine Nase an die ihre.
Enricos Stimme schwang sich zu den nächtlichen Höhen empor. Pippin richtete sich auf, das Gesicht tränenüberströmt. Frauen und Männer knieten nieder, die Mannschaften hielten sich an ihren Mützen fest, und der Kapitän hatte die Rechte an sein Herz gedrückt.
Wie setzten uns rechts und links von ihrem Kopf nieder, während Enrico weiter für die Göttliche sang. Und während seine Huldigung die Nacht füllte, fiel ein Stern vom Himmel. Ein langer glühender Streif durchzog das tiefe Blau des Firmaments, ein goldener Strahl, der sich niederneigte und im Meer verlosch.
Als die letzen Töne verklungen waren, schlug Pippin selbst die Decke über Maha Rishmi wieder zusammen, und mit stummer Achtung nahmen vier Matrosen sie auf und trugen sie an die Reling.

»Allez hop«, sagte Pippin leise.

Und seltsamerweise begannen die Matrosen auf dem Schiff zu summen, zu singen dann, und unter den Klängen von »Rolling home« versank der »machtvolle Lichtstrahl« in den Wellen.

Das Goldmedaillon

Ich war, neben Enricos Auftritt, das Gespräch des Abends.

»Habt ihr den kleinen Kater gesehen? Welch ein mutiger kleiner Kerl, so mir nichts, dir nichts durch den brennenden Reifen zu springen!«

»Ja, und das, wo Katzen doch Angst vor Feuer haben!«

»Die großen wie die kleinen. Übrigens – ganz kurz hatte ich den Eindruck, dass wirklich ein gigantischer Löwe dort sprang.«

»Ja, da sagen Sie was. Für einen Moment dachte ich, mich trögen meine Augen.«

»Überhaupt, dieser Clown, nicht? Er hat es fertig gebracht, dass ich auch die Löwin förmlich sehen konnte.«

»Ein wahrer Künstler in seinem Fach. Ob er den kleinen Kater auch dressiert hat?«

»Nein, der gehört nicht zu ihm, mein Lieber. Der streift hier schon die ganze Fahrt über durch die Gänge. Ich glaube, den hat jemand aus dem Zwischendeck mitgebracht.«

»Umso bemerkenswerter, sollte man meinen.«

Sehr bemerkenswert, besonders für mich selbst.

Wir schlenderten über die Promenade zurück in den prunkvollen Saal. Plötzlich fiel mir auf, dass von Lili keine Ohrenspitze mehr zu sehen war.

Ich maunzte Janed an.

Sie sah zu mir runter. Ich maunzte noch mal, mit Bedacht kläglich.

»Oh. Lili ist weg.« Sie hob mich hoch, was ich schön fand, weil ich nicht nur an ihrem Hals schnuppern konnte, sondern auch einen besseren Überblick hatte. Keine Lili.

»Mister Cado?«

»Mademoiselle Janed?«

Ron drängte sich zu uns.

»Haben Sie Lili gesehen, die Siamesin?«

»Oh, ja, die habe ich gesehen. Madame Adèle hat sie sich unter den Arm geklemmt und vermutlich zurück zu ihrer Kabine gebracht. Sie lässt der Katze nicht so viel Freiraum wie Sie Ihrem Pantoufle, Janed.«

Rattenschwanz und Mäusemist, und ich hatte mich so auf einen schönen Plausch gefreut.

Ich zappelte auf Janeds Arm, weil ich nach unten wollte. Lili hinterher, die Tür der Kabine zusammenbrüllen und mit meinen Pranken dagegendonnern, bis die gerüschte Schnepfe sie wieder freigab.

Klappte aber nicht mit der Löwengröße. Dafür blieb ich mit der Kralle in dem Goldkettchen an Janeds Hals hängen, und als ich nach unten sprang, riss es.

Mit einem kleinen Klirren fiel das Medaillon auf den Boden.

Ron bückte sich, hob es auf, sah es an und erstarrte. Ich auch.

An Lili war nicht mehr zu denken. Ron war weiß wie die Bordwand geworden und sah noch immer auf das kleine Stückchen Gold in seiner Hand.

Janed war ebenso verdutzt wie ich.

»Janed?«, fragte Ron heiser. »Janed, wie sind Sie an diesen Anhänger gekommen?«

Meine Menschenfreundin streckte die Hand danach aus, aber er hielt es weiter fest.

Inzwischen waren wir alleine auf der Promenade, die anderen Passagiere hatten sich nach drinnen verzogen.

»Den habe ich gefunden. Oder besser, Pantoufle hat ihn aus dem Sand gekratzt. Was ist mit Ihnen, Ron? Sie sind ganz blass.«

Er lehnte an der Wand, so als ob er sich nicht mehr recht auf den Beinen halten konnte.

»Diese Reise ... Ich verstehe das nicht mehr. Welche Geister haben sich aus den Gräbern erhoben?«, murmelte er vor sich hin.

Meine Janed betrachtete ihn mit Mitleid in ihren Zügen.

»Ronan Kercado, Sie kennen dieses Medaillon, nicht wahr?«

Ron schloss die Augen.

»Ja, ich kenne es. Ich schenkte es einer jungen Frau zu unserer Verlobung. Vor vielen Jahren, Janed.«

»Mademoiselle de Lanneville, nicht wahr?«

Er öffnete die Augen wieder.

»Sie wissen davon, Janed?«

Janed trat auf ihn zu und berührte seinen Arm.

»Kommen Sie, wir setzen uns hinter diesen Paravent. Ich glaube, ich muss Ihnen etwas erzählen.«

Widerstandslos ließ sich Ron von ihr zu zwei Deckstühlen führen. Ich natürlich sofort hinterher. Das versprach ja nun richtig aufregend zu werden. Hopp auf Janeds Schoß und die Ohren gespitzt.

Ron hielt noch immer das Medaillon in der Hand und sah es an. Er wirkte erschüttert und unglücklich. Janed strich ihm sacht über den Arm und erzählte dann von mir, was ich immer gerne höre.

»Ron, ich habe bei der großen Sturmflut im April mein Haus verloren. Ich musste zusehen, wie es vor meinen Augen die Klippe hinunterrutschte. Pantoufle und ich konnten uns gerade noch retten. Und dann kam eine gewaltige Welle und riss diesen kleinen Kater einfach mit sich. Das war das Ende, Ron, einer langen Reihe von Verlusten. Meine Grandmère war gestorben, meine Mutter folgte ihr kurz darauf. Wir mussten unsere Taverne aufgeben. Mein Vater und mein Bruder blieben auf See. Die Fabrik, in der ich arbeitete, war bei dem Sturm ebenfalls zerstört worden. Ich hatte kein Heim, keine Familie, keine Arbeit mehr.«

»Das wusste ich nicht, Janed. Wie schrecklich.«

»Ja, es war entsetzlich. Ich hatte nur noch die Kleider, die ich am Leib trug, und ein bisschen Gespartes auf der Bank. Nachbarn halfen mir, natürlich. Aber ich war zutiefst am Boden zerstört. Pantoufle war als ganz kleiner Kater zu mir gekommen, und ich hatte ihn so lieb gewonnen. Wissen Sie, Haus, Kleider, selbst Geld

285

sind nur Dinge, die sich ersetzen lassen. Aber dass mein kleiner Freund in den Fluten umgekommen war, das konnte ich kaum ertragen. Darum fasste ich den Entschluss, Quiberon zu verlassen. Ich wollte nicht mehr erinnert werden. Ich glaube, Ronan Kercado, das verstehen Sie.«

Ron nickte.

»Eine Woche habe ich gebraucht, um das Nötigste zusammenzupacken, dann habe ich mich auf den Weg nach Brest gemacht. Und dabei kam ich in Porz Guen vorbei.«

»Das Felstor, ich weiß«, sagte Ron tonlos.

»Ja, die Klippen und das Felstor. Es weckte schmerzliche Erinnerungen, denn früher kam ich gerne mit meinem kleinen Bruder an den Strand dort, um Muscheln zu sammeln. Aber nach seinem Tod hatte ich es gemieden. An diesem Tag aber, als ich Abschied von meinem Zuhause nahm, hielt ich dort noch einmal an. Und, ehrlich, Ron, ich glaube fest daran – in dem Moment wendete sich mein Schicksal. Als ich nämlich so über das Meer zum Horizont blickte, hörte ich plötzlich das leise Maunzen. Erst dachte ich, ich würde es mir einbilden. Aber dann sah ich unten am Strand dieses wundervolle Stückchen Strandgut.«

Ah, pah, Janed. Strandgut? Ich?

Aber ich verzieh ihr die Bemerkung, denn Ron hatte plötzlich eine Spur von Lächeln in seinem Gesicht, und er strich mir über die Ohren.

»Alles, nur kein Strandgut, Janed.«

»Nein, natürlich nicht. Obwohl er nicht eben adrett aussah, als ich ihn aufklaubte. Mager, zerzaust, das

Fell von Sand und Salz verkrustet, hier und da ein bisschen räudig. Aber es war mein Pantoufle, und – Ron, du kannst dir nicht vorstellen, wie glücklich ich war. Die Hand der heiligen Mutter Anne musste ihn behütet haben, die Welle hatte ihn an gerade diesen kleinen Strand gespült. Er hatte eine Höhle gefunden und ein Rinnsal Wasser, das vom Fels hinablief, und er hatte sich von Fischen ernährt.«

»Er ist ein ungeheuer mutiger kleiner Held, dein Pantoufle.«

Überhaupt nicht, Ron, überhaupt nicht. Ein Schisserkater bin ich.

»Viel mutiger, als du wissen kannst, Ron. Er hat nämlich eine Höllenangst vor Möwen, weil ihn als Winzling eine von seiner Maman entführt hat.«

»Woher weißt du das denn? Hat er es dir etwa erzählt?«

»Nein, sie ließ ihn im Flug fallen, und er landete in meiner Schürze. Das war das erste Mal, dass er mir wie ein Geschenk des Himmels erschien. Das zweite Mal war er ein Geschenk des Meeres an mich. Als ich ihn wiedergefunden hatte, setzte ich mich eine Weile zu ihm an den Strand, um darüber nachzudenken, wie ich ihn mitnehmen konnte. Es war mir einfach unvorstellbar, ihn seinem Schicksal zu überlassen.«

»Ich hatte dich erst für ein bisschen verrückt gehalten, Janed. So wie diese Madame Robichon. Aber ich glaube, jetzt verstehe ich dich sehr gut. Nein, du hättest ihn nicht dort lassen können.«

Nein, nicht? Ich wäre wahrscheinlich auch an gebrochenem Herzen gestorben, Janed. Einfach so. Es war schon schwer, damit zu leben, dass du verloren warst, aber wenn du mich verlassen hättest ... Ich schnurrte, was das Zeug hielt, und rieb meinen Kopf an ihrem Arm. Sie streichelte mich ganz fest und knetete mir die Ohren, genau so, wie ich es liebte.

»Ronronronron.«

»Tja, also ich saß da und grübelte, und da fing Pantoufle an, im Sand zu scharren. Und dann zerrte er plötzlich die Kette hervor, die du in der Hand hältst.«

Ron sah das Medaillon wieder an.

»Sie muss es bei dem Sturz verloren haben.«

»Sehr wahrscheinlich. Die Kette war zerrissen. Ich machte mir wenig Gedanken darum, Ron. Für mich war es eine Art Zeichen. Ich hatte alles verloren – und nun, an diesem Strand, in diesem Moment, war mir mein Katerchen zurückgegeben und ein goldenes Schmuckstück noch als Draufgabe geschenkt worden. Ich dachte, dass ich nun die tiefste Stelle des Tals durchschritten hätte. Ein Wendepunkt, Ron, vielleicht eine Bestätigung, dass ich mich auf dem richtigen Weg befand. Ich knüpfte Pantoufle in mein Umschlagtuch, suchte den Korbmacher auf und kaufte einen Deckelkorb von ihm. In Auray ließ ich das Kettchen richten, und auf der Fahrt von dort nach Brest traf ich dann zu meiner Überraschung im Zug die drei Matelots, und die überredeten mich, mit ihnen nach Amerika auszuwandern.«

»Und dann musstest du ausgerechnet mir begegnen, Janed?«

»Was ist schlimm daran, Ron?«

»Weil du und dieser Kater so viele alte Wunden wieder aufgerissen habt. Und nun zeigt sich, dass du nicht nur meinen vollständigen Namen kennst, sondern auch noch im Besitz dieser Kette bist.«

»Und mehr als das, Ronan Kercado – ich bin auch Zeugin des Unfalls an den Klippen, damals vor zehn Jahren.«

Das Kettchen entglitt Rons Fingern und fiel abermals zu Boden. Er beugte sich rasch vor und hob es auf, damit es nicht zur Reling rutschte. Dann brachte er fassungslos hervor: »Du ...?«

Janed erzählte ihm die Geschichte, die sie auch Pippin schon berichtet hatte, und Ron hielt die Hände vor das Gesicht gedrückt. Aber er lauschte. Er lauschte ganz furchtbar aufmerksam.

Und schließlich nahm er die Hände wieder nach unten und stand auf. Er lehnte sich an die Reling und sah in den Nachthimmel, der mit unzähligen Sternen bestickt war. Das Wasser unter uns rauschte eintönig, in den Tauen sang der Wind, leise nur war hier das Stampfen der Maschinen zu spüren.

Janed kraulte meinen Nacken, und ich wäre darüber beinahe eingeschlafen. Ich war müde, sehr müde von all diesen Aufregungen heute.

»Janed!«

Meine Freundin zuckte zusammen, ich ebenfalls.

Ron kniete neben uns und flüsterte nur.

»Janed, verzeih, ich habe euch beide geweckt. Ich muss gleich auf die Brücke, und ihr geht besser nach unten. Aber trotzdem, Janed – solltest du wissen, dass du mir ein unschätzbares Geschenk gemacht hast.«

»Habe ich das?«

»Ja, meine Schöne.«

Ich sprang von ihrem Schoß, und sie erhob sich. Ganz nahe standen die beiden voreinander.

»Morgen erzähle ich dir, warum. Aber noch muss ich eine Weile darüber nachdenken.«

»Dann will ich dich jetzt in Ruhe lassen, Ronan Kercado.«

Er lächelte ein sehr seltsames Lächeln.

»Ruhe, Janed Kernevé, werde ich gewiss nicht finden. Aus vielerlei Gründen nicht. Der hier ist einer davon.«

Und dann legte er ihr den Arm um die Taille und zog sie noch näher an sich.

Nein, es war kein Abschlecken. Es war etwas viel Hübscheres, das konnte sogar ich erkennen. Es war das, was wir Katzen ein Nasenküsschen nennen, nur dass sie es mit den Lippen machten. Und Janed sah ganz verklärt drein, als er seinen Mund wieder von dem ihren löste.

Dann bückte er sich ganz schnell, sodass ich nicht ausweichen konnte, und hob mich hoch an seine Schulter.

»Zu Bett, kleiner Pantoffel.«

Er trug mich bis nach unten an die Tür, dort ließ er mich auf den Boden und strich Janed noch einmal über die Wange.

»Morgen, meine Hübsche.«

Lilis Tortur

Ich war so müde, und eigentlich hätte ich schlafen müssen wie ein Stein, aber Janed wälzte sich die ganze Nacht unruhig hin und her. Na ja, ein paar Runden Schlaf bekam ich dennoch, und als der Morgen anbrach, fühlte ich mich gewappnet, den letzten Tag der Reise anzutreten. Obwohl ich ein gewisses Unbehagen im Bauch spürte. *Was* würde nun aus uns werden, dort in der neuen großen Stadt mit den kleinen Zimmern und den lauten Straßen? Zusätzlich befanden sich auch meine Schnurrhaare in heller Aufregung. Es lag wieder einmal etwas Bedeutsames in der Luft. Etwas sehr, sehr Bedeutsames, und da ich meinem Bart zu vertrauen gelernt hatte, drängte ich die Ängste in meinem Bauch zurück.

An diesem Morgen waren auch die Passagiere früh aus den Betten und geschäftig dabei, Kleider zu falten, ihre Bündel zu schnüren und Taschen zu packen. Heute Nachmittag würden wir den Hafen erreichen, das hatte der Kapitän Enrico gestern noch versprochen.

Janed hatte sich ebenfalls angezogen und legte sorgfältig ihr schönes Sonntagsgewand zusammen. Ich beschnüffelte es noch mal gründlich. Es roch so gut nach Blumen und Kräutern. Und nach Zuhause.

Ich maunzte sehnsüchtig, und sie strich mir über den Rücken.

»Ja, Töffelchen, ich weiß. Oder besser, ich weiß nicht. Ich weiß überhaupt nichts mehr.«

Richtig, da war ja noch Ron.

Vielleicht ...

Also, unter Katzengesichtspunkten war Ron ein strammer Kater. Und Janed eine sehr hübsche Kätzin. Jetzt müssten eigentlich nur die Gelüste erwachen.

Ich hatte wenig Ahnung davon, wie das bei den Menschen funktionierte. Als Kater würde ich jetzt um eine Kätzin herumstreichen und um sie werben. Sie würde mich necken, mir ihren Bauch zeigen, zarte Winke mit dem Schwanz geben und, wenn ich zu nahe kam, mir eine scheuern. Und irgendwann würde ich sie erwischen, sie in ihrem Nacken packen und das tun, was wir beide so unbedingt wollten.

Hach.

Nein, Menschen machten das vermutlich anders. Dieses Abschlecken, dieses Lippen an Lippen drücken, das musste etwas damit zu tun haben. War es nicht denkbar, dass Ron auf diese Weise schon seine Absichten kundgetan hatte?

Andererseits, wenn ein Kater bei seiner Kätzin ans Ziel gekommen war, bekam er anschließend mächtig eine gepfeffert, und das war's dann. Das machten die Menschen auch anders. Die zogen nämlich anschließend ihren Wurf gemeinsam auf. Jedenfalls meistens.

Also, wenn ich wollte, dass meine Janed und Ron zusammenblieben, dann musste ich nur sehen, dass sie so schnell wie möglich Nachwuchs zeugten.

Wo war Ron?

Ah, richtig, Hundswache hatte er gesagt. Das allerdings hieß, dass er jetzt in seinem Bett lag und schlief. Da konnte man wohl erst mal nichts machen.

Ich streckte mich also auf der grauen Decke aus und

sah Janed zu, wie sie ihr Spitzenhäubchen verstaute, ihre Strümpfe zusammenrollte, die Schürze säuberlich in ihre Tasche legte und dabei leise sang.

Pippin erschien an der Tür und sah sich suchend um. Ich reckte mich und maunzte einen Gruß. Janed drehte sich um, und ein erfreutes Lächeln glitt über ihr Gesicht.

»Guten Morgen, Pippin!«

Auch die anderen Auswanderer sahen zu ihm, ein Flüstern ging durch den Raum, dann begann einer zu klatschen. Die anderen folgten, und Pippin verbeugte sich mit Grandezza. Er sah ausgeruht und unternehmungslustig aus. Ich lief auf ihn zu, und als er sich niederbeugte und leise »Allez hop« sagte, sprang ich in seine Arme. Ich durfte mich an seine Schulter schmiegen, die jetzt nicht mehr mit schäbigem schwarzem Stoff bedeckt war, sondern mit einem grauen, grob gewebten, der leicht nach Schaf roch. Aber nur ganz leicht, der Rest war irgendwie Leder und Holz.

»Was meinst du, Pantoufle, wird deine Janed mir beim Frühstück Gesellschaft leisten?«

Wenn's nach mir ginge, ganz bestimmt. Ich bin sicher, oben gibt es ein Näpfchen Sahne extra für mich.

Janed hatte ihre Tasche geschlossen und war zu Pippin getreten.

»Wenn es nach Pantoufle ginge, sollte ich das wohl tun, Pippin.«

»Und wenn es nach Ihnen geht, Janed?«

Sie grinste plötzlich.

»Dann auch. Aber nur, wenn ich Himbeerkuchen mit Sahne bekomme.«

O ja, o ja, die Himbeeren und den Kuchen für dich, die Sahne für mich.

»Das werden wir sicher arrangiert bekommen. Beim Küchenchef haben Sie noch etwas gut, sollte man meinen.«

»Dann wollen wir die oberen Gefilde erklimmen.«

Ich erlaubte Pippin, mich durch die Gänge zu tragen, und ich muss gestehen, er machte das gut. So gut, dass ich mich gar nicht an seine Jacke klammern musste.

»Einen feschen Anzug tragen Sie heute, Pippin«, bemerkte Janed und strich ihm leicht über den Ärmel.

»Ich habe beschlossen, endgültig meine Maske fallen zu lassen, Janed. Weder dummer August noch armer Schlucker – es ist nicht mehr nötig, seit Maha Rishmi nicht mehr da ist.«

»War es jemals nötig, Pippin?«

»Die Clownsmaske war mein Beruf, Janed, und der schäbige Anzug – nun, ich wollte bei meiner Löwin bleiben und daher zwischen den Aussiedlern nicht auffallen. Es schien mir unhöflich, unter den Leuten, die sicher alle lauter, fleißig und unbescholten, aber nicht eben vermögend sind, im feinen Zwirn herumzuhüpfen.«

»Ja, das verstehe ich. Sie sind ein einfühlsamer Mann, Pippin.«

O ja, das war er, so wie er mich auf dem Arm hielt. Hach, und dann betraten wir den vornehmen Futtersaal, und alle katzbuckelten vor uns, und ein Page geleitete uns zu einem hübschen Ecktisch. Ein Steward schob Janed den Stuhl zurecht, ein anderer Pippin und ein dritter – war es zu glauben – mit einem Schmunzeln – mir!

Janed erkundigte sich zuallererst nach dem Koch und erhielt die Botschaft, der habe sich wieder erholt und walte seines Amtes. Dann bat sie mit vorsichtiger Stimme um ein Stückchen Himbeerkuchen.

Im Handumdrehen stand er vor ihr, mit den besten Empfehlungen des zweiten Kochs.

Und mir wurde eine Schüssel gehäuft voll mit geschlagener Sahne serviert.

Kurzfristig verlor ich den Kontakt zur Wirklichkeit. Dieses weiße, fluffige Zeug war definitiv das Beste, was ich je in meinem Leben gekostet hatte. Ich versank bis zu den Schnurrhaarspitzen darin und schleckte und leckte und schmatzte und schlappte, dass es mir um die Ohren spritzte.

Als ich den Grund des goldgeränderten Schälchens erreicht hatte, putzte ich noch die rosa Blümchen darin sauber, dann mich.

War viel zu putzen.

Und mit einem Ohr hörte ich dann auch schon wieder zu, worüber Pippin und Janed sich unterhielten.

»Also haben Sie herausgefunden, dass Mister Cado tatsächlich jener Ronan Kercado ist.«

»Ja, und dass er mit großer Sicherheit unschuldig an dem Unfall war. Er wollte mir heute noch etwas dazu erklären. Nur ob er das ...«

»Warum so rote Öhrchen, meine Liebe?«

Weil sie beide wie Katz und Kater einander umschlichen. Dessen war ich mir jetzt ganz sicher.

Janed malte mit dem Zeigefinger Kringel auf das Tischtuch. Dann flüsterte sie: »Er hat mich geküsst, Pippin.«

»So so.«

»Aber ich weiß nicht, ob er das ernst meint.«

»Wie ernst nehmen Sie das denn, hübsche Janed?«

»Ich ... ich mag ihn, Pippin. Er ist so nett zu Pantoufle. Und er hat sich um alles gekümmert. Und so ...«

Ein ganz großer Pluspunkt, ja, Janed. Er ist nett zu mir. Sehr nett.

»Und wo steckt das kleine ›Aber‹, das ich in Ihrer Stimme höre, Janed?«

Sie schluckte und pickte noch eine Himbeere auf.

»Na ja, er ist ein Seemann.«

»Die sind per se treulos und haben in jedem Hafen ein Liebchen?«

»Manche ...«

»Aber nicht alle, Janed.«

Sie zuckte mit den Schultern und sah irgendwie zweifelnd aus.

»Ich denke, meine junge Freundin, wenn unser Ron Cado ausgeschlafen hat, wird er Ihnen die eine oder andere Frage beantworten. Oder mir, wenn Sie mich sozusagen als Ersatzvater akzeptieren wollten.«

»Sie sind so lieb zu mir, Pippin.«

Pippin lachte leise und schlug dann vor: »Kommen Sie, wir flanieren über das Deck. Pantoufle hat einen dermaßen runden Sahnebauch – er braucht unbedingt Bewegung, damit er nicht fett und träge wird.«

Was soll ich werden? Ich? Fett? Träge?

Träge kam ich auf die Pfoten. Heilige Bastet, was war mein Bauch schwer geworden.

»Je, Sie haben völlig recht, Pippin. Er wird mächtig plumpsen, wenn er von dem Stuhl da springt.«

Och, wie gemein, Janed!

Aber leider lag sie damit vollkommen richtig. Mit einem satten Plumps kam ich auf den Teppich, und mit durchhängendem Bauch schlurfte ich hinter den beiden her, die sich zum Promenadendeck aufmachten. Nur die bewundernden Blicke und das achtungsvolle Gemurmel der Gäste, die uns beobachteten und uns zunickten, hielten mich aufrecht. Zu gerne hätte ich mich jetzt in ein Eckchen zusammengerollt und mich einem genüsslichen Verdauungsschlummer hingegeben.

Ist schon anstrengend, ein Held zu sein. Ehrlich.

Flirrendes Sonnenlicht begrüßte uns, als wir durch die Tür nach draußen traten. Einige Kinder spielten Hüpfekästchen, andere mussten an den Händen ihrer Mütter oder Bonnes flanieren (was sie meist nicht gerne taten, wenn ich die Blicke richtig deutete, die sie auf die Hüpfekästchen warfen), und an windgeschützten Ecken plauderten einige Herrschaften müßig bei ihren Kaffeetassen.

Natürlich schlenderten auch wieder Damen in bunten Kleidern an der Reling entlang, hielten ihre Kopfbedeckungen fest und kicherten, wenn ihre Röcke wie die Fähnchen an den ausgespannten Tauen flatterten und Spitzenstrümpfe sehen ließen. Auch Janeds Rock blähte sich und bot mir Schutz.

Aber dann sah ich sie.

Meine Freundin Lili.

Wieder am blauen Halsband, die Leine von Adèle fest in der Hand gehalten.

Madame war wieder gründlich aufgedonnert. Auf ihren gelben Haaren wuchs ein ganzes Blumenbeet, ihr Derrière wölbte sich lustvoll nach oben, und ihre hohen Absätze klapperten bösartig auf den Planken.

Sie schien gereizt, Lili ungehalten. Doch als sie mich sah, sträubten sich ihre Schnurrhaare erfreut nach vorne, sodass ihr Schnäuzchen aussah, als wollte sie, wie Pippin es vorhin bezeichnet hatte, jemandem ein Küsschen geben.

Meine Schnurrhaare machten sich selbstständig. Auch sie wanderten nach vorne, und mein Herz legte ein paar Schläge zu. Sie war aber auch eine Schönheit. Ihre wundervollen blauen Augen leuchteten wie der Himmel über uns, und ihr bezaubernder brauner Schwanz schwuppte in die Höhe.

Aaach!

Leider zerrte Adèle sie schon wieder weiter, ohne dass wir ein Wort hätten miteinander wechseln können. Sie steuerte auf den Zweiten Offizier zu, der seine Runde über das Promenadendeck drehte, und fragte ihn, wann denn mit dem Einlaufen im Hafen zu rechnen sei.

»Wenn es keine Störungen gibt, Madame Robichon, werden wir so gegen drei Uhr am Kai anlegen.«

»Na, dann wird der Signor Granvoce ja noch rechtzeitig zu seiner Premiere kommen!«, antwortete sie, und es troff Gift aus ihrer Stimme.

Hoppla.

Sie betrachtete kritisch die kleine Uhr, die sie an einer Kette um den Hals trug, und ließ dann ihren Blick über die Passagiere gleiten. Ich verdrückte mich hinter Janeds Röcken. Mir gefiel der Ausdruck in ihren Augen nicht. Überhaupt nicht. Es lag Gemeinheit darin.

Und dann ging alles sehr schnell.

Madame bückte sich, machte Lilis Leine vom Halsband los und hob die protestierend kreischende Katze hoch.

Ich kreischte ebenfalls.

Janed auch.

Madame machte einen Satz zur Reling.

Janed ihr nach.

Madam holte aus.

Janed auch.

Bevor Lili über die Reling flog, hatte meine Menschenfreundin ihr dermaßen eine geflammt, dass es Madame das Blumenbeet vom Kopf fegte.

Ich krallte mich in den Volant am Saum. Der riss.

Lili krallte sich oben in das Kleid.

Da riss es auch.

Pippin krallte Madames Arme fest. Da riss nichts mehr.

Aber Madame kreischte.

Und wie!

Die Schiffssirene war ein lahmer Heuler dagegen.

Menschen drehten sich um, kamen näher, umstanden uns.

Völlig perplex ließ ein Steward ein Tablett mit Kaffeetassen fallen, stolperte ein Page mit einem Packen Decken in die Gruppe, starrte der Zweite Offizier die zeternde Schnepfe an.

»Hilfe, zu Hilfe!«, krakeelte die jetzt. »Schaffen Sie mir diese verlausten Kreaturen vom Leib!«

»Wen, bitte?«, fragte Pippin mit durchdringender Stimme und zog sie von der Reling weg.

»Offizier, tun Sie doch endlich etwas. Sehen Sie nicht, dass mich diese Zwischendeckschlampe angegriffen hat? Und dieser abgehalfterte Clown soll mich loslassen.« Und dann schrillte sie in den höchsten Tönen: »Und entfernen Sie dieses verflohte Biest von meinem Rock!«

Dabei versuchte sie, mich zu treten, aber ich machte mich klein.

Und dann groß.

Und dann die Krallen in die Wade.

Hah! Spitzen rissen, Blut floss.

Lili tat es mir gleich. Ich sah die Gepardin sich in Madames Armen winden, loskommen, sich an dem schillernden Glitschekleid festkrallen, runterrutschen.

Das Kleid kreischte auch.

Und Madame stand im Unterrock, an dem komischen Derrière hingen nur noch ein paar Fetzen an einem Drahtkorb.

Sah putzig aus, das Ganze.

Lili stand dann neben mir und murmelte: »Blöde Schnepfe.«

»Stimmt.«

»Heilige Bastet, was habe ich eine Angst gehabt!«

»Ich auch, Liebste. Ich auch.«

Die Schnepfe trötete weiter, ihre Stimme überschlug sich, sie versprühte Speichel, geiferte, wedelte mit den Händen, bis Pippin das tat, was meiner Meinung das einzig Wirkungsvolle war.

Er scheuerte ihr auch noch mal eine.

Dann war Ruhe an Bord.

»Was geht hier vor?«

Ron Cado, noch unrasiert, aber bereits in seiner weißen Uniform, tauchte neben Madame auf. Man hatte ihn wohl aus dem Bett gescheucht, den Armen. Ich schubste die zitternde Lili zu Janed, die sie fürsorglich unter ihre Röcke schlüpfen ließ. Dann zu Ron.

»Madame Robichon hat versucht, ihre Katze über Bord zu werfen«, sagte Janed ganz ruhig.

»Wie bitte?«

»Ich konnte es gerade noch verhindern.«

»Die lügt, die Schlampe! Die hat mich angegriffen! Sie haben es doch alle gesehen! Sperren Sie diese schmutzige Aussiedlerin ein. Sofort! Ich verlange das. Sofort!«, grellte Madame.

»Mademoiselle Janed ist keine Schlampe, Madame. Nehmen Sie das zur Kenntnis«, sagte Pippin.

»Sie stecken doch mit ihr unter einer Decke, Sie heruntergekommener Tierbändiger!«

»Mister Alexandrejew, Madame, ist ein Herr von Ansehen und ausgezeichneten Manieren«, sagte Janed diesmal bedachtsam. »Sie hingegen benehmen sich wie die letzte Hafendirne. Und glauben Sie, Madame, derlei Gelichter habe ich schon kennengelernt. Sie haben Lili, die friedlich neben Ihnen saß, mit der Absicht hochgehoben, um sie über Bord zu werfen. Und ich frage mich ernsthaft, was Sie damit bezwecken wollten. Hinterherspringen wollten Sie wohl bestimmt nicht.«

Ron trat jetzt zu Madame und nahm sie bestimmt und nachdrücklich am Arm.

»Madame Robichon, ich werde Sie zu Ihrer Kabine geleiten und Ihnen ein Zimmermädchen schicken, damit Sie Ihre Kleider wechseln und sich etwas beruhigen können«, sagte er leise. »Überlassen Sie die Angelegenheit mir. Ich werden den Kapitän darüber informieren.«

Jetzt kollerte Madame nur noch, ließ sich aber willig wegführen.

An Lili hatte sie keinen Gedanken mehr verschwendet.

»Warum schleimt er sich nur wieder bei ihr ein?«, murrte Janed, aber Pippin tätschelte ihr beruhigend den Arm.

»Ich bin mir sicher, dass er dem Kapitän nicht die Beschwerde vorlegt, die Madame Robichon glaubt vorbringen zu müssen. Warten Sie ab, Janed. Er wird gleich kommen und uns nach den näheren Umständen befragen.«

Das vermutete ich auch. Es war nämlich ein ziemlich ärgerliches Blitzen in seinen Augen aufgetreten, als er die Schnepfe abführte.

Ich aber musste mich jetzt vor allem um Lili kümmern.

Also – Kopf an Janeds Bein gerammt.

»Pantoufle! Au!«

Entschuldigung, aber unter deinem Rock, Janed ...

»Ah, ich verstehe.«

Meine liebe Freundin lüpfte ihren Rock, und Lili schaute verschüchtert darunter hervor.

»Ist sie weg?«

»Ja, sie ist weg.«

Geduckt kroch Lili unter den Spitzen hervor, und Janed beugte sich zu ihr hinunter.

»Arme kleine Katze. Arme kleine Lili-Blauauge.«

Sie schmeichelte ihr und gurrte und schnurrte, soweit Menschen das können, und Lili taute auf. Ja, sie ließ sich sogar von ihr auf den Arm nehmen. Aber als ihr Blick über die Reling streifte, krallte sie sich so fest in Janeds Schultern, dass diese leise aufjaulte.

»Besser, wir gehen nach drinnen, was, Lili?«

Adèles Entlarvung

In dem Raum standen Sessel und niedrige Tische, und Pippin rückte einen Sessel für Janed zurecht. Lili blieb noch immer an ihrer Schulter kleben, hatte aber die Krallen eingezogen und ihren Kopf an Janeds Hals geborgen. Ich hüpfte auf Pippins Schoß.

Ron Cado kam wieder zu uns und zog sich ebenfalls einen Sessel herbei.

»Madame ist in ihrem Zimmer und gibt sich einem hysterischen Anfall hin. Der Bordarzt kümmert sich um sie.«

»Hoffentlich verabreicht er ihr ein paar K.-o.-Tropfen«, meinte Pippin trocken.

Was »k.o.« war, wusste ich nicht, hoffte aber, das es so was war wie das Zeug, mit dem mich Enrico besprüht hatte.

»Starke Beruhigungsmittel werden sicher angebracht sein, da gebe ich Ihnen recht. Und nun sagen Sie mir: Stimmt das, was Mademoiselle Janed sagt, Mister Alexandrejew?«

»Ja, es stimmt. Madame Robichon erkundigte sich bei dem Zweiten Offizier, wann wir in New York einlaufen würden, sah dann zur Uhr und hob die Katze auf. Genau wie Janed hatte auch ich den Eindruck, dass sie sie über Bord werfen wollte. Janed fiel ihr geistesgegenwärtig in den Arm. Wenn Sie meine Einschätzung hören wollen, Mister Cado, dann wünschte Madame mit dieser Aktion noch einmal die Rettung des Katers hier zu wiederholen.«

»Um Aufmerksamkeit auf sich zu lenken, nehme ich an. Aber warum nur?«

»Der Blick auf die Uhr, Mister Cado, gibt mir zu denken.«

»So förmlich heute, Mademoiselle Janed?«

Meine Janed wurde tiefdunkelrot.

»Mister Alex...«

»Ron, könnten Sie sich bitte angewöhnen, mich Pippin zu nennen? Ich habe ständig das Gefühl, jemand mit dem Namen Alexandrejew stünde schräg hinter mir und sei gemeint.«

»Nun, wenn Sie es wünschen, Pippin.«

»Ja, ich wünsche es mir. Und was wollten Sie zu Janeds Förmlichkeit sagen?«

»Ich wollte Ihnen erklären, dass Mademoiselle Janed mein gut gehütetes Geheimnis entdeckt hat und mir gestern Abend davon Kenntnis gab. Ich empfand das als sehr großen Vertrauensbeweis und glaubte daher, dass zwischen uns eine gewisse Nähe entstanden ist, die ich gerne weiter aufrechterhalten möchte.«

»Ein Geheimnis. Gut, dem widmen wir uns nach dem ersten Schritt. Jetzt wollen wir hören, was unsere scharfäugige Freundin zu dem Blick auf die Uhr zu sagen hat, den zu deuten ich mir nicht die Mühe gemacht habe.«

»Ja, Janed, was gab dir daran zu denken?«

Janed war nun nur noch rosig und sehr hübsch, vor allem mit der schönen Lili an ihrer Schulter.

»Sie sind doch sehr interessiert daran, pünktlich in New York einzulaufen.«

»Weil unser großer Tenor zu seiner Premiere eilen muss, sicher.«

»Gesetzt den Fall, just diesen Vormittag ginge ein Mann über Bord. Oder die Katze von Madame Reedereischwester. Was wäre der Kapitän gezwungen zu tun?«

»Einen Kreis zu fahren, um Mann oder Katze aufzufischen.«

»Wodurch Signor Granvoce zu spät zu seinem Auftritt käme.«

»Pfui, was für eine hässliche Unterstellung, Janed«, meinte Pippin. »Madame ist eine glühende Verehrerin unseres Sängers. Sie haben mir doch selbst jenen Brief gezeigt.«

War sie, ist sie nicht, ist sie nicht, Pippin! Ach, wenn ich sprechen könnte.

Ron nickte und erklärte an meiner Stelle: »Sie war eine große Verehrerin, Pippin, aber ich fürchte, ihre Schwärmerei ist in bodenlosen Hass umgeschlagen. Wir wissen es zwar nicht ganz genau, aber ich habe die Vermutung, dass sie es war, die den Mundwasserflakon von Signor Granvoce ausgetauscht hat. Hätte er es benutzt, hatte er sich die Kehle mit einem scharfen Haarfärbemittel verätzt.«

»Du lieber Gott!«

Und der Sand in der Ölkanne, Ron, der Sand. Ach, wenn ich sprechen könnte.

»Pantoufle, was zappelst du denn so?«

Muss was sagen, muss was sagen!

»Pantoufle ist aufgeregt, Pippin. Ich glaube, er erinnert sich daran, wie Madame ihn über Bord geworfen hat.«

Nein, Janed. Oh Möwenpisse, wie kriege ich euch nur nach unten bewegt?

»Was ist denn, Pantoufle?«, fragte jetzt auch Lili.

»Wir müssten zu der Sandkiste, und die sollen mit!«

»Na, dann gehen wir beide eben voraus!«

Schlaue Lili. Sie zappelte sich ebenfalls frei, und Seite an Seite machten wir einige Schritte zur Tür. Dann drehten wir uns gemeinsam um und maunzten die Menschen an. Laut und deutlich mit einem herrischen Befehlston in der Kehle.

»Was wollen die beiden nur? Janed, diese beiden wollen doch etwas? Pippin, Sie sind der Experte in Katzenfragen.«

»Nicht unbedingt, aber mir sieht das stark nach einer Aufforderung aus, ihnen zu folgen.«

»Dann tun wir das, Ron. Katzen haben sehr feine Instinkte. Vielleicht hat Lili Hunger. Oder der Schreck ist ihr in die Gedärme gefahren.«

Janed stand auf, und wir trabten, Schwänze hoch, vor ihnen her.

»Ich komme mir, ehrlich gesagt, ein wenig idiotisch vor, hinter zwei Katzen herzutrotten«, murmelte Ron.

»Ich habe schon bei Weitem Idiotischeres getan, Ron. Auf jeden Fall aber denke ich, wir sollten die beiden im

Auge behalten. Wer weiß, was Madame noch einfällt. Immerhin ist Lili ihre Katze.«

Richtig, Pippin, richtig. Auch darauf müssen wir achten.

Lili und ich hüpften die Niedergänge hinunter. Es wurde etwas beschwerlich in den unteren Gängen, denn überall standen nun schon wieder Koffer und Kisten herum. Ständig packten Leute neue Bündel darauf, stritten sich um freie Plätze für ihr Gelump, die Kinder dazwischen spielten Haschen und Verstecken, und wir kamen nur langsam voran, weil auch immer wieder jemand mit Pippin sprechen wollte. Aber schließlich gelangten wir auf die Ebene, in der die Maschinen laut wummerten und die Kiste mit Löschsand auf uns wartete.

Dann aber musste ich meine Mission kurzfristig unterbrechen.

Es pressierte!

Mit einem Sprung in die Kiste, rasches, oberflächliches Scharren – dann Erleichterung!

»Mehr als idiotisch«, grummelte Ron.

Janed lachte leise.

»Na gut, sie haben ihre Bedürfnisse. Und das hat Pantoufle uns gerade gezeigt.«

Aber nein, nein, nein!

»Das auch, aber schauen Sie mal. Lili? Lili, was ist mit dir?«

Ich sah mich um. Pippin hatte recht. Lili, die Wunderbare, hatte erkannt, was zu tun war. Sie hatte sich mit dem Kopf an die Rohrleitung gedrückt auf den Boden geworfen, so wie sie damals gelegen hatte, als der grässliche Jock sie aus der Kiste geworfen hatte. Sie maunzte kläglich, stand dann auf und schielte uns an. Dabei plapperte sie ununterbrochen. Ich bewunderte ihre Fähigkeiten, Laute zu bilden. Es hörte sich fast an wie Menschensprache.

»Lili, ist dir nicht gut?«

Janed kniete neben ihr nieder.

»Mirr mau, brrrips mau. Mau brrrirr! Brips maumau!«

Plumps!

Wieder warf sie sich hin, Kopf an der Rohrleitung.

Ich verstand.

Ich machte den Löwen.

Nur ganz klein, versteht sich.

Und Ron ging ein Licht auf.

»Heilige Mutter Anne! Der Löwe ist los!«

»Was?«

»Pippin, dieses Spektakel, das Jock angerichtet hat, als er das ganze Schiff zusammenbrüllte mit dem Ruf, der Löwe sei los, das hat hier seinen Anfang gehabt.«

»Erzähl, Ron.«

Ja, Janed hat recht, erzähl es ihnen.

Ich trottete zu Lili und schnurrte sie an: »Gut gemacht!«

»Dieser Tropf glaubte, hier unten von einem Löwen angegriffen worden zu sein, aber es war lediglich Pantoufle, der ihn gekratzt hat. Und das hat der tapfere Kater getan, weil Jock ebendiese junge Dame gewaltsam aus der Löschsandkiste befördert hatte. Vermutlich erinnert sie sich daran, wie sie gegen die Rohrleitung geprallt ist.«

»Er hat sie geworfen?«

»Vermutlich.«

Schwupps war Lili wieder in Janeds Armen und wurde nachträglich getröstet. Es schien ihr zu gefallen, wenn ich das Ringeln ihres Schwanzes so betrachtete.

»Aber warum Löwe? Glaubte er, Maha Rishmi sei ausgebrochen?«

»Vermutlich. Allerdings kommt eine Sache dazu – Jock war dabei, sich heimlich an der Sandkiste zu schaffen zu machen. Es stand eine der Ölkannen hier, in die das Schmieröl für die Wellen und Getriebe abgefüllt wird. Es war, wie sich nachher herausstellte, Sand in dieser Kanne. Die Angst, bei diesem Tun erwischt zu werden, hat ihn vermutlich in dem kleinen Kater einen großen Löwen erkennen lassen.«

Was wieder einmal bewies, wie richtig Corsair mit seiner Aussage lag – Angst war immer so groß, wie man sie machte.

»Himmel!«, sagte Pippin.

»Ei verflixt!«, sagte Janed.

»Mir fallen weit schlimmere Worte dazu ein. Ja, es hätte uns in eine verdammt schwierige Situation bringen können, wenn das sandige Öl in eines der Lager geraten wäre.«

»Aber warum sollte der Maschinist die Maschinen lahmlegen wollen? Was sagt er dazu?«

»Er leugnet es. Aber ich glaube ihm nicht.«

»Es steckt ein anderer dahinter, Ron. Stimmt's?«

»Ja, ich vermute, dass er im Auftrag einer anderen Person handelte.«

»Die eine Havarie hervorrufen wollte? Wir wären

ohne Antrieb auf hoher See gewesen – was für eine Vorstellung!«

»Nicht ganz, Pippin. Die Maschinen verkraften schon einiges, und das Schiff wird immerhin von zwei Schrauben angetrieben. Aber einen üblen Schaden hätte es schon gegeben, und mit nur einer Welle hätte sich unserer Fahrt drastisch verlangsamt.«

»Weshalb wir als Jocks Auftraggeber wohl Madame Robichon vermuten dürfen. Was meinst du, Ron?«

Er sah Janed zweifelnd an.

»Madame ist eine Dame.«

»Na und?«

»Ich glaube nicht, dass sie so viel von Maschinen versteht, dass sie weiß, was Sand im Getriebe bedeutet.«

»Pah! Ron, selbst ich weiß, was passiert, wenn ein Lager heißläuft.« Und dann lächelte Janed ihn spitzbübisch an. »Aber du könntest natürlich auch behaupten, ich sei keine Dame.«

»Sicher nicht so eine wie Madame Robichon, das würde ich gerne behaupten, meine Schöne.«

»Mademoiselle Janed ist eine Dame durch und durch, und Madame ist eine Harpyie und die Schwester eines Reeders und wird gesprächsweise oft genug von mechanischen Problemen gehört haben«, mischte sich Pippin ein. »Ich kann es mir ebenfalls vorstellen, weil sie diejenige ist, die Enrico Granvoce schaden will. Sie ist vollkommen durchgedreht, würde ich sagen.«

»Das ist sie wohl. Aber wie weisen wir ihr nach, dass sie Jock beauftragt hat, die Maschinen zu sabotieren?«

»Jock müsste es gestehen.«

»Wird er nicht. Dazu ist er gewitzt genug.«

»Der Kapitän ...«

»Wird nicht glauben, dass Madame zu so etwas fähig ist.«

»Und ich kann nicht glauben, dass ein Maschinist einfach so auf Adèles Bitte hin seine Maschinen beschädigt«, sagte Pippin.

Ein kluger Mann. Ich rieb meinen Kopf an seinem Bein.

»So ist es!«, pflichtete Janed ihm bei. »Er ist zwar ein Stinkstiefel, aber ich glaube, so ohne Weiteres wird er nicht seine Stelle riskieren. Und das tut er bei einem Maschinenschaden. Sie wird ihm etwas versprochen haben.«

»Du kennst den Maschinisten, Janed?«

»Er begegnete mir gleich am ersten Tag, als ich Pantoufle hier unten suchte.«

»Und er benahm sich nicht eben wie ein Gentleman ihr gegenüber, Ron. Ich musste ihn ein wenig zur Räson bringen.«

»Tatsächlich?«

»Mit einem Spazierstock. Ich fand es beeindruckend.«

»Ich werde wohl noch ein, zwei weitere Wörtchen mit Jock zu wechseln haben«, knurrte Ron grimmig. »Später. Jetzt, denke ich, sollten wir seine Kajüte aufsuchen. Vielleicht finden wir irgendetwas, das ihn überführen kann.«

Blendende Idee. Ich wusste ja, dass die Schnepfe diesen Jock aufgesucht hatte.

Ich vorweg, Lili mir nach, beide Schwanz hoch!

Dann seitlich verdrücken, weil ein paar Heizer durch

den Gang polterten, die irritiert den Ersten Offizier und seine Begleiter grüßten. Dann hinter den dreien her.

Ron hatte einen Schlüssel, der zu der Tür passte, und wir betraten den Raum. Er war klein, ein Bett mit einem Kasten darunter, ein Tisch, ein Stuhl, ein Spind. Eine zerfledderte Gazette lag auf dem Tisch, eine schmutzige Hose hing über der Stuhllehne. Eine Seekiste lungerte in der Ecke herum. Sie war Rons erstes Ziel. Er wühlte darin herum, stellte mit leisem Grollen eine Flasche Rum sicher, zog die Nase kraus, als er die streng nach Mensch riechende Wäsche ausschüttelte, fand aber nichts darin. Pippin hatte den Bettkasten hervorgezogen, inspiziert und eine Flasche Rum hervorgezaubert. Ron wandte sich anschließend dem Spind zu und fasste in jedes der einzelnen Fächer.

Noch eine Flasche Rum zog er hervor, was ihm ein zweites drohendes Grummeln entlockte.

Janed tat gar nichts, was in Anbetracht der Enge in dem Raum sinnvoll war.

Lili hingegen flehmte.

»Riechst du was?«

Schnäuzchen auf, Barthaare vibrierend, sog sie weiter die Luft ein. Auf diese Weise können wir noch die allerkleinsten Duftspuren aufnehmen und sie uns praktisch über die Zunge gleiten lassen.

»Adèle!«, sagte sie dann und klappte den Mund zu.

Ich den meinen auf und flehmte ebenfalls. Vielleicht, weil ich ein paar Schritte von ihr entfernt stand, bemerkte ich es auch sogleich.

Adèles Rolligkeitsparfüm.

Das aber hieß ja nur, dass sie hier gewesen war, und

diese Duftspur konnten wir den Menschen schlecht verdeutlichen. Sie würden sie überhaupt nicht wahrnehmen.

Andererseits ...

Ich schnupperte weiter. Machte einen Schritt auf das Bett zu.

Lili ebenfalls.

»Wird intensiver hier!«, stellte sie fest.

»Ob sie mit ihm im Bett war?«

»Glaub ich nicht. Sie hat immer in ihrem Zimmer übernachtet. Ich musste ja bei ihr im Bett liegen. Aber trotzdem. Hier, hier ist es noch deutlicher.«

»Hier ist nichts«, sagte Ron.

»Hier auch nicht«, meinte Pippin.

»Hier ist was!«, sagte ich zu Lili und ging näher an die Matratze heran. Lili folgte.

»Ja, ganz deutlich!«

Sie schob ihre Nase unter die Decke, tauchte dann wieder auf und forderte mich auf: »Riech mal!«

Ich also auch unter die Decke, erst mit der Nase, dann mit der Pfote,

Da war was.

»Lasst uns gehen, wir werden ihm die Daumenschrauben ansetzen müssen!«, erklärte Ron.

»Nein, wartet mal. Schaut, was Lili und Pantoufle machen.«

»Er hat die Pfote unter die Matratze gesteckt. Hebt sie mal hoch!«

Ron und Pippin griffen zu, ich zog mich zurück.

»Ah!«, sagte Janed und nahm den violetten Umschlag auf. »Quel odeur!«

Na also, *das* konnten sogar Menschen erkennen.

»Was meinst du damit, Janed?«

»Riech mal!«

Sie hielt Ron das Ding unter die Nase.

»Madames Parfüm.«

»Richtig. Und was enthält wohl dieser Umschlag? Soll ich raten?«

»Nicht nötig. Wir wissen es alle.«

Ron öffnete ihn und zählte die Geldscheine.

»Eine stattliche Summe für einen Maschinisten«, erklärte Pippin. »Das wird wohl reichen, um den Kapitän zu überzeugen.«

»Das wird es wohl.« Dann drehte sich Ron zu Lili und mir herum. »Was er mir nicht glauben wird, ist die Rolle, die diese beiden unglaublichen Tiere dabei gespielt haben.«

Lili hatte sich in ihrer Majestätenhaltung auf das Bett gesetzt und sah ihn hochmütig an. Aber ich verstand ihn schon. Auch Menschen brauchen ein paar ungewöhnliche Sinne mehr, um uns in unserer vollen Größe zu erkennen.

»Lass nur, Lili«, tröstete ich sie. »Wir werden unseren Anteil am Ruhm schon erhalten.«

»Wenn du meinst.«

»Ich glaube, Janed, in der Vorratskammer gibt es noch ein paar Dosen mit dieser Lachspastete mit Champagner. Ich könnte mir vorstellen, dass der Koch sie gerne auf zwei hübschen Tellern servieren würde.«

»Mit Goldrand, Ron!«

»Das ist mein ausdrücklicher Befehl, das kannst du ihm ausrichten. Und jetzt verlasse ich euch. Aber ...

Janed, hast du nach dem Mittagessen eine Stunde Zeit für mich?«

»Sollte ich die haben? Eine ganze Stunde?«

»Für den Anfang ...«

Bekenntnisse

Nach dem köstlichen Mahl von goldgeränderten Tellern – ich ließ Lili die Hälfte meiner Portion zukommen, die Sahne hatte mich noch nachhaltig gesättigt – durften wir in Rons Bett unseren Verdauungsschlummer halten. Er meinte, bei ihm seien wir sicher.

Der Schlaf war auch bitter nötig. Selten hatte ich eine so aufreibende Zeit erlebt wie die vergangenen zwei Wochen.

Zwei Wochen nur war es her, dass Janed mich am Felsbogen aufgeklaubt hatte.

Ich kuschelte mich an Lili, sie sich an mich, und wir dösten leise schnurrend ein.

Als ich wach wurde, hörte ich das hässliche Lachen einer Möwe.

»Höhöhöhö«, schallte es von draußen herein.

Damit wurde mir bewusst, dass wir uns tatsächlich dem Land näherten.

Wie scheußlich – Möwen! Und bestimmt auch Seeadler. Ganz große!

Ich wollte mich schon unter der Decke verkriechen und mich ganz klein machen, als mir einfiel, dass ich ja Lili beschützen musste.

Und eigentlich ein ganz großer Kater war.

Na ja, ein mittelgroßer.

Lili schlief noch, und ich betrachtete sie in Ruhe. Was war sie für eine schöne Katze. So schlank, so anmutig, und diese großen, spitzen Ohren. Und dieser schlanke, spitze Schwanz. Und dieses cremeweiße Fell. Wie ein Sahnekringel lag sie neben mir. Einfach köstlich.

Meine Betrachtung wurde unterbrochen durch Rons Stimme. Er hielt Janed die Tür auf, und sie trat in den Raum.

»Wir haben Sandy Hook passiert, Pantoufle. Ich habe Land gesehen. Mit einem Leuchtturm.«

Und Möwen, ich weiß.

»Habt ihr gut geruht?«, fragte sie mich dann und strich mir über den Kopf.

Ja, Janed, schnurrte ich.

»Lili auch?«

»Mhrrr?«

»Schlafmützchen. Dann döst noch ein bisschen weiter.«

Machen wir. Aber glaub nicht, dass ich nicht mindestens mit einem Ohr zuhöre, was ihr jetzt besprecht.

Janed setzte sich auf den Stuhl, den Ron ihr anbot, und er zog seinen zu ihr hin.

»Ich habe viel nachgedacht während der Wache, was meinem Kapitän sicher nicht gefallen hätte, wenn er gewusst hätte, wie unaufmerksam ich die ganze Zeit über war.«

»Immerhin sind wir keinem Eisberg begegnet.«

»Nein, das war ein Glück. Janed, du hast mir gestern Nacht davon berichtet, was du an jenem Tag auf der Klippe gesehen hast. Ich will dir erzählen, wie es dazu kam.«

»Das musst du aber nicht.«

»Doch, ich muss es. Ich muss es endlich einmal jemandem anvertrauen. Ich habe so lange geschwiegen. Aus Angst, weil ich mich gedemütigt fühlte, schuldig und auch verraten.«

»Dann will ich dir zuhören.«

»Danke. Ich war mit neunzehn ein arroganter Schnösel, Janed. Mein Vater wollte, dass ich Jurisprudenz studiere und ähnlich wie er Notar würde. Das Studium war mir recht, aber ein Dorfnotar zu werden, das entsprach nicht meinen Wünschen. Ich wollte höher hinaus, vor allem gesellschaftlich. Da ich aber ein blöder Gimpel war, glaubte ich, den Gipfel der Vornehmheit würden Leute wie die Lannevilles repräsentieren. Und Mademoiselle war der Schlüssel zu meinem Glück. Dachte ich damals. Vor allem zu meinem gesellschaftlichen. Aber sie war auch ein hübsches Mädchen in meinem Alter, umworben von allerlei Dorftrotteln, die ich nur wenig Mühe hatte auszustechen. Was mir natürlich zu Kopf stieg. Als ich zwanzig war, sprach ich mit ihrem Papa. Der erlaubte mir, ihr einen Antrag zu machen. Sie nahm ihn mit gebührlich mädchenhaftem Zögern an, und ich schenkte ihr zur Verlobung das Medaillon, das dein Pantoufle aus dem Sand gegraben hat. Darin war eine kleine Daguerrotype von mir, die aber sicher verschwunden ist.«

»Es war ein Fetzchen aufgeweichtes Papier in dem Medaillon. Aber zwölf Jahre Salzwasser machen viel kaputt, wenn auch nicht das Gold.«

»Nein, Gold nicht. Sie trug das Kettchen seit jenem Tag ständig, was mich natürlich sehr stolz machte. Heute frage ich mich, warum sie es tat.«

»Weil sie dich liebte.«

»Nein, Janed, das tat sie nicht. Ich studierte in Paris, was mir nicht nur in Sachen Großstadt und Gesellschaft die Augen öffnete. Ich freundete mich mit Auguste de Manchecourte an, der mir den Eintritt in die wirklich gehobenen Kreise verschaffte. Als ich in den Ferien wieder nach Carnac kam, erschien mir Mademoiselle de Lanneville mehr und mehr wie ein hohlköpfiges Küken. Aber ich hatte nun mal mein Versprechen gegeben, sie zu heiraten, und daran wollte ich mich halten. Heimlich hatte ich gehofft, sie, wenn sie erst einmal meine Frau wäre, zu einer vernünftigen Person erziehen zu können.«

»Katzen, Ron, und Frauen kann man nicht erziehen.«

»Ich weiß, Janed. Inzwischen weiß ich es. Ich sagte doch, dass ich ein bornierter Schnösel war, und Paris weckte nur noch mehr schnöselige Seiten in mir.«

»Aber Paris ist sicher eine faszinierende Stadt. So groß und schön und ... Ich wäre so gerne mal hingefahren.«

»An manchen Stellen ist die Stadt schön und groß, aber sie hat auch ihre dunklen Seiten. Mich hat sie nicht glücklich gemacht. Gleichwohl – ich fuhr in den Semesterferien zusammen mit Auguste nach Carnac. Ich hatte ihm versprochen, ihm das Segeln beizubringen. Mein Onkel besaß ein hübsches Bötchen ...«

»Die *Stella*.«

»Ebendiese. Meine Eltern waren in diesem Sommer zur Kur nach Fougère gefahren, denn meine Mutter hatte sich im Frühjahr eine böse Grippe zugezogen, und der Arzt hatte ihr die Bäder empfohlen. Also zog Auguste bei uns ein, und wir verbrachten manchen Tag zusammen auf dem Meer. Er war kein besonders geübter Segler, aber er hatte den Ehrgeiz, immer öfter alleine hinauszufahren. Sagte er. Aber dann flüsterte mir jemand zu, dass ihn seine Fahrten nicht eben weit führten. Bis zum Felsbogen nur, und dort, an der alten Schäferhütte, habe man recht häufig Mademoiselle de Lannevilles Pferd gesehen. Ich wollte es nicht recht glauben, aber dann wuchs die Neugier, und ich ritt ebenfalls hinaus. Genau an dem Nachmittag, als er wieder einmal das Boot ausgeliehen hatte.«

»Und du trafst die beiden natürlich an der Hütte.«

»Richtig, ich traf sie, und zwar nicht bei tiefsinnigen Gesprächen, Janed. Es war ziemlich eindeutig, dass mein bester Freund mich mit meiner Verlobten betrog. Was du gesehen hast, war unsere Auseinandersetzung. Ich sah rot vor Wut und schlug ihn nieder. Er wehrte sich, es gab ein Gerangel, Mademoiselle schrie, wollte dazwischengehen, Auguste rutschte aus, trat ihr im Fallen gegen die Schienbeine, und sie stürzte rücklings über die Klippen.«

»Ja, so sah ich es. Und dann wart ihr plötzlich alle drei verschwunden.«

»Glaub mir, Janed, wir waren auf der Stelle ernüchtert. Unser Streit war vergessen; wir kletterten so schnell wie möglich nach unten, um ihr zu helfen. Ich weiß gar nicht, wie wir es geschafft haben, ohne ebenfalls zu stürzen. Unten in dem Felsspalt toste die Brandung herein, der Stein war glatt, feucht und glitschig. Meine Verlobte lag über einem Felsbrocken, die Wellen drohten sie schon hinauszuziehen. Wir bargen ihren leblosen Körper, und Auguste, zitternd und völlig entsetzt, meinte, er wolle mit der *Stella* nach Porz Guen segeln, um Hilfe zu holen. Ich hielt das nicht für eine besonders gute Idee, aber er war schon fort, bevor ich protestieren konnte. Also versuchte ich Mademoiselle de Lanneville aufzuwecken, doch mir wurde sehr schnell klar, dass alle meine Bemühungen vergeblich sein würden. Sie war mit dem Hinterkopf auf einen spitzen Felsen geschlagen.«

»Und dann kamen der Korbflechter und die Bäuerin und andere, die ich um Hilfe gebeten hatte. Sie fanden dich bei ihr, und die Gerüchte nahmen ihren Lauf.«

»So war es, Janed.«

»Aber du hast sie nicht umgebracht, Ronan. Warum nur bist du fortgegangen?«

Ich öffnete ein Auge, weil Ron nicht direkt antwortete. Er strich sich mit den Händen über die Stirn und seufzte dann.

»Janed, ich war fast von Sinnen. Meine Eltern waren nicht da. Der alte Lanneville schrie mich an, nannte mich Mörder, Auguste hatte mich nicht nur betrogen, sondern auch verraten. Er hatte sich schmählich durch Flucht der Verantwortung entzogen. Ich packte wütend und gedemütigt seine Sachen zusammen und schickte sie am nächsten Tag ohne ein begleitendes Wort an seine Eltern zurück. Ich wurde vernommen, aber wieder auf freien Fuß gesetzt, weil man mir nichts nachweisen konnte. Aber kein Mensch glaubte mir, niemand stand mir zur Seite. Ich schrieb meinen Eltern einen Abschiedsbrief und machte mich auf den Weg nach Cherbourg, um dort auf dem erstbesten Schiff als Matrose anzuheuern. Einem Frachtdampfer, der nach Amerika fuhr.«

»Aber ...«

»Ich unterschrieb mit meinem vollen Namen, aber ich sagte den Leuten, sie sollten mich Ron Cado nennen.«

»Und deine Eltern?«

»Ich habe mich jahrelang nicht bei ihnen gemeldet, Janed. Ich war feige, beschämt, zornig. Ich wollte vergessen. Darum habe ich geschuftet bis an die Grenze meiner Möglichkeiten. Was immer an Arbeiten verlangt wurde, ich meldete mich freiwillig. Gleichgültig, wie schmutzig, langweilig oder gefährlich sie waren.«

»Ich glaube, ich verstehe. Ich habe mich auch in die Arbeit gestürzt, als meine Mutter, dann mein Vater und mein Bruder starben. Es betäubt. Aber man vergisst nicht.«

»Man vergisst schon. Meistens jedenfalls. Mein Arbeitseifer hat mir allerdings keine Freunde unter den Matrosen gemacht. Wer sieht das schon gerne, dass sich einer mit besonderem Einsatz hervortut und dann auch noch den anderen als Vorbild vorgehalten wird. Meinen Anteil an Schlägereien hatte ich damit auch auszufechten.«

Ein Raufer, schau an! Mein zweites Auge klappte auch auf, und ich betrachtete Ron mit neu erwachtem Interesse. Ob er sich mit anderen um Janed hauen würde?

Wäre mal interessant, das bei Menschen zu beobachten.

»Ein Raufer, schau an!«, sagte Janed und zwinkerte ihm zu.

»Heute nicht mehr.«

Schade.

Ich linste zu Janed hin. Sie sagte nichts. Aber ich merkte, dass sie ein Wort verschluckte.

»Nein, heute nicht mehr, Janed. Und auch damals nicht lange, denn der Kapitän war auf mich aufmerksam geworden, und als wir die Rückfahrt antraten, suchte er ein Gespräch mit mir. Einen Teil der Wahrheit erzählte ich ihm.« Ron schnaubte leise. »Man kann seine Herkunft nicht wirklich verleugnen. Ich drückte mich nun mal gewählter aus als die einfachen Seeleute. Und meine Manieren waren wohl auch eine Idee besser, auch wenn ich schon lange all die Floskeln und Manierismen abgelegt hatte, die ich mir während der zwei Jahre in Paris angewöhnt hatte.«

»Dafür hast du gelernt, Matrosen zusammenzustauchen.«

»Beispielsweise. Der Kapitän war ein vernünftiger Mann, Janed. Irgendwie ahnte er wohl, dass ich vor einer Sache geflohen war, aber er ließ es auf sich beruhen. Dafür nahm er sich meiner Ausbildung an. Nach fünf Jahren hatte ich es zum Zweiten Offizier geschafft, dann wechselte ich das Schiff und fuhr unter einem mit ihm befreundeten Kapitän, wurde nach weiteren vier Jahren zum Ersten Offizier und habe dann in diesem Jahr das erste Mal auf der *Boston Lady* meinen Dienst angetreten.«

»Du warst nie wieder zu Hause?«

»Nein, in den ganzen zwölf Jahren nicht. Aber ich habe wieder Kontakt mit meinen Eltern aufgenommen, als ich See-Offizier wurde. So habe ich auch erfahren, dass die Anklage gegen mich fallen gelassen wurde. Es war ein Unfall, so hatte man befunden. Aber die Gerüchte waren nicht verstummt, zumal ich einfach verschwunden war. Das hat meine Eltern tief gekränkt.«

Wieder rieb er sich mit den Händen über das Gesicht.

Janed schwieg.

»Ich weiß, ich habe mich treulos und verantwortungslos benommen. Ich habe es einfach nicht über mich gebracht, zu ihnen zurückzukehren. Was sollte ich denn sagen? Von Augustes Beteiligung an der ganzen Angelegenheit wusste niemand. Er alleine hätte meinen Ruf retten können. Hätte er sein Verhältnis zu Mademoiselle zugegeben, seine heimlichen Treffen und sogar den Streit mit mir, hätte man mir Glauben geschenkt. So aber hätte all das eine reine Erfindung von mir sein können. Dieser verfluchte Kerl – ich dachte, er sei mein Freund gewesen!«

»Er war dein Freund, Ron. Sogar so sehr, dass er, obwohl er nicht besonders geschickt im Segeln war, versucht hat, Hilfe zu holen.«

»Hat er gesagt.«

»Hat er versucht, Ron. Aber er ist gescheitert. Draußen, an der Pointe du Conguel, an den kleinen Inseln. Dort fand man die *Stella* einige Tage später. Zerschellt an den Klippen, von dem Segler keine Spur.«

Lili neben mir regte sich ebenfalls und sah zu Ron hin.

»Ist das wahr?«

»Ja, das ist wahr. Die Matelots haben das Wrack gefunden. Du kannst sie fragen.«

»Heilige Mutter Anne.«

Es klopfte an der Tür, und als Ron »Herein!« rief, trat Pippin in den Raum.

»Ich weiß, ich störe euch, aber in wenigen Stunden werden wir in New York einlaufen, und ich möchte mit euch beiden vorher noch etwas klären.« Und dann sah er zu mir und Lili, lächelte und meinte: »Mit euch beiden natürlich auch.«

Oh! Aber gerne, Pippin.

»Ich will nicht zu Adèle zurück«, jaunerte Lili.

Ich schmiegte mich an sie. Sie sollte nicht zu Adèle zurück, ich würde alles versuchen, das zu verhindern.

»Nehmen Sie Platz, Pippin«, bot Ron an und rückte einen Sessel zu ihm hin.

»Danke, Ron. Wie hat der Kapitän auf Madame Robichons Beschwerden reagiert?«

Ron gab ein schnaubendes Geräusch von sich, und Lili fuhr auf.

»Er wollte, wie erwartet, nicht glauben, dass sie vorhatte, ihre Katze über Bord zu werfen. Aber ich hatte zuvor unseren Maschinisten überreden können, sich ebenfalls bei dem Kapitän einzufinden und seine Geschichte zu erzählen.«

»Überreden, ach ja.«

Rons Grinsen war freundlich. Etwa so wie das eines Bullterriers, der eine Katze begrüßt.

»Mir stehen zuzeiten sehr gewählte Worte zur Verfügung. Daher begleitete er mich nach oben, wenn auch unter leise protestierenden Geräuschen.«

»Und plauderte dann höflich mit dem Kapitän?«

»Zunächst legte er eine gewisse Verstocktheit an den Tag, doch dann zeigte Jock sich kooperativ. Als ich ihm nämlich den Umschlag präsentierte. Da knickte er schon langsam ein und sprach von Zwang. Gänzlich gab er sein Leugnen jedoch auf, nachdem Madame ihn im Gegenzug beschuldigte, in ihre Kabine eingedrungen zu sein und ihr das Geld entwendet zu haben.«

»Die ist ja wohl gänzlich verrückt geworden!«, regte sich Janed auf.

»Das ging so allmählich auch dem Kapitän auf, vor allem, als unser Tenor auch noch seine Sicht der Dinge darstellte. Madame Robichon ist inzwischen in ihrer Kabine eingesperrt und wird im Hafen der Polizei übergeben – Reeder hin, Reeder her.«

Und Lili? Was ist mit Lili?

Ich hopste vom Bett und umstrich Pippins Beine.

»Und Lili?«, fragte Janed.

»Darüber wollte ich auch mit euch sprechen. Aber einen Schritt nach dem anderen.«

Na gut, einen nach dem anderen, aber lass uns nicht so lange warten, Pippin.

»Sie spannen uns ganz schön auf die Folter, Pippin«, meinte Janed, und er lachte leise.

»Also gut, ich lege meine Karten auf den Tisch. Ronan Kercado, darf ich wissen, welche Absichten Sie haben?«

Ron fuhr auf.

»Absichten?«

»Wie Sie sich Ihre Zukunft vorstellen. Beruflich und privat, Ronan.«

»Sind Sie sicher, dass Sie ein Recht haben, mich danach zu fragen?«

»Natürlich. Beruflich, weil ich beschlossen habe, mein Geld in eine Schifffahrtslinie zu investieren, und privat, weil ich, mit Janeds Erlaubnis, die Rolle ihres väterlichen Freundes eingenommen habe.«

Der arme Ron. Er wirkte vollkommen verwirrt.

Janed bemerkte es auch und legte Pippin die Hand auf den Arm.

»Pippin, ich habe Ron gerade etwas erzählt, das ihn durcheinandergebracht hat. Glaube ich wenigstens.«

»Ja ... ja, das hat sie, Pippin. Ich habe im Moment erfahren, dass ich die letzten zwölf Jahre mit einer entsetzlich falschen Vorstellung gelebt habe, die nur meiner Fantasie entsprungen war.«

»Worum ging es dabei?«

»Um meinen Freund Auguste. Ich dachte, er habe mich verraten, aber nun hörte ich, dass er mir wirklich helfen wollte und bei dem Versuch ums Leben gekommen ist. Entschuldigen Sie meine Verwirrung, Pippin.«

»Ihnen ist also jetzt klar geworden, dass Sie vollkommen zu Unrecht die ganze Zeit Ihre Heimat und Ihre Familie gemieden haben, richtig?«

»Ja, so ist das. Und ich mir und meinen Eltern ein unnötiges Leid zugefügt habe.«

»Dann werden Sie also, wenn die *Boston Lady* nächsten Monat wieder Brest anläuft, zu ihnen gehen und die Angelegenheit bereinigen?«

Ron atmete tief ein und straffte sich dann.

»Ja, das werde ich tun, Pippin. Und ich werde mich auch den Gerüchten stellen, die sicher noch immer mit meinem Namen verbunden sind.«

»Das wird Ihnen leichtfallen, Ronan Kercado. Denn nun haben Sie Ihre Zeugin.«

»Ja, jetzt habe ich eine Zeugin. Nur ...«

»Nur hat die beschlossen, nach Amerika auszuwandern.«

Hast du nicht, Janed, nicht? Nicht ehrlich, Janed. Wir könnten wieder zurück, Janed. Zu den weißen Stränden und dem Heidekraut, den alten Steinen und den duftenden Pinien?

Ich hüpfte auf Janeds Schoß und schnurrte sie in allen Tonlagen an.

»Ich ... ich kann doch nicht zurück, Pippin. Ich habe kein Zuhause mehr.«

»Sie haben auch in Amerika kein Zuhause, oder?«

Sie ließ den Kopf hängen.

»Nein, ich muss mir ein Zimmerchen suchen und Arbeit und ... ich möchte Pantoufle bei mir behalten und Lili auch. Ach, Pippin, ich habe solche Angst!«

»Du kannst in meiner Wohnung ...«

»Sie werden in meinem Haus wohnen ...«

Beide Männer sprachen gleichzeitig, und Lili wickelte hoffnungsvoll ihren Schwanz um Rons Hosenbeine. Ich machte mich lang und rieb meinen Kopf an Pippins Ärmel.

»Das kann ich doch nicht annehmen.«

»Doch, Janed, das kannst du. So lange du willst und mit beiden Katzen. Ich habe dir mehr zu verdanken, als du dir vorstellen kannst.«

»Ich hielte es für schicklicher, Ron, wenn Mademoiselle Janed bei mir wohnen würde. Meine Tochter und ihr Mann haben ein großes Haus mit einem weitläufigen Park. Dort werden sich die beiden kleinen Löwen hoffentlich so wohl fühlen, wie Maha Rishmi sich dort gefühlt hätte.« Und dann zwinkerte er verschmitzt. »Es liegt zwar etwas außerhalb von New York, aber Sie, Ron, sind als Gast gerne gesehen.«

»Danke, Pippin, das ist sehr großzügig von Ihnen.«

»Nicht ohne Eigennutz. Ich möchte, dass Sie meinen Schwiegersohn kennenlernen.«

»Gerne, nur warum Eigennutz?«

»Weil er Teilhaber der Reederei ist, in die ich mein Geld stecken werde. Ich denke, es ist nurmehr sinnvoll, wenn der Reeder den Kapitän kennenlernt, bevor er ihm die Verantwortung für sein Schiff übergibt.«

Allmählich begann mir Ron ernsthaft leidzutun. Dem armen Mann fiel geradezu der Unterkiefer herunter. Ich sprang von Janeds Schoß und erklomm den seinen. Er brauchte wirklich etwas kätzischen Beistand, der Ärmste.

»Ähm!« war alles, was er sagte. Und dann kam: »Schiff?«

»Die *Gaelic Line* nimmt in Kürze die Passagierfahrten zwischen New York und Brest auf. Drei sehr hübsche Dampfer stehen für die Linie zur Verfügung, nicht riesig und nicht so schnell wie etwa die *City of Paris*, aber doch mit allen Annehmlichkeiten für rund sechshundert Passagiere ausgestattet. Das Blaue Band werden Sie damit nicht erzielen, aber mehr als acht Tage werden Sie auch nicht für die Überfahrt benötigen.«

Janed gab einen unartikulierten Laut von sich, der irgendwo zwischen Schluckauf und Kichern lag.

»Verstehe ich Sie richtig, Pippin? Sie bieten mir eine Kapitänsstelle an?«

»Gewiss doch. Sie haben ausgezeichnete Konduiten, führen die Leute hier auf dem Schiff ausgezeichnet, sind bei den Passagieren beliebt – nun, zumindest bei den meisten – und kennen sowohl das eine wie das andere Land.«

Draußen erklang ein Tuten, und ich fiel vor Schreck fast von Rons Schoß.

Gleichzeitig klopfte es an der Tür, und ein Matrose rief: »Mister Cado, Sir, auf die Brücke, Sir!«

»Beim wilden Nick, ich habe meine Wache versäumt!«

Ron sprang auf und schnappte sich seine Mütze. Dann blieb er vor Janed stehen, würgte an ein paar Worten, sagte aber nichts, sondern drehte sich abrupt um, weil der Matrose ihn noch einmal rief.

Auch Pippin stand auf und meinte: »Ah, meine Lieben, wir wollen an Deck gehen. Ich glaube, wir laufen in die Upper New York Bay ein.«

Wie betäubt öffnete uns Ron die Tür. Wir traten hinaus, und Pippin geleitete Janed an seinem Arm vorne zum Bug.

Land! Tatsächlich, rechts und links von uns war Land in Sicht.

Der Wind wehte mir um die Nase, zerrte an meinen Ohren und drückte mir die Schnurrhaare nach hinten. Und dennoch konnte ich nicht widerstehen. Ich kletterte über die Taue und die Reling bis ganz nach vorne an die Spitze. Lili spürte ich direkt hinter mir. Sie schnurrte vernehmlich.

»Pantoufle, Lili, passt auf!«, rief Janed ängstlich.

Ja, ja, wir passen auf. Sei nicht so ein Schissermädchen!

Ich legte mich auf dem kalten, grau angestrichenen Metall nieder, Lili setzte sich hinter mich, und so beobachteten wir, wie das große Schiff mit schäumender Bugwelle immer näher und näher an das Land kam. Über uns knatterte die gestreifte und besternte Fahne im Wind. Um uns herum wimmelte es nun schon von kleinen Schiffen und Booten, und vor uns erhob sich aus dem Dunst ein seltsames Gebirge.

Gebirge?

Häuser!

Mehr Schiffe.

Möwen.

Und dann ein Schrei aus vielen Kehlen.

»Die Liberty!«

Johlen, Lachen, Klatschen um uns herum.

Gläser klangen, Korken knallten.

An einer riesenhaften Frau mit einer Fackel in der Hand zogen wir vorbei.

»Pantoufle, Lili!«

Ich hörte Tränen in Janeds Stimme und drehte mich zu ihr herum.

Große Bastet, sie war gar nicht glücklich.

Alle waren glücklich, nur sie weinte.

»Komm, Lili, wir müssen sie trösten«, sagte ich, und Lili nickte.

»Sie ist jetzt wohl auch mein Mensch, nicht?«

»Ich glaube schon.«

»Gut, dann tröste ich auch.«

Wir drückten uns also an ihre Beine und maunzten all die netten Laute, die uns so einfielen, wobei sich Lili mal wieder ganz besonders hervortat. Sie kannte so viele Worte.

Ich war auch gar kein bisschen eifersüchtig, als Janed sie hochnahm und ihr nasses Gesicht in ihrem cremeweißen Fell vergrub.

Ich hatte ja Pippin, der mich ebenfalls auf den Arm nahm.

»Pantoufle, das wird schon wieder gut. Jetzt kommt ihr alle drei erst einmal mit zu mir«, murmelte er in mein Ohr.

Entscheidung in New York

So richtig wohl fühlte meine Janed sich in Pippins Haus nicht. Das spürte ich nicht nur in meinen Schnurrhaaren. Sie redete nicht viel; das mochte an der fremden Menschensprache liegen, die sie noch nicht richtig konnte, aber auch an Pippins Tochter, die sie zunächst mit einigem Misstrauen beäugte und sehr höflich zu ihr war. Ich hörte die Dame einmal zu ihrem Mann wispern, sie befürchte, Pippin habe sich eine junge Gespielin zugelegt, und sie fand es degoutant, dass er sie in ihr Heim mitgebracht hatte. Ihr Mann hingegen war freundlicher. Einmal natürlich zu uns, Lili und mir, aber auch zu Janed. Er grummelte seine Frau an, sie solle nicht solchen Hirngespinsten nachjagen.

Kurzum, die ersten drei Tage in dem neuen Land waren für Janed nicht eben glückliche. Sie sann viel nach, und daran war bestimmt auch Ron schuld. Den hatten wir nämlich nicht mehr gesehen, seit er auf die Brücke gerufen worden war.

Wir beiden Katzen hingegen hatten es wirklich gut.

Auch wenn ich Cooney mit einigem Argwohn beobachtete.

Cooney war nämlich der Kater von Pippins Tochter, und er hatte ein Auge auf meine schöne Lili geworfen. Nicht, dass ich es ihm verdenken konnte.

Aber Cooney war so ein großer, starker Kater, und er hatte ein so wuscheliges Fell mit einer prächtigen Halskrause, fast wie ein Löwe. Vom Stamme der Maine Coon, sagte Pippin, sei er und der Herr des Hauses.

Er war gastlich – nachdem wir uns gebührend angebrummt und angefaucht hatten, weil er sein Revier bedroht sah. Aber Lili machte ihm mit ihrem blauen Augenaufschlag recht schnell klar, dass wir von den Menschen eingeladen worden seien. Und ich versicherte ihm, dass wir nicht für immer bleiben würden.

Wahrscheinlich war das nämlich nicht. Jedenfalls gab er sich damit zufrieden, und natürlich war sein Revier auch groß genug für drei Katzen. Futter gab es auch ausreichend, und in dem weitläufigen Garten konnte man sich gut aus dem Weg gehen.

Ich ging.

Lili traute sich nicht so recht. Na gut, sie war es nicht

gewöhnt, durch Büsche und Sträucher zu streifen, in der Sonne zu dösen, in Beeten zu scharren. Ich hingegen genoss meine Streifzüge. So schön wie zu Hause war es natürlich nicht. Mir fehlten der Sand und das Rauschen der Wellen, das harte Strandgras und der Geruch von verrottenden Algen und salziger Gischt. Aber hübsch hatten sie es doch hier. Blumen, die ich nicht kannte, musste ich beschnuppern, Schmetterlinge, wie ich sie noch nie gesehen hatte, verlockten mich zur Falterjagd, dicke Bäume – ach ja, die dicken Bäume! Endlich wieder vernünftige Pediküre machen. Meine Krallen waren auf den Flausch- und Metallböden des Schiffes viel zu lang geworden. Hier an den Bäumen konnte ich sie ungehindert und ungescholten schärfen, dass die Rinde nur so spritzte.

Mäuse gab es auch, sie schmeckten ein bisschen anders als zu Hause, waren aber bekömmlich. Andere, mir nicht vertraute Tiere ließ ich ungeschoren. Man weiß ja nie, was man sich da einfrisst.

Die Vögel sangen auch ein bisschen anders, aber die blöden Möwen lachten hier genauso höhnisch wie überall. Immerhin war ich inzwischen so weit gekommen, dass ich sie ignorieren konnte.

Ein bisschen brummig wurde ich, als ich am dritten Tag Lili neben Cooney die Kiespfade entlangschlendern sah. Neben ihm wirkte sie so zart und zierlich und er so männlich und stark. Ich verfluchte meine Kleinwüchsigkeit, machte mich im Gras unsichtbar und sah ihnen unglücklich nach.

Dadurch aber geriet ich an ein zweites Paar, und das munterte mich merklich auf.

Ron war nämlich zu Besuch gekommen. Sehr adrett in seiner weißen Uniform, führte er Janed am Arm auf ebendenselben Kieswegen durch den Garten. Janed hatte neue Kleider bekommen, ganz andere als die, die sie bisher getragen hatte. Jetzt trug sie auch ein kleines, aufgerüschtes Derrière, allerdings wirkte es ganz niedlich und wackelte beim Gehen nur ein bisschen. Auch ihre Haare hatte sie anders zusammengezwirbelt, nicht mehr zu einem langen Zopf, sondern zu etwas Lockigem oben auf dem Kopf. Ron schien das Ganze zu gefallen, denn er hatte Bewunderung in den Augen, wenn er sie von der Seite ansah.

»Es tut mir leid, Janed, dass ich euch so ohne Abschiedswort verlassen musste. Aber die Einfahrt in den Hafen verlangt immer höchste Aufmerksamkeit von der gesamten Mannschaft, und anschließend hatten wir einige Probleme mit dem Reeder zu bewältigen.«

»Madame Robichon?«

»Zur Furie geworden.«

Meinetwegen hätte sie auch zum wilden Huhn werden können. Viel wichtiger schien mir die Frage, ob sie Lili zurückwollte. Ich heftete mich an Rons Hosenbein. Er bemerkte mich, grüßte mich höflich und erkundigte sich nach Lili.

Ich hätte ihm gerne gesagt, dass sie mit Cooney herumschwänzelte, und an sein männliches Mitgefühl appelliert, aber Janed war schneller.

»Lili hat sich mit diesem wuscheligen Maine-Coon-Kater angefreundet. Ich glaube, Pantoufle grummelt ein wenig darüber.«

»Frauen sind so treulos, nicht wahr, Pantoufle?«

Er streichelte meinen Kopf, und ich drehte ihn in seiner Hand, zum Zeichen, dass ich ihm zustimmte. Aber trotzdem wollte ich wissen, ob die Schnepfe noch Anspruch auf Lili hatte.

»Madame Robichon hat übrigens kein einziges Mal nach Lili gefragt, weshalb ich annehme, dass die Katze bei dir bleiben kann.«

»Oh, das freut mich zu hören. Ich habe mich an die Schöne schon so gewöhnt. Sie ist ein kleines Plappermäulchen und ein bisschen verwöhnt, aber eine sehr zärtliche Persönlichkeit.«

Ganz gewiss war sie das, aber was hatte ich davon, wenn sie mit Cooney herumzog?

»Du hast sie also bei dir aufgenommen, Janed, und für ihre Zukunft ist gesorgt. Aber was hast du vor?«

»Ich weiß noch nicht, Ron. In den vergangenen Tagen ist so viel auf mich eingestürzt. Aber ich muss mir bald Gedanken dazu machen. Ich kann ja nicht immer Pippins Gast bleiben. Und seine Tochter mag mich nicht besonders.«

»Nein? Sie schien mir eine sehr höfliche Dame.«

»Ja, höflich ist sie. Aber sie glaubt, ich sei Pippins Betthäschen.«

Was sollte denn ein Häschen im Bett? Menschen haben wirklich komische Verhältnisse zu Tieren.

»*Was* glaubt sie?«

Ron war auch verdutzt, na also.

Janed kicherte ein bisschen.

»Pippin ist sehr freundlich zu mir, und sie ist seine Tochter. Vielleicht ist sie nur ein klein wenig eifersüchtig.«

»Aber ein paar Tage könntest du es noch bei ihr aushalten, oder?«

»Ich will ihr aber nicht lange zur Last fallen.«

»Die *Boston Lady* fährt in zwei Wochen zurück nach Brest, Janed.«

»Ich weiß.«

Verflogen war das Kichern, Janed klang jetzt traurig.

Wir hatten eine kleine Laube erreicht, um die sich Rosen rankten. Darin stand eine verschnörkelte weiße Bank, und zu der führte Ron meine Menschenfreundin nun. Ich gleich hinterher und unter die Bank geschlüpft. Es roch nach einer bedeutsamen Entwicklung.

»Janed, ich habe ein sehr langes Gespräch mit Pippins Schwiegersohn geführt. Er wird mir tatsächlich im Herbst ein Schiff übergeben.«

»Das freut mich für dich, Ron. Dann hast du ja dein Ziel erreicht.«

»Eines von mehreren. Ich habe aber noch ein ganz großes Problem, das damit zusammenhängt. Und ich hoffte, dass du mir dabei helfen würdest.«

»Ich dir helfen? Ich kann doch kaum etwas.«

»Vielleicht doch. Aber es könnte dich hart ankommen.«

»Was denn, Ron? Wenn es irgendwie geht, helfe ich dir natürlich.«

»Schön. Mein Problem ist, dass mich gerade auf dieser letzten Fahrt die Nachricht erreicht hat, mein Onkel Mathieu Bodevin sei gestorben.«

»Das tut mir leid. Hast du sehr an ihm gehangen?«

»Er war ein komischer Kauz, hat nie geheiratet, besaß immer drei oder vier Katzen und hat seine Tage am liebsten in der Küche verbracht. Aber er hat mir das Segeln beigebracht und wie man angelt und Muscheln zubereitet.«

»Auch ihn hast du jahrelang nicht mehr besucht.«

»Nein, und das tut mir heute umso mehr leid. Denn Onkel Mathieu muss ich mehr bedeutet haben, als mir die ganze Zeit über klar war. Und er hat offensichtlich den Gerüchten auch nie geglaubt, denn er hat mir sein Haus vererbt.«

»Oh.«

»Es ist nicht nur ein Haus, sondern ein Hotel. Es steht in der Nähe des Isthmus, in einem Pinienhain. Vielleicht kennst du es sogar.«

»Das Hotel *Entre deux mers,* natürlich kenne ich es.«

Ich auch, ich auch. Da haben wir doch Rast gemacht, bevor wir den Korbflechter aufgesucht haben.

Ich wuselte mich an Janeds Unterröcken vorbei und maunzte.

»Ja, Pantoufle. Da habe ich mit dir Rast gemacht. Du hast in meinem Umschlagtuch gesteckt und sehr neugierig die Nase hervorgestreckt.« Und zu Ron gewandt sagte sie: »Auf dem Weg nach Auray, gerade nachdem ich meinen kleinen Freund wiedergefunden hatte, habe ich es zum letzten Mal gesehen. Früher, als meine Eltern noch lebten, haben wir manchmal auf der Terrasse dort eine Limonade getrunken. Es schien mir immer ein sehr herrschaftliches Haus zu sein.«

»Das war es auch einmal, aber der Notar teilte mir mit, dass Onkel Mathieu es in den letzten Jahren ein wenig hat herunterkommen lassen. Und nun habe ich damit also einen weißen Elefanten am Hals.«

Damit foppst du mich nicht noch mal, Ron. Das ist kein Elefant. Ich hab's selbst gesehen.

»O weh, gerade jetzt, wo du Kapitän werden kannst. Du wirst es verkaufen müssen, oder?«

»Das Dumme ist, dass ich es nur erbe, wenn ich es weiterführe. Sonst geht es an die Kirche und wird in ein Seemannsheim umgewandelt.«

»Und das möchtest du nicht?«

»Eigentlich nicht, Janed. Eigentlich möchte ich, dass es als Hotel bestehen bleibt. Es liegt an einem so hübschen Platz, und immer mehr Sommerfrischler besuchen unsere Insel. Und darum ist mir durch den Kopf gegangen, ob ich nicht eine fähige Geschäftsführerin dafür gewinnen könnte. Eine, die es gewöhnt ist, köstliches Essen für eine Anzahl Gäste zu kochen, und die einen kleinen Trupp Zimmermädchen beaufsichtigen kann.«

»Ronronronronron!«, entfuhr es mir. Ich konnte dem gar keinen Einhalt gebieten. Was für eine großartige, was für eine grandiose, was für eine absolut passende Idee. »Ronronronron!«

»Was schnurrst du denn so laut? Gefällt dir die Idee vielleicht, Pantoufle?«

Gefallen ist gar kein Ausdruck.

Aber Janed? Was ist, Janed?

Ihr um die Beine. *Schnurrend!*

Diesmal war es Janed, die aussah, als ob sie nicht richtig gehört hätte. Sie faltete fahrig ihre Finger und entflocht sie wieder, verschränkte sie ganz fest und legte sie in den Schoß.

»Du ... du meinst mich?«

338

»Kennst du eine andere Dame, die ein Fischrestaurant führen will?«

»Ja, aber ... Aber das ist ein vornehmes Hotel!«

»Was wolltest du denn hier aufmachen? Eine Fischbratbude am Strand?«

»Nein. Nein, eigentlich nicht. Vielleicht so eine Taverne, wie Maman und Grandmère.«

»Dafür ist dein Essen viel zu gut.«

»Aber die vornehmen Gäste. Aus Paris und so?«

»Werden dir zu Füßen liegen. Nein, im Ernst, ich könnte einen Majordomus einstellen, der mit würdiger Miene die Gäste empfängt und sich um sie kümmert. Aber ganz davon abgesehen bin ich sicher, dass du mit deiner Herzlichkeit sowieso sehr beliebt sein wirst.«

Jetzt scharrte Janed mit den Füßen, aber ihre Finger waren noch immer verknotet.

»Und ich würde ja auch jeden Monat eine Woche dort sein, Janed. Wenn mein Schiff im Hafen liegt.«

»Ach ja?«

»Und vielleicht manchmal auch länger. Im Winter zum Beispiel. Das heißt, wenn es dir recht wäre.«

»Es ist dein Haus.«

»Janed?«

Finger auseinander, Finger geflochten, Füße gescharrt, Finger auseinander ...

Mensch, Janed!

»Janed?«

»Ja, Ron?«

»Pantoufle und Lili würden sich bestimmt wohl fühlen dort.«

Ron, du Trottel, um uns geht es doch gar nicht!

»Ja, würden sie sicherlich.«

»Ich habe mich da auch immer wohl gefühlt.«

Ron! Mach hinne!

»Janed, würdest du ...« Er räusperte sich. »Könntest du dir vorstellen ...«

Ron! Ran an den Speck!

Ich knallte ihm den Kopf ans Schienbein.

Endlich hatte er es kapiert. Er hielt den Mund, wickelte seine Arme um Janed und neigte seinen Kopf zu ihr. Und ja, jetzt hob sie den ihren. Und da machten sie es wieder, das Lippen-an-Lippen-Drücken.

Küssen, richtig, so bezeichneten sie es.

Na, also, ging doch.

Rückreise

Die *Boston Lady* lag am Kai und ragte ebenso schwarz und haushoch vor uns auf, doch diesmal betraten wir sie nicht durch die Kohlenluke, sondern richtig vornehm über die breite, mit Flausch belegte Treppe. Ron führte Janed am Arm, mein und Lilis Korb wurden von zwei Pagen hinter ihnen hergetragen. Und wir bezogen auch nicht einfach ein Bett bei den Aussiedlern, sondern eine schöne, geräumige Kabine, von der Lili behauptete, sie sei weit eleganter als die, die Adèle bei der Hinreise bewohnt hatte.

Lili war zufrieden. Auch wenn es mich gefuchst hatte, dass sie sich von Cooney mit solch innigen Nasenküsschen verabschiedet hatte. Aber Kätzinnen sind Kätzinnen und haben die Wahl. Dass sie ihre Aufmerksamkeit dem strammen Wuschelkater mehr geschenkt hatte als mir, musste ich akzeptieren. Er hatte ihr sein Revier gezeigt und sie mit dem Leben in freier Natur vertraut gemacht, was ich eigentlich gerne übernommen hätte. Aber er war nun mal Hausherr in dem Areal.

Mich hatte er meine eigenen Wege gehen lassen, na, war auch egal, ich hatte dafür mehr Zeit für Janed gehabt.

Und die, das muss man ihr wirklich hoch anrechnen, hatte zwar einen Großteil ihrer Aufmerksamkeit auf Ron gerichtet, aber mich vernachlässigte sie nicht so schamlos wie Lili.

Nachdem die Sache mit dem Hotel geklärt war, hatte Ron Pippin sehr höflich um Janeds Hand gebeten. Was ich erst einmal nicht verstand. Er wollte doch nicht nur eine Hand von ihr, sondern das gesamte Paket. Also, wenn ich eine Kätzin wollte, dann doch nicht nur eine Pfote!

Menschen eben.

Aber wie sich zeigte, bekam er alles, vor allem nachdem er einen hübschen goldenen Ring mit einem Glitzerstein an besagte Hand gesteckt hatte.

Und prompt wurde auch Pippins Tochter richtig liebenswürdig und säuselte um Ron und Janed herum.

Zwei Tage später gab es dann ein noch beeindruckenderes Ereignis, an dem Lili und ich wirklich teilnehmen durften. Ein richtiges Abenteuer, das damit begann, dass wir mit einem Automobil in die Stadt reisten und dort eines der hohen Häuser bezogen. Nur dass das Zimmer gar nicht klein war, sondern sogar sehr groß und voller Möbel und Samt und glänzendem Holz. Lili beschnupperte anerkennend die Einrichtung und meinte, das sei ein richtiges Luxushotel.

Was sich dann auch im Futter zeigte.

Wurde uns auf Tellern mit Goldrand serviert.

Aber, um es ganz ehrlich zu sagen, was Janed mir in meinen Blechnapf zu Hause gefüllt hatte, war einen Tick delikater. Aber das sagte ich Lili erst mal nicht. Das würde sie schon noch merken.

Ja, und dann putzte Janed sich auf, was das Zeug hielt. Nicht mit ihrem Sonntagskleid und dem Spitzenhäubchen, sondern mit dunkelblauer Seide und Volants und Spitzen und feinen Schühchen. Lili beobachtete sie mit höchst zufriedener Miene.

»Sie hat einen viel besseren Geschmack als die olle Adèle!«, bemerkte sie, als Janed sich vor dem Spiegel drehte.

»Und sie riecht auch viel angenehmer.«

Wir schnupperten beide verzückt. Aus dem geschliffenen Flakon hatte Janed einen ganzen Blütenstrauß gezaubert und roch wie ein Blumenbeet in der Sonne.

Dann kam Ron zu uns. Seine Augen leuchteten auf, als er sie sah, und schnuppern tat er genauso begeistert wie wir. Er beugte sich dazu über Janeds Hand und drückte seine Nase darauf.

Die Hand hatte er ja erhalten, was die Geste verständlich machte.

Als er mit dem Beschnuppern fertig war, überreichte er Janed ein kleines Kästchen.

Ich machte einen langen Hals, um zu sehen, was sie da rausnahm.

Es war das Medaillon. An einer neuen, sehr hübschen Goldkette.

»Ich habe es ein wenig umarbeiten lassen, Janed. Aber ich hoffe, du wirst es noch immer mögen.«

»Jetzt ist es mir zum zweiten Mal geschenkt worden«, sagte sie leise. »Erst von Pantoufle und nun von dir. Ich wusste gar nicht, dass du es noch hattest.«

»Ich habe es damals aufgehoben und eingesteckt. Eine Weile wusste ich nicht recht, was ich damit tun sollte. Denn ich hatte es ja schon einmal verschenkt. Aber dann hatte ich einen Einfall. Mach das Medaillon auf, Janed.«

Sie knispelte an dem Verschluss, dann sprang der Deckel auf, und sie rief entzückt: »Oh.« Und dann sagte sie: »Ein neues Datum? Der dreißigste April? Was war ... Ach, ich verstehe! Oh, Ron, das ist ja hinreißend.«

Sie kniete vor dem Bett, auf dem wir saßen, nieder und zeigte mir, was in dem Anhänger verborgen war.

Ich!

Oder besser, ein winziges Bild von mir. Einem sandfarbenen Kater, ganz fein gemalt.

Und der dreißigste April, das war der Tag, an dem sie mich wiedergefunden hatte und ich das Medaillon.

Gut gemacht, Ron. Sehr gut gemacht!

Er legte es ihr um den Hals und schnupperte noch einmal an ihren Ohren.

Und was sagte meine Janed?

»Ronronronron!«

Klang fast so gut wie mein Schnurren.

Anschließend brachen wir auf.

Und dann große Oper.

Mit Pippin.

Und seiner Tochter und ihrem Mann.

Und wir beide in mit Samt ausgeschlagenen Körben.

In einem kleinen Zimmerchen oben über der ganzen Menschenmasse.

Und vorne auf der Bühne Enrico.

Ach, wie der sang!

Wir sangen mit. Lili und ich.

Ganz laut, jawohl.

Das war so ein Erlebnis, andere, kleinere, schlossen sich an, Feste, Picknicks, Ausfahrten.

Und nun ging es nach Hause.

Pippin kam noch einmal zu uns, obwohl er nicht mit dem Schiff fahren würde. Er brachte einen Arm voll Rosen und verabschiedete sich von Janed.

»Ich wünsche Ihnen alles erdenklich Gute, Janed. Und ich bin ganz sicher, dass Sie das Hotel zu neuer Blüte erwecken werden.«

»Sie, Pippin, werden immer ein gerngesehener Gast bei uns sein. Ich hoffe doch, Sie besuchen uns, sowie wir uns eingerichtet haben.«

»Nächstes Jahr, meine Liebe. Versprochen.«

Dann setzte er sich zu Lili und mir, die wir uns auf dem extra für uns beschafften Samtkissen auf dem Bett gemütlich zusammengerollt hatten.

»Mein kleiner Held«, murmelte er und kraulte mich genau an der richtigen Stelle. Das tat gut, aber Lili stupste ihn auch gleich an und forderte ein Streicheln. Bekam sie auch.

»Ja, du auch, Lili. Passt beide gut auf eure Janed auf.«

Machen wir, Pippin, machen wir.

»Und vertragt euch miteinander.«

Mal sehen. Ein bisschen verschnupft bin ich noch.

»Es ist ja kein anderer Kater an Bord.«

Mhm.

Dann tutete es, und jemand lief mit einer bimmelnden Glocke durch die Gänge und forderte die Besucher auf, von Bord zu gehen. Pippin umarmte Janed noch einmal, die sich ein Tränchen aus den Augenwinkeln tupfte, und verließ uns.

Die Maschinen begannen zu wummern.

Doch hier oben merkten wir viel weniger davon.

»Kommt, wir wollen an Deck gehen und winken. Kommt ihr mit?«

Janed hielt uns die Tür auf, und Lili schlenderte an ihr vorbei.

»Sie wird mir kein Halsband umlegen?«

»Nein, glaube ich nicht.«

»Schade eigentlich, das Blaue Band war ziemlich hübsch. Nur die Leine daran nicht.«

»Hat Pippin doch gesagt, das Blaue Band werden wir nicht verdienen. Aber ich finde, es geht auch so ganz gut.«

Wir standen neben Janeds flatternden Röcken an der Reling, als das Schiff ganz langsam in das Hafenbecken hinausglitt. Unten standen Pippin und seine Tochter und winkten. Hinter uns war Ron aufgetaucht und hob ebenfalls die Hand zum Abschied. Und an den sich lösenden Tauen standen die Männer und sangen das Lied von den »*Trois matelots de Brest*«.

Telo, Malo und Brieg hatten sich nämlich entschlossen, auch wieder zurückzureisen. Sie wollten wieder als Fischer vor der bretonischen Küste arbeiten und Austern und Langusten züchten, um Janeds Hotelküche zu beliefern.

Fand ich eine gute Lösung. Frischer Fisch ist etwas Feines!

»Höhöhö!«, höhnte es über mir, und eine der blöden Möwen kam im Sturzflug auf mich zu.

Ich setzte zum Sprung an, Kralle raus, zugeschlagen.

Ein Haufen Federn regnete auf mich herab, und mit einem empörten »Höööhööö« kurvte die Möwe über die Reling.

Jemand klatschte Beifall. Und dann noch jemand und dann immer mehr.

Mir. Dem Helden.

Und nicht dem blöden Federverlierer.

Das tat gut.

Noch besser aber tat mir der bewundernde Blick aus Lilis blauen Augen.

»Du hast es überwunden, nicht wahr?«

»Ja, ich habe sogar diese Angst überwunden.«

Ich warf mich in die Brust und setzte mich in herrschaftlicher Positur auf.

Lili legte sich vor mir nieder und sah mich von unten herauf an.

»Ach Pantoufle, ich weiß nicht, ich weiß nicht, ich fühle mich plötzlich so ... huch!«

Und dann rollte sie sich auf den Rücken und zeigte mir ihren wunderhübschen Bauch.

Die Erkenntnis kam mir schlagartig.

Sie fühlte sich ... huch.
Und acht Tage kein weiterer Kater in Sicht.
Hach!

Nachwort

Einer Schriftstellerin begegnen hin und wieder wundersame Zufälle – bei diesem Roman einer, den ich Ihnen nicht vorenthalten möchte.

Ich hatte Pantoufles Roman konzipiert und war nur noch auf der Suche nach einer geeigneten Arie, die Enrico Granvoce bei der Seebestattung Maha Rishmis singen sollte. Bei einem Spaziergang diskutierte ich dieses Problem mit einer Opernliebhaberin. Wir hatten eine reiche Auswahl an passenden Stücken gesammelt, aber keine Entscheidung getroffen.

Tags darauf rief meine Bekannte mich an und erzählte mir, sie habe das Problem ihrer Freundin, einer Konzertsopranistin, vorgelegt und ihr dabei auch Granvoces Verhältnis zu Maha Rishmi geschildert. Die Sängerin fragte sie verblüfft, ob ich tatsächlich meine Fantasie bemüht hätte.

Denn, wie ihr einst ihr Gesanglehrer erzählt hatte, hat Enrico Caruso (leicht erkennbar das Vorbild meines Granvoce) auf seiner ersten Atlantiküberquerung eine Kabine über dem Laderaum bewohnt, in dem eine Gruppe Löwen untergebracht war. Diese Tiere hätten ihn des Nachts mit ihrem Gebrüll wach gehalten, sodass er irgendwann angefangen habe, sich mit ihnen zu messen – und dabei den tatsächlichen Umfang seiner Stimme erkannte.

Ich habe vermutlich minutenlang stumm den Telefonhörer angestarrt, alle Haare gesträubt und völlig fassungslos.

Anschließend haben wir uns auf die Suche nach einer belegbaren Quelle für diese Geschichte gemacht, die vermutlich in einer der zahllosen Caruso-Biografien verborgen ist, sind aber bisher leider nicht fündig geworden.

Vielleicht kann einer von Ihnen, liebe Leserinnen und Leser, dieses erstaunliche Detail aus Enrico Carusos Leben ausfindig machen.

Pantoufle und ich würden uns freuen, wenn wir den Wahrheitsgehalt bestätigt fänden.

www.andrea-schacht.de

blanvalet

Historie, Spannung und viel Humor!

Roman. 448 Seiten. Originalausgabe
ISBN 978-3-442-37029-0

Lesen Sie mehr unter: **www.blanvalet.de**

blanvalet

Eine starke Frau, ein mächtiger Orden, ein gefährlicher Weg ...

Roman. 608 Seiten. Originalausgabe
ISBN 978-3-442-36992-8

Lesen Sie mehr unter: **www.blanvalet.de**